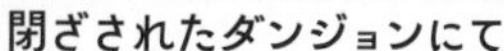


**ユドミラ**

ケヴィンの相棒の弓使い。
寡黙でリゼットたちとは目も合わせない。
モンスター料理も無視された。
突如現れた二人組。
その正体は――。

食事を楽しんでいたそのとき、
部屋の入口の方から
二人分の足音が響いてくる。
「おお、すげえ！
あのヒュドラを殺ったのか！」
「おっと自己紹介が遅れたな。
おれはケヴィン、伝説をつくる男だ。
こっちは相棒のユドミラ」

**ケヴィン**

リゼットたちが閉じ込められた
未知のダンジョンに現れた冒険者。
友好的で、初対面で
モンスター料理を食べてくれた。

ディー
焚き火をおこし、
五匹のレモラに串を刺して、
塩を振って遠火で焼く。
身が透明からミルク色に変わり、
脂がじわじわと
染み出してきたところで食べる。
レオンハルト

第二層、汽水の洞窟にて
リゼット
「んー、脂が乗っていておいしい……」

ダンジョンに眠るもの
『誰がスライムですのおおおお！』
幼い怒声と共に水が爆発する。
激しい水柱が上がり、辺り一面に水が撒き散らされる。
——否、それは水柱ではない。少女だった。
フレーノ

# 捨てられた聖女はダンジョンで覚醒しました 2

The abandoned saint awoke in dungeon

真の聖女？
いいえ
モンスター料理
愛好家です！

[著]朝月アサ × [ill.]chibi

口絵・本文イラスト：chibi
デザイン：杉本臣希

# CONTENTS

# 第一章　新しい冒険

「ああ、なんて爽やかな旅日和でしょう。新しいダンジョンが私たちを呼んでいるかのようです」

リゼットは森の街道を歩きながら、うっとりと空を見上げた。

自由な旅を祝福するかのように晴れ渡っていて、雲一つない。

リゼットの青い瞳には、世界のすべてが煌めいて見えた。瑞々しい緑が眩しい。空気がおいしい。風が心地いい。何もかもが美しい。

まさかこんな清々しい気分で世界を旅する日が来るなんて。

——リゼットは罪人だった。侯爵家に生まれ育つも、聖女となった妹を傷つけた罪により、女神教会によってダンジョン領域送りとなった。

元々聖女の証が現れたのはリゼットの方だったが、父と妹によって証を奪われ、無実の罪を着せられ、極刑であるダンジョン送りにされた。

身分も家名も奪われたが、リゼットはその代わりに最も得たかったもの——自由を手に入れた。

憧れのダンジョンで生活してすぐにモンスターを料理して食べることを覚え、冒険者——レオンハルトやディーに出会った。共にダンジョンを攻略し、最下層で『女神の聖遺物』を得た。

それをきっかけに冤罪は晴れ、真の聖女と崇められるまでになったが、リゼットは聖女に戻ることも、貴族に戻ることもしなかった。

新しい冒険を——新しいダンジョンを、そして新しいモンスター料理を求めて旅立った。

「おかしくね？　なんでオレこんなとこにいるんだ？」

ディーがどうにもこうにも納得がいかない、と首を捻っている。

「ノルンを出て結構経つのに、今更何を言っているんだか」

一番前を歩いているレオンハルトが苦笑混じりに言う。

「もしかして道に迷いましたか？　大丈夫です。迷っても進んでいけばどこかに辿り着けます」

「道じゃなくて人生に迷ってる気分だぜ」

「人生の迷子なら教会で相談でしょうか」

迷える民の話を聞くのは、女神教会の仕事のひとつだ。

ディーは焦げ茶色の目で呆れたようにリゼットを見てくる。

「お前本気で言ってんの？」

「もちろん本気です」

「そーだよな。そういうやつだよな……オレは当分女神教会とは関わりたくねえよ……そもそも新しい西のダンジョンってどこにあんだよ。ざっくりしすぎだろ」

いまリゼットたちが歩いているのは、ノルンダンジョン領域から西に向かう山間の道だ。新しいダンジョンの噂だけを頼りにとりあえず西に向かうという、どこまでも自由な旅である。

「進む内に、どこかで詳しい話が聞けるはずだ。ダンジョンの話は噂になりやすいし、どこまでも広がる。心配しなくていい」

レオンハルトが振り返る。エメラルドグリーンの瞳が優しく笑い、明るい金髪が風で揺れた。

「そこは心配してねーけどよ。あーあ、どうせ西に行くんなら、黄金都市に行って散財してえ……」

「黄金都市？　それって、ランドールのことですか？」

「そう。そこそこ。やっぱ有名だよな」

——ランドール。その名はリゼットも知っている。享楽都市や黄金都市と呼ばれる娯楽の都だ。あらゆる欲望を叶える場所と謳われており、一夜で富むものと貧するものが入れ替わる場所。

王都と領地、そしてノルンにしか行ったことがないリゼットだが、話に聞いたことがある。

「散財って何をするんだ？」

レオンハルトが不思議そうに聞く。

「レオンなら何するよ。ゴールドならいまは山ほどあるからな。遊び放題だぜ？」

ノルンダンジョンクリア時の報酬を山分けしたので、手元資金は潤沢だ。

「そうだな……ノルンではあまりできなかった武器防具アイテムの補充と手入れと、情報収集かな」

「真面目だ！　クソ真面目!!　おい、リゼットは？」

「そうですね……まずは価値の高いものを買い集めて、付加価値をつけて売りましょう」

「それは商売！　増やしてんじゃねーか！　お前ら欲ねーのか!?」

「まさか。私は貪欲ですよ。自由も、冒険も、美食も、何一つ妥協しません！」

「その強欲はちょっと抑えろよ……」

「ははっ、リゼットらしいじゃないか」

楽しそうに笑うレオンハルトの声を聞きながら、リゼットは欲をひとつ追加した。この日々が永遠に続けばいいと。

「ディーはゴールドで何をするのですか？」

「そりゃあギャンブルとか、酒とか……」

「まあ、ディーはギャンブルが強いんですね！」

「いや、強いとは……」

もごもごと言葉を濁す。何故か後ろめたそうに。

レオンハルトが苦笑する。

「一〇〇〇万ゴールドが、あっという間に消えそうだな」

「ぐっ……弱いわけじゃねーよ。お前の身ぐるみならすぐ剥がせるぞ」

「大した自信だが、俺はギャンブルをしない。ゴールドなんて消えるときはすぐに消えるんだ。放蕩するより堅実に使った方がいい」

「……共同名義の元仲間に、銀行の金ほとんど引き出されてるヤツが言うと、重みが違うぜ」

「その話はしないでくれ……ん？」

レオンハルトが不意に足を止める。

「ふたりとも、こっちに」

真剣な声で言い、木立ちの切れ目から一つの方向を指差す。

目を凝らすと、山麓の獣道を移動する集団が見えた。ヒューマンやエルフにしては随分小柄で、ドワーフと比べたら細く、リリパットと比べると動きが鈍い。

「ゴブリンの集団だ」

「ゴブリン……」

更に目を凝らすと、森の緑と同化しそうな緑色の肌と高い鷲鼻が見える。

（この距離で鑑定スキルが届くかしら）

遠距離。そしてダンジョン領域外というスキルが弱体化する状況だが、試してみる。

【鑑定】ゴブリン。身体が小さく凶悪な亜人モンスター。手先が器用で様々な道具をつくる。

——鑑定成功。

ゴブリンは殺傷力の高そうな棍棒やハンマーを持っている。馬に乗った個体もいる。どこかに戦を仕掛けそうな物々しさだった。

「なんでこんなところにゴブリンがいるんだよ」

「どこかのダンジョンから出てきたゴブリンが、地上に適応したんだろう」

「ゴブリンとかザコだろ？」

「油断は禁物だ」

モンスターの凶悪さはリゼットもよく知っている。異様な身体能力や特殊能力を持ち、罠を仕掛けてくることもある。どんな歴戦の勇士でも一瞬の油断で殺されることがある。

「それに単体ならともかく、集団で行動しているとなると事態は良くない」

リゼットはレオンハルトを見上げる。その横顔からは危機感が溢れていた。

「ゴブリンは賢い。人間と同等の知能があるとされている」

「まあ、そうなのですね……」

「その性質は邪悪で、集団となると尚更たちが悪い。おそらく付近の集落を襲うつもりだろう」

「おいおい……あいつらの向かう先に家……いや、村があるぞ」

「行きましょう！」

知ったからには看過できない。ユニコーンの角杖を手に取り、ディーの指した方に向ける。

「オイここはダンジョン領域じゃ――」

【魔力操作】【土魔法（初級）】

「道を！」

森を貫く道をイメージして、魔法を放つ。木々が動き、曲がり、草が押しのけられ、森が左右に割れて道が生まれる。

（初級でなんて威力……【聖遺物の使い手】スキルのおかげでしょうか……）

レオンハルトとディーが息を呑む。

「領域外でこれだけの威力が……」

魔法やスキルはダンジョン領域の外では威力が大幅に減衰するはずだが、領域内と同等――もしかしたらそれ以上の威力を保っているように感じた。だがいまはそんなことはどうでもいい。

「さあ、最短距離で行きましょう！」

山間に静かに存在する、どこにでもありそうな村に、ゴブリンの一団が押しかけていた。先回りはできなかったが、戦闘や略奪はまだ始まっていない。

それにしても静かだった。ゴブリンはそこにいるのが当然のように落ち着き払っていて、村も混乱に陥っている様子はない。異様な雰囲気だ。

「……少し様子を見よう」

レオンハルトの判断に従い、森に隠れながら様子を窺う。少しでもゴブリンが村人を傷つけようとしたら、すぐに魔法を使おうと準備しながら。

ゴブリンの数は二十ほど。馬に乗っているのは指揮官か。

ゴブリンの前には村人と思しき男性が三人。戦う気配はなく、かといって逃げる様子もない。

村人の背後には食料と思しきものが積まれている。あらかじめ準備されていたようで、それをゴブリンたちが運び出そうとしている。

そして、十歳くらいの少女がひとりで食料と共に並んでいた。恐怖を感じながらも硬直して動けないようで、じっと下を見つめていた。

リゼットは息を詰めた。――どうしてあんな幼い子どもが居合わせているのか。

二体のゴブリンが少女に近づき、細い手首をつかんだ。足が竦んでいる少女を無理やり引っ張って、連れていこうとしている。

誰も止めようとはしない。まるで、少女をゴブリンへの生贄に捧げようとしているかのように。

「フリーズアロー！」

リゼットは反射的に立ち上がり、魔法を放っていた。

氷の矢がゴブリンに刺さり、その場所の周囲を凍りつかせる。

「こっのイノシシ……」

「ディー、覚悟を決めろ」

レオンハルトが剣を抜く。

氷の矢を受けたゴブリンは倒れ、周囲のゴブリンがこちらに気づく。リゼットは真正面から殺気を受け止めた。

【先制行動】【水魔法（上級）】【敵味方識別】

「フリーズストーム！」

氷雪の嵐がゴブリンたちを取り囲む。

――一匹も逃がさない。その覚悟でリゼットは魔力を操り、ゴブリンを包囲する。

ゴブリンは次々に凍てつき、寒さに耐えきれずに倒れていく。

森に隠れていたゴブリンが、木の上から奇声と共にリゼットに飛び掛かってくる。レオンハルトがそれを剣で斬る。他の逃げようとしたゴブリンを、ディーが投げナイフで仕留める。

何もかも一瞬の出来事だった。

「終わりました？」

「ああ、終わりだ」

レオンハルトが言い、ディーも頷く。

全滅を確認し、リゼットは村の中へ走った。ゴブリンに攫われかけていた少女の元へ。

「怪我はありませんか？」

地面に座り込んで震えている少女に声をかけ、手を差し伸べる。よほど怖い思いをしたのだろう。震えは止まらず、リゼットと目を合わせようとしない。そして、少女はひどく痩せていた。

「私はリゼットと申します。あなたのお名前を教えていただけませんか？」

「っ……フィア……」

震える小さな声で、ぎこちなく呟く。

「フィアさん、素敵なお名前ですね。さあ、もう大丈夫ですよ」

涙に滲んだ瞳がリゼットを見上げる。おずおずと伸ばされた細い指が、リゼットの手に触れる。リゼットは小さな手を柔らかく包み込んだ。

「――お、お前たち、なんてことをしてくれたんだ！」

怒りと恐怖に引きつった男の声が、リゼットの背中にぶつけられる。

振り返ると、ゴブリンと向き合っていた男性のひとりが、怒りと怯えが混ざった表情でリゼットに詰め寄ってきた。

「お父さん……」

フィアが怯えた声で父と呼ぶ。男は顔を真っ青にして頭を抱えた。

「なんてことをしてくれたんだ……おとなしく渡しておけばよかったのに……」

「それは本気でおっしゃっているのですか？」

本気でなかったとしても聞き捨てならない。問い詰めると男は狼狽して後ろに下がる。

「お、お前たちに何がわかる！　このままじゃまた、報復される……！」

「報復？　……穏やかではありませんね……どういうことですか？」

「もうおしまいだ……何もかもおしまいだ……」

男はすべてから逃げるように小さく蹲って、同じ言葉をぶつぶつと繰り返す。

「村長……」

不穏な空気の中、誰かが男を村長と呼ぶ。彼がこの村の責任者のようだ。

レオンハルトが呆れたように息を吐いた。

「自分の娘と食料をおとなしく渡すつもりだったのか……それはゴブリンの要求なのか？」

静かな問いに、村長は拳を震わせながら頷く。

「そ、そうだ……人質を、寄こせと……」

「どうしてそんな理不尽な要求に従うんです」

リゼットはフィアの手を握り、村長から庇うように立つ。腹が立って仕方がなかった。父親が娘を見捨てるなんて。

頭に血が上ったリゼットだったが、レオンハルトに肩を軽く叩かれて少し冷静さを取り戻す。

「詳しく話してもらえないか？　俺たちにできることがあるかもしれない」

長い長い沈黙の後、村長はぽつぽつと話し始めた。

「……半年ほど前のことだ。突然ゴブリンがやってきて、家畜や農作物を奪っていった……それが何度か続いたとき、たまたま居合わせた冒険者たちがゴブリンたちを倒してくれた……」

村長は重い声で続ける。

「これでやっと平和になるかと思ったら、ゴブリンの集団がやってきて、村が滅茶苦茶にされた……そのとき言われたんだ。ゴブリンを殺したら、倍の数の人間を殺すと」

「ゴブリンが喋ったのですか？」

「いまはそこじゃねーだろ」

ディーにもっともなことを言われて黙る。

「かなり知能が高いゴブリンのようだな……ゴブリンロードかもしれない」

ゴブリンにも様々な種類がいるようだ。

「やつらは必ずまたくる……ああクソッ！　お前たちのせいで――！」

悲痛な叫びが響く。長い間、恐怖と鬱屈に支配されてきた苦しみを、怒りのままに吐き出す。

――狡猾で邪悪。レオンハルトから聞いたゴブリンの特性を思い出す。ゴブリンたちはそうやって恐怖でこの村を支配しているのだ。よく見れば、少女だけではなく皆痩せていて、着ているものも質素だ。何より、生きるための活力がない。

家や道や柵、小屋も傷んでいる場所が多い。あちこちに破壊の跡がある。

「話はわかった。それで、その報復をおとなしく受け入れる気なのか？」

レオンハルトが問うが、村人たちは沈黙する。現実を受け入れる以外の選択肢がないかのように。

「大人しくやられてないで、逃げりゃいいだろ」

村を見渡しながらディーが言う。視線の先には、物陰に隠れてこちらを窺っている人々がいた。

「あの倍殺されりゃ全滅だぜ。まあもっと搾り取るために最低限は残すだろーけど、ジリ貧だな」

「そうだな。この土地を捨てて逃げるのもいい。護衛くらいはする。――だが、本当にそれでいいのか？」

レオンハルトが再び問う。口調は落ち着いているものの、声には厳しさと怒りが滲んでいた。

「ゴブリンから逃げるのも、支配されて生きるのも――ここで立ち上がり、人としての尊厳を取り戻すのも自由だ」

「…………」

「俺たちにできるのは戦うことだけだ。だがそちらが立ち上がらないのなら、それも無意味だ」

レオンハルトは選択を促す。戦うか、逃げるか。

「……いいわけがない……」

長い沈黙の後に振り絞られた声は、小さくとも強く響いた。村長は怒りで赤くなった顔を上げる。

「――いいわけがあるか！　こんな生活耐えられるか！　どうしておれたちがゴブリンごときに、すべてを、フィアを、奪われなきゃならないんだ‼」

「ならやることはひとつだ。覚悟を決めろ」

返答は決意に満ちた叫びだった。それも一つではなく、村のあちこちから上がっていく。勝鬨の声のように。

◆　◆　◆

「お腹が空いていては戦えません」

リゼットは村の広場を借りて料理をする。村長の娘であるフィアに手伝ってもらいながら。

メインの食材はゴブリンが乗ってきていた小型の馬だ。氷雪の嵐に巻き込まれて凍りついたそれを解凍し、肉にしていく。小型とはいえ馬は馬。一頭分の肉の量は多い。食べ切れそうにない分は村に進呈した。それぞれの家でおいしく料理されるだろう。

肉と引き換えにもらった野菜と小麦粉、牛乳とチーズを合わせてシチューにする。特に新鮮な野菜はたくさん入れた。きっと旨味溢れるシチューになる。

「あの……リゼットさんは冒険者なんですか？」

あとは煮込むだけという段階になって、フィアが純真な瞳で聞いてくる。

「はい、そうです」

リゼットは笑顔で頷いた。

「とてもキレイで、あんなに強いのに……なのにどうして冒険者をしているんですか……？」

リゼットは戸惑いつつ微笑んだ。身だしなみを褒められるのは嬉しい。強さを認めてもらえるのも嬉しい。その強さも、魔法も、冒険者になったからこそ得られたものだ。

手に入れた強さで、いまはもう普通に働くことも、貴族に戻ることもできるだろう。だがリゼットはそれを望まない。

「自由が好きだからです」

「自由……？」

フィアは不思議そうに聞き返す。その言葉の意味がよくわからないように。

「自分のことを自分で決める。行く道も未来も、自分で責任を持つ。それが自由です。フィアさん、あなたも自由なのですよ」

フィアは大きな目を丸くした。

「わたし、そんなこと……」

「できます」

リゼットは鍋の底からシチューを混ぜながら言う。

「あなたが望めば、どこまでだって羽ばたけます」

フィアは怯えるように首を振る。まだ子どもの彼女には、親に逆らうことにも、村を捨てることにも、自分ひとりで飛び出すことにも抵抗があるのだろう。

「大丈夫です。悪いゴブリンは私たちが全部倒しますから」

そうすればもうゴブリンに怯えることはない。――自分さえあのとき我慢してゴブリンのところに行っていれば、なんて思うこともない。そのためにもゴブリンは殲滅しなければならない。

「約束します。だから、それができたときは、どうか笑ってくださいね」

シチューの味見をする。溶けたチーズでとろとろで、塩加減も火の通り具合も充分だった。野菜と肉から旨味が溢れ出していて、リゼットは頬を緩ませる。

「――うん、すごくおいしい。フィアさんもいかがですか？」

「あの……このお肉……ゴブリンが乗っていた馬ですよね……？」

「はい。馬にもお肉にも罪はありません」

毒もないし、解体時には浄化魔法もしてある。

フィアは恐る恐るリゼットから皿を受け取った。

「……おいしい」

自然と溢れ出した笑顔と呟きに、リゼットは決意を固めた。絶対にゴブリンを倒すと。


「はーっ、やっと終わった」

夕陽が山向こうに落ちる頃に、レオンハルトとディーが戦いの準備から戻ってくる。リゼットはフィアを家に帰して、シチューを器に盛り、馬肉のステーキを焼いた。

「この馬肉、甘味が強いな」

「くーっ、普通にうまい！」

レオンハルトの顔がほころび、ディーがとても感動している。二人に喜んでもらえて、リゼットも嬉しくなる。そして自分も湯気の立つシチューの皿を膝に置いた。

「いただきます」

味見したときよりも味が馴染んでいる。馬肉と野菜の甘味がチーズと牛乳と絡まり合って、身体がじんわりと温まっていく。

「おいしい……」

リゼットは暖かい息を吐き、空を見上げた。真上は既に群青色に染まっていて、月が白く輝いている。星々が姿を見せ始めていて、太陽は完全に沈んでいた。

――太陽は母神の第一の眼、月は母神の第二の眼だという。そうやって大地を常に見守っているのだと。だから、太陽と月を見ると人々は安心する。もちろんリゼットも。

「にしても、レオンは上手いよな。戦う気のなかったやつらをその気にさせるんだからよ」

ディーが感心したように言う。

「俺は、燻っていた自尊心を少しだけ刺激しただけだ。決めたのは彼ら自身だ」

「怖えーやつ……」

「リーダーの資質ですね」

レオンハルトは少し困ったように笑う。

彼は王族だ。リゼットの知らない遠い国の第二王子で、ドラゴンを倒すためにノルンのダンジョンにまで来て、リゼットはそこで彼と出会った。

レオンハルト自身はもう王族として生きるつもりはなさそうだが、生まれ持った資質や、上に立つものとして受けた教育は、彼の中にしっかりと根付いている。

「……それにしても静かですね。本当にゴブリンはやってくるでしょうか」

村の端を見る。森との境はひどく静かで、いまのところ何も動きはない。

「部隊が戻らなければ、必ず様子を見にくる。できるだけ早いうちに」

「そうですね。心配になりますものね」

リゼットも、仲間が戻ってこなければ速やかに様子を見にいく。もちろん最大限に警戒して。

「村長から聞いた話では、報復にやって来るのは必ず夜だそうだ。ゴブリンは夜目も利くからな」

「ザコでもやっかいなもんだな……あー、うまかった。んじゃオレ、そろそろ行くわ」

ディーは食べ終わるとすぐに立ち上がり、村の入口の方へ向かう。篝火から離れた後ろ姿はすぐに夜闇に消えた。

リゼットは残ったシチューの粗熱を取り、蓋つきの容器に入れ、魔法で凍らせてアイテム鞄の中に入れる。アイテム鞄の中は時間の流れが止まっているので、料理や食材の保存に最適だ。

ふと、レオンハルトの表情がわずかに変わった。意識が村の外――森に向けられる。

(――来ました)

森との境界の深い影に、灰色の目が光る。ひとつふたつではなく何十も。

――ゴブリン。

獣のような叫び声が響く。理解できない言語だが、それは確かに言葉だった。仲間と意思疎通させるための号令。

村の中心の広場――ゴブリンたちからよく見える場所に、リゼットとレオンハルトは立つ。篝火が、村の中でこの場所だけを明るく照らしている。

ゴブリンから見れば、相手は人間の男と女が一人ずつ。ただの蹂躙対象と判断したのだろう。ただ一つの炎をめがけ、ひときわ大柄なゴブリンが他のゴブリンを引き連れて、まっすぐに走ってくる。

だんっ、だんっ、と力強く地面を鳴らして駆けるゴブリンは、そのまま進路上に掘られた落とし穴に落ちていった。

後ろをついてきていたゴブリンたちも、勢いのまま吸い込まれるように落ちていく。

落とし穴の底には杭と毒。そして泥水が入っている。リゼットが土魔法で開けた穴に、ディーが村人たちとセットしたトラップだ。

「まさかトラップを仕掛ける側になるとはな――っと」

屋根上に待機していたディーが、ゴブリンの集団に弓を射る。同じく屋根の上に潜伏していた村人――女性と老人たちと共に。矢の先には、森に自生する毒草の汁が塗られている。狩猟にも使われる強い毒だ。

ゴブリンたちは悲痛な声で叫びながら、落とし穴と飛んでくる矢から逃げ惑う。

もちろん、落とし穴の横にも穴を掘ってある。飛んでくる矢に誘導されてゴブリンたちが次々と穴に落ちていく。

這う這うの体で建物の陰に逃げ込んだゴブリンは、家の中に潜んでいた男たちに槍で突かれ、あるいはクワを振り下ろされて仕留められる。

槍先の刃物は農具――カマやナタから取り外して、できるだけ長い柄を付けた即席の槍だ。戦いの素人はリーチの長い武器の方が有利だということで用意したものだ。

（おふたりとも、本当に頼りになります）

村全体を戦場に想定して、村人をも巻き込んだ作戦を考えたのはレオンハルト、罠を配置したのはディーだ。戦えない子どもや老人、病人は村長の家に固まってもらっている。この広場の奥の高台にある村長の家に。

策と準備と戦う意志――そして仲間がいれば、人は勇気を持てる。困難に立ち向かえる。

一方的な戦闘が続く中、ゴブリンの群れからひときわ大きい咆哮が上がった。

大地と大気を震わせる咆哮。一瞬、すべての戦闘が止まる。その間隙をついて、大柄なゴブリンが一体、落とし穴を悠々と飛び越えて、リゼットたちに向かって走ってくる。

鉄の鎧を身にまとい、鉄塊のような無骨なハンマーを携えたゴブリンは、他のゴブリンよりもかなり大型で、そして俊敏だった。屋根の上から飛んでくる毒矢や手槍をものともせずに走ってくる。

隠れたままの落とし穴も悠々と回避し、金色の目をぎらぎらと輝かせ、吼えた。


【鑑定】ゴブリンリーダー。ゴブリンの中でも屈強な個体。群れをまとめる。


レオンハルトが呼吸一つ、動き一つ乱さずに剣と盾を構える。

ゴブリンリーダーは更に疾走し、天雷の勢いで鉄塊をレオンハルトに振り下ろす。

レオンハルトは寸前でそれを躱し、盾で鉄塊の軌道をわずかに逸らす。狙いが逸れた一撃はそのまま地面を叩き、大地に穴を開けた。

ゴブリンリーダーの動きが止まった一瞬を狙い、リゼットはユニコーンの角杖を構える。

【火魔法（神級）】【敵味方識別】【魔法座標補正】

「フレイムバースト！」

ゴブリンリーダーの頭が爆発で吹き飛ぶ。しかしゴブリンリーダーは身体だけになってもまだ動いた。力尽きる寸前に、鉄塊をリゼットへ投げて倒れる。

鉄塊が高速回転しながら飛んでくる。魔法で弾こうとしても間に合わない。回避行動もできない。

ぞっと思考が凍りついた瞬間、レオンハルトの剣が鉄塊を両断した。

――なんて切れ味。そして膂力だろう。

レオンハルト自身の力、そしてアダマントの剣の力で真っ二つになった鉄塊が空中でバランスを崩し、ぶつかり合って弾かれ、下に落ちる。

訪れたのは静寂。そして混乱だった。リーダーを失ったことを理解したゴブリンたちが騒ぎ出す。

悲鳴に似た声を振り絞って、我先にと撤退しようとする。

（逃さない――）

反射的に魔法を使おうとしたリゼットの前に、屋根から降りてきたディーが割り込んでくる。

「オイ、倒すな。探ってくるから任せろ」

そう言って、逃げるゴブリンを追って森の奥に消えていく。あっという間に深い夜闇に消えていく影を、リゼットは見送ることしかできなかった。


すべての戦闘が終わり、怪我をした村人をレオンハルトが治療していく。ダンジョン領域ではないため回復魔法の効力は落ちていたが、幸い重傷者はおらず、犠牲者もいなかった。

戻ってくるゴブリンがいないか見張りを立てて、落とし穴の中のゴブリンたちは村の男たちがとどめを刺した。

ゴブリンの死体はすべて落とし穴に入れて、リゼットが浄化魔法をかけて火魔法で燃やす。灰になったのを確認して、ゴブリンたちの武器も穴に落として土魔法で埋める。死体の腐敗や汚染を防ぐとともに、隠蔽も兼ねた処置だった。

すべてが終わって、村は完全に元通りの姿となる。

リゼットは息をつき、ディーが消えていった方角を見つめた。

「ディーは大丈夫でしょうか……」

「ディーなら見つからずに尾行できるはずだ。もし何かあっても逃げ切れる。信じて待とう」

レオンハルトに言われて、頷く。いまは信じることしかできない。

その夜は村長の家に泊まらせてもらったが、胸がざわついて眠れなかった。睡眠の大切さはよくわかっているが、どうしても眠れずにほとんどずっと窓の外を見ていた。

そのうちに東の空が白くなり、夜が明けてくる。

淡い光の中に人影を見て、急いで外に飛び出す。転びそうになりながら下り坂を駆けていくと、帰ってきたディーが苦笑しながら片手を上げた。

「よぉ、巣の位置を特定したぜ」

「ディー、無事で良かったです。お疲れさまでした」

少し疲れた顔をしているが、怪我はない。リゼットは心の底から安堵する。

「おー……って、お前ら寝てねーな」

ディーは呆れたように、そしてどこか嬉しそうに口元をほころばせる。そこでリゼットはようやくレオンハルトが後ろに来ていたことに気づく。

「ディー、無事で良かった」

「オレを誰だと思ってんだ。これくらい軽い軽い。んじゃ軽く作戦立てて、少し寝よーぜ」

早速村長の家の広間を借りて、ディーが持ち帰ってきた地図を広げる。

「うん、さすがだ。この地図があればこちらから攻勢に出られる」

レオンハルトが称賛した地図には、村からゴブリンの本拠地までの距離とルート、本拠地の構造と建物の位置がざっくりと描かれていた。一晩のうちに、ゴブリンに見つからずにここまでの情報を集めたのだ。

「まあこれくらいはな。案内役は到着前にさくっと始末したから、まだ向こうは全滅したことを知らないはずだぜ」

「さすがディーです」

「戻りが遅いのを怪しんでるだろーから、行くなら早い方がいいな。あと、この巣の付近――ダンジョンがあるぜ。スキルが使えた」

「ダンジョンがですか⁉」

ダンジョンの内部と周辺は、通常の世界とは法則から違う。強力なスキルや魔法が使えるようになり、死亡したとしても蘇生魔法やアイテムで復活できる。すなわち戦いの幅が広がる。

「――よし、行こう。ゴブリンの巣へ」

「だからその前にちょっと寝かせろ。お前らも寝とけよ」

ディーは借りた毛布を被って、床で眠り始める。静かな呼吸は、あっという間に寝息に変わった。

リゼットは声を潜めてレオンハルトに声をかける。

「レオン、私たちも少し休みましょう」

「いや、俺はいい。身体は休めているから心配しないでくれ」

「じゃあ交替で休みましょう。これから戦いなんですから、少しでも眠っておいた方がいいです」

「……そうだな。君の言うとおりだ」

ダンジョン内や野営で休むときと同じように、交替で休息を取った。安心して取る睡眠は、わずかな時間でも大幅に疲れを回復してくれた。

充分な仮眠を取って、用意してもらった朝食を食べてから、三人で村を出る。

朝の森は、食事を求めて飛び交う鳥の鳴き声が良く響いていた。

薄くけぶる霧の中を、ディーの地図と案内で進む。

道中はゴブリンを警戒したが、遭遇することも遠目に見つけることもなかった。まだ本拠地で報復部隊の帰還を待っているのかもしれない。全滅に気づいて警戒していたとしても、かなりの戦力が削がれているはずだ。

慎重に進んでいくと、ぱっと視界が開ける。薄暗い森の中から、光に照らされた外の景色を見る。

「ディーの言っていた通りですね。まるで釜の底です」

採石場のように削り取られた山肌の下に、大きく穴が広がっている。巨釜の底のように円く。

「隕石が落ちたかのような穴だな」

レオンハルトが呟く。穴の底には石とレンガを積んで作られた粗末な砦や家があり、集落が出来上がっている。そこに住むゴブリンの数は相当なものだ。

「あの村から搾取するだけでこんなに増えるか？　食料だって相当いるだろ」

「他の集落からも順番に搾取しているんだろう。生かさず殺さず……利口なものだ。あとは冒険者を襲ったり、森で狩りをしているのかもしれない」

「いよいよ放っておけません。行きましょう」

ゴブリンの数が増えれば増えるほど、被害も増えていく。今日、ここで終わらせる。

【火魔法（神級）】【魔法座標補正】【敵味方識別】

「アルティメットブレイズ！」

天から白い火矢が降り注ぎ、ゴブリンたちを貫く。

裁きの火は瞬く間に地上の敵を焼き尽くし、灰へと変えた。

「だいぶキレてるな……」

「ああ……だが気持ちはわかる」

「さあ、砦内のゴブリンを倒してしまいましょう！」

地面に開いた大穴――ゴブリンの巣である釜の底へと下りていく。

中は混乱の真っ只中だった。多くのゴブリンがいきなり燃え尽きたのだ。建物の中にいて難を逃れたゴブリンも、何が起きたかわからず右往左往している。

リゼットたちは向かってくるゴブリンを倒しながら、中央にある最も大きな砦へ向かう。

先頭をレオンハルトが、その後ろをリゼットとディーがついていく。

砦に近づくと、大きな扉の中から出てきたゴブリンの集団と鉢合わせた。

先頭にいたのは頑強な鉄鎧を纏い、両手に鉄塊のような棍棒を持った巨大なゴブリン。いままで見たゴブリンの中で最も大きい。筋骨隆々とした身体は怒りで赤く染まっていて、リゼットたちを見た瞬間、炎のように更に燃え上がる。

**【鑑定】**ゴブリンジェネラル。ゴブリンの中でも勇猛果敢で屈強な個体。

「――ブレイズランス!!」

神炎の槍がゴブリンジェネラルを貫く。巨体は一瞬で真っ黒になって倒れた。

背後にいたゴブリンたちもフレイムアローで仕留め、リゼットは砦内に入ろうとした。群れにはボスがいるものだ。そして一番高いところか、一番安全なところにいると決まっている。

「リゼット！」

レオンハルトに呼び止められ、短く息を呑んで立ち止まる。

「少し落ち着いた方がいい。俺の後ろにいてくれ」

「――は、はい」

深呼吸をして自分を落ち着かせる。

リゼットはそのとき、自分の髪が一房赤く燃えていることに気づいた。全力で魔法を使うと、ノルンで身体に取り込んだ『女神の聖遺物』――火の女神ルルドゥの髪によって、髪が一房赤く燃える。リゼット自身は熱くなく、炎が他に及ぶこともない。ただ、少しばかり目立つ。

慎重に進もうとすると、砦の大きな扉が再びゆっくりと開いた。

出てきたのは、純白のローブを着たゴブリンだった。手には竜の頭がついた杖を持ち、いくつもの煌びやかな宝石が大きな身体を飾っている。威厳のある姿は、まるでゴブリンの王だ。

【鑑定】ゴブリンロード。ゴブリンの君主。非常に知能が高く、高度な魔法を使用する。

――探さなくても出てきてくれたことはありがたい。だがこの落ち着きは何だろう。本拠地を攻められ、配下のゴブリンを倒されても、動揺が微塵もない。

ゴブリンロードはゆっくりとリゼットたちへ歩を進める。

『何故我らの邪魔をする……』

「いま喋りましたッ⁉」

驚きが口から飛び出す。話には聞いていたが、あまりにも流暢な言葉遣いだった。

リゼットはコホンと咳払いをして自分を落ち着かせた。口元を引き締め、ゴブリンロードを見据える。

「奪う生活をしていれば、報復されるのは当然です。そんな道理もおわかりにならないのですか？」

『道理……だと？　貴様らが道理を語るか！』

ゴブリンロードが咆哮を上げた。身を焦がす怒りを吐き出すような叫び——魔法の詠唱だ。


【先制行動】【火魔法（神級）】

「ブレイズランス‼」

——炎はゴブリンロードを貫く寸前で、霧散した。

「え……っ？」

無傷のゴブリンロードがにやりと笑う。リゼットの炎は白いローブさえ燃やせていない。

次の瞬間、ゴブリンロードの杖の先から黒い炎が噴き上がる。

【聖盾】

レオンハルトの魔力防壁で黒炎が霧散する。

ゴブリンロードはさして気にした様子もなく、短い詠唱と共に杖を一振りする。すると先ほど倒したはずのゴブリンジェネラルがゆっくりと起き上がった。真っ黒になっていた身体が完全に回復して、力強く立ち上がる。

「蘇生魔法まで使えるのかよ！」

全快したゴブリンジェネラルがゴブリンロードを守るように立つ。

リゼットは思考を巡らせる。ここまでの大型魔法の連発で、かなりの魔力を消耗している。大型魔法は使えてあと一回だろうか。ゴブリンロードはまだまだ魔力に余裕があるだろう。

どの相手にどの魔法を使うか、間違えられない。

蘇生したばかりのときは身体能力が落ちていると聞くが、ゴブリンジェネラルの気迫は悪鬼のごとく凄まじいものだった。ロードを守る最後の盾だ。ゴブリンロードさえ守りきれば、仲間を復活させることができる。その希望がゴブリンジェネラルを支えているのだろう。

「…………」

リゼットは自分の首をトン、と軽く叩いた。

「ディー、お願いします」

「ちっ——期待すんなよ」

ディーの投げたナイフを、ゴブリンジェネラルが腕で弾く。

しかし三本投げたうちの一本が、守りをすり抜けてゴブリンロードの首に刺さる。

ゴブリンロードは痛みもないのか、わずかに顔を顰めただけだった。さして気にもせず、新たな詠唱を始める。

「フレイムバースト！」

リゼットは魔法を発動する。魔力消費を抑えた魔法で狙ったのは、ロードでもジェネラルでもない。ゴブリンロードの首に刺さった投げナイフだ。

ナイフが火魔法の熱で溶ける。溶けた鉄が直接喉に流れ込んで気道を塞ぎ、ゴブリンロードが苦しみ出す。ゴブリンジェネラルが動揺した隙に、ゴブリンロードにレオンハルトが肉薄し、剣でローブごと身体を斬る。赤い血が一気に白いローブを染め上げる。

「フレイムバースト‼」

リゼットは最後にゴブリンジェネラルに照準を合わせ、その頭を吹き飛ばした。

◆◆◆

砦に残っていたゴブリンたちを倒し、溜め込まれていた食料とゴールドを回収して村に戻る。

村長の家ではその日、盛大な宴が行なわれた。少ない食料の中から精いっぱいの料理が用意されてリゼットたちに振る舞われる。

「本当にありがとうございます。こんなお礼しかできませんが……」

「いえ、充分すぎます」

たっぷりの野菜に森で獲ってきたばかりの鳥、貴重であろう穀物。心からのもてなしを、リゼットはありがたく受け取った。

「あなた方はこの村の英雄です。いつか銅像を建てさせていただきます」

「絶対にやめてください」

リゼットは笑顔で強く拒否した。

「オレもパス」

「俺も遠慮しておく」

「意見が揃いましたので、ゴールドは村の再建と投資に使ってください。特に子どもたちのために」

「子どもへの……」

「ええ、お願いします」

村長の目がフィアへ向く。戸惑いがちな視線の奥に優しさが見えて、リゼットは安心した。これできっと、何もかも大丈夫だ。

宴が終わり、村長の家を出る。村の外に向かいながら、リゼットは素朴な疑問を口にする。

「どうして私たちの銅像を建てたがったのでしょう？」

王族、権力者が自分の銅像を建てるのは理解できる。権力の誇示のためだ。しかし村人が通りすがりの冒険者の銅像を建てたがる理由はなんだろう。

「そりゃもちろん、これから先、お前らがすげーことして有名になって、サーガとかも流行ったら、銅像を見にくるやつが出てくるかもだろ？」

ディーが得意げに言うと、レオンハルトが納得したように頷く。

「なるほど、観光客の呼び込みか。村おこしにはそんな方法もあるんだな」

「まんじゅうとか木彫りの土産物もできるかもなー。祭りとかも」

「恥ずかしすぎます……」

想像するだけで恥ずかしい。絶対に許可できない。早くここから出ようと自然と足が速まる。

「——リゼットさぁん！」

上から響いてきた元気のいい声に、リゼットは足を止めて振り返る。

「フィアさん——！」

フィアがリゼットたちの元へ、走りながら坂を下りてくる。

勢いが良すぎて転びそうになったフィアをリゼットが抱きとめると、フィアは息を切らせてリゼットを見上げ、照れたように笑った。その頬はバラ色に染まり、瞳はきらきらと輝いている。

「えへへ、ごめんなさい」

「大丈夫ですよ。怪我はありませんか？」

「はい！　あの、本当にありがとうございました。お父さんも、みんなも、すごくうれしそうです。こんなにわくわくするの久しぶりです」

背筋を伸ばして、大きく頭を下げる。そして、飛び跳ねるウサギのように勢いよく顔を上げる。

「リゼットさん、わたし、街の学校に行きます。お父さんも行ってもいいって！」

「——まあ、とっても素敵ですね。おめでとうございます」

大きな目が未来への希望に輝き、声は心からの喜びに溢れている。リゼットはフィアが目標を見つけたことを心から祝福する。そして、父親がフィアの夢を了承してくれたことを嬉しく思った。

「いろんなことを学んで、みんなの助けになりたいんです。そしていつか、リゼットさんみたいなひとになりたいです。やさしくて、強いひとに」

フィアはとびっきりの笑顔を浮かべた。光り輝く春の花のような笑顔だった。

それこそがリゼットが見たかったものだ。

「ふふ、ありがとうございます」

後ろでレオンハルトとディーが微妙な空気を出しているような気配がしたが、リゼットは振り返らなかった。

いつかの再会を約束してフィアとも別れて歩き出す。フィアはリゼットたちが見えなくなるまで見送りをしてくれた。

村を出て、少し進んだところで、ディーが首の後ろで手を組みながらため息をついた。

「はーっ、あれだけやって結局タダ働きかよ……」

「ええっ？　あんなにたくさんつやつやのお野菜をいただいたじゃないですか」

「ゴールドだゴールド！　この世はゴールドなの！」

「貨幣経済は大変わかりやすいと思いますが、物々交換もそう悪いものではないと思います」

「なんだか変な方向に話が進んでいるな……」

レオンハルトの呟きでリゼットは落ち着きを取り戻す。

ディーは労働に対する報酬の不満を述べているのだ。リゼットはフィアの笑顔と野菜とごちそうで満たされているが、ディーはそうではないのだ。それにディーの投げナイフはリゼットが戦闘中に溶かしてしまった。

「わかりました。私からおふたりに報酬を払いましょう」

「いや、俺はいい」

「オレもいらねーよ。パーティの中でゴールドが動いても得した気がしねえ」

「ええ……？」

それならリゼットには何ができるだろうか。

少し考えてみたが、ふたりが何を望んでいるのか、いまのリゼットにはわからなかった。

「それでは、ディーにはナイフの代金をお支払いします。あと何か必要なものがありましたら、いつでも言ってください」

「あー、そうだな。それはもらっとく」

「はい。おふたりとも、今回は本当にありがとうございました」

ふたりがいなければ今回の成果は得られなかった。レオンハルトの戦略は村人たちを自分の足で立たせ、ディーの罠と尾行は勝利への大きな力となった。どちらも、リゼットにはできないことだ。

心からの感謝を伝えると、レオンハルトもディーもどこか嬉しそうに笑って応えてくれる。リゼットの胸の奥が熱くなり、笑みが自然と深くなる。

（また報酬をいただいてしまいました）

最上級の報酬に、胸が満たされる。

「――まぁそれはそれとして」

ディーが辺りをきょろきょろと見回し、誰もいないことを確認する。

「なぁお前ら。もう一度あの巣に寄ってかねえか？」

「――そうでした！　あそこにはダンジョンがあるんでした！」

ダンジョンがあれば潜る。それが冒険者だ。

◆　◆　◆

ゴブリンの巣があった釜の底。その上に伸びる岩壁の切れ目――岩に隠れてわかりにくい場所に、中へ続く穴があった。もちろんただの洞窟ではない。穴の内側には、暗闇に続く階段が延びていた。異界に続く入口のように。

「これが、ノルンで噂になっていたダンジョンなのでしょうか？」

「いや。おそらく、いままで見つからなかったダンジョンだろう。噂になるくらいのダンジョンなら、もっと人が集まってきているはずだ」

「そーいうこと。つまり、ほとんど手つかずのダンジョンってわけだ」

ダンジョンが見つかれば冒険者が集まってくる。ダンジョンの奥に眠る財宝を、あるいは貴重な素材を、あるいは夢を求めて。

冒険者が集まればギルドができ、ダンジョンを管理する名目で女神教会がやってくる。冒険者相手の商売をするため商人や職人もやってくる。そうやってダンジョン周辺はダンジョンによって潤っていく。だが周囲にはまだ振興の気配はなく、ゴブリンの集落ができてしまっていた。

「ゴブリンはここから湧いてきたと思って間違いないな」

レオンハルトはダンジョンの奥の闇をじっと見つめていた。エメラルドグリーンの瞳は新たな冒険への期待に輝いている。

そしてリゼットもまた、わずかな恐れと、それ以上の興奮が湧き上がっていた。

(新しいダンジョン……)

リゼットにとっては二つ目のダンジョン。

一度目は罪人として足を踏み入れた。今度は純粋な冒険者としてダンジョンと向き合っている。しかも女神教会に管理されたダンジョンではなく、まったく未知のダンジョンに。

最奥には何が眠っているのだろう。女神の聖遺物か、財宝か。貴重な武器か。

確実なのは、ダンジョンの中ではモンスターと冒険が待っているということだ。そしてそれは新しいモンスター料理との出会いに繋がる。

リゼットは弾む胸をぐっと抑え、小さく頷き、顔を上げた。

「入ってみましょう！　未知のダンジョンだなんて、なんだか凄くわくわくします！」

「まだ開いてない宝箱もあるかもしれねーしな。ヤバそうならすぐに出りゃいーし」

「……そうだな。浅層ならそう危険もないだろう」

完全に乗り気になっているディーがレオンハルトの背中を押して中に進んでいく。リゼットも二人に続いて洞窟の階段を下りていった。

一歩進むごとに、世界が変わっていく。少しずつ外の世界と別れ、ダンジョンの世界に出会っていく。十段の階段を下りた先――そこはどこか人工的な雰囲気のある洞窟だった。岩を削られて作られたかのようなホールが静かにリゼットたちを迎え入れた。

「これは――」

先行していたレオンハルトが息を呑む。

階段の周辺には白い骨が落ちていた。ひとつやふたつではない。人骨に獣の骨が重なるように転がっている。最近のものもあれば、古いものもある。

リゼットは灯火の魔法を使って周囲を明るく照らした。

「……どうしてこんなに人骨があるのでしょう。しかも階段周りに……」

「逃げようとしても逃げられなかった――」

広い空間に声が響く。反響しながら奥の方へと続いていく。

「なんだか嫌な感じだな」

ディーが薄気味悪そうに言う。そのとき、洞窟の奥――光が届かない闇の中で灰色の目が光る。

【先制行動】【火魔法（神級）】【敵味方識別】

「フレイムアロー！」

火矢を複数、暗闇に向けて飛ばす。魔法の火矢が貫いたのはゴブリンの群れだった。武器を手に、敵意を持って飛び出してきたゴブリンを一匹残さず倒す。

「――やっぱりここのゴブリンが表に湧いてきていたのか。対策をした方が良さそうだ」

「どんな対策ですか？」

「殲滅だ」

静かな声で当然のように言い切る。一匹も残さない殲滅。周囲の治安を守る方法はそれだけだ。

寒いのか、恐れか。ディーがぶるっと震えた。

「容赦ねぇやつ……」

「数を減らすのは必要でしょうね。でないとまたあの村が犠牲になってしまいます」

ゴブリンが群れられない数まで減らさなければならない。やはり殲滅だ。

「お前らの思考、時々ついていけねぇよ……はあ、一度外に戻ろうぜ」

「早くないか？」

「ちょっと外の空気吸って落ち着きたいんだよ」

何故か怒ったように言って階段を上っていく。しかしその足が途中でぴたりと止まった。

「はっ？　なんだこれ……なんか壁があるぞ」

声を上ずらせながら何もないところを触る。

何もないはずなのに、ディーの手は見えない壁に触れているかのような動きをしていた。

リゼットもその場に行って、手を伸ばす。――確かにそこには壁があった。目にはまったく映らない壁が。

「結界のようですね」

「リゼット、なんとかしてくれよ」

ディーに言われて再び結界に触れる。結界の構造を見てみるが——

「……よくわかりません」

「お前、結界のエキスパートみたいな顔しててそれかよ」

「自分で使うのはいいんです。なんとなくカチーンとさせてキーンとしてカッチリさせて」

「説明下手か！」

「リゼットは感覚型なんだろう」

リゼットはムッとしながらも更に結界を触る。

「簡単に解除できそうにないことだけはわかります。なんだかこれ、柔らかくてムニムニしていて、つかみどころがなくて」

「感触はいいから希望を言ってくれ頼む」

懇願されてもできないものはできない。

「……この分だとおそらく、帰還アイテムや『身代わりの心臓』を使っても外に出られそうにない。あれはダンジョンの出口付近に戻るものだから、きっとこの結界の内側に戻されるだけだ」

「そもそもどちらもないですしね……ノルンでは在庫切れでしたし。あるのは蘇生アイテムの『命の種火』だけです」

「どちらも貴重品だから仕方ない」

レオンハルトが険しい顔をし、ダンジョンの奥を見つめた。

「このダンジョンはおそらく、一層をクリアするまで出られないダンジョンなんだろう」

周りの白骨は、冒険者の成れの果てのようだった。迷い込んだらしき一般人(いっぱんじん)の姿もある。狼(おおかみ)らしき獣の骨も。もちろんゴブリンと思しきものもある。

「だからいままで見つからなかったのでしょうか？　発見者が全員死んでしまったから……」

「………」

ディーが黙り込む。ふらふらと階段を下り、崩れ落ちるように腰(こし)を掛ける。その表情は苦しげだった。ダンジョンを見つけたことを悔(く)やんでいるのかもしれない。

「出られないのなら前に進むしかありません。行きましょう！」

「ああ。第一層のボスを倒せば帰還ゲートが現れるはずだ」

「お前ら神経太いな」

「嘆(なげ)いていても始まりません」

立ち止まっていては何も始まらない。現状打破のためには前に進むしかない。

「でも私にも不安はあります。このダンジョンに食べられそうなモンスターがいるかどうか……」

「ぐわぁあ……頼む。普通のモンスター頼むっ」

「普通のモンスターってなんだ？」

祈(いの)るディーにレオンハルトが不思議そうに問いかける。

「そりゃ鳥とか鹿とか羊とか。亜人っぽくないやつで気持ち悪くないやつ」

「やたら注文が多いな……大抵のモンスターは当てはまらないと思うが」

「絶望的なこと言わないでくれよぉ」

「大丈夫です！　毒を消して火を通せばなんでもなんとかなります！」

「それは希望でも気休めでもねえよ‼」

絶叫が洞窟に響き渡る。

「とりあえず進もう。俺たちなら問題ない。三人でダンジョンの最奥にまで行けたんだ」

「はい」

リゼットは灯火の魔法を天井近くに浮かせて、ダンジョンの奥へと進む。

じめじめと湿った空気は、ダンジョン特有のものなのか洞窟のそれと混ざっているのか判別がつかない。暗闇と静けさの中を慎重に進んでいくと、蛇と出くわす。

もちろんただの蛇ではない。やけに大きい、土色と黒が混ざるまだら模様の蛇が、通せんぼするように通路の真ん中で首をもたげていた。

蛇はしなやかな動きで自分の尻尾を咥えて、縦に大きな輪を作る。そして縦回転しながら高速でこちらに向かってきた。


【鑑定】車輪蛇。自分の尾を咥えて車輪のように回転して獲物を追う。牙に強い毒を持つ。

「動きが謎すぎます！」

車輪蛇とぶつかる寸前で、レオンハルトに腕を引かれてなんとか避ける。

高速回転する車輪蛇はそのままダンジョンの壁にぶつかって、跳ね飛んで、方向を修正しながらこちらを向いた。そしてまた高速回転。迫りくるそれをレオンハルトが盾で防ぐ。

車輪蛇は盾に当たると勢いよく跳ね返り、壁や天井をリズミカルに跳ねて地面に着地し、また追いかけてくる。

「フリーズアロー！」

凍らせて動きを止めようとしたが、あまりにも速すぎて魔法が当たらない。氷の矢は地面に突き刺さってその周囲だけを凍らせ、弾けた。

「車輪蛇は回転中はほぼ無敵状態だ。だが、輪の中を潜れば追いかけてこなくなる」

「そんなっ？」

無敵なんて卑怯な。しかもあんな速度で移動する蛇の輪の中を潜る？　そんなことがヒューマンに可能なのか。

「よっしゃ！」

ディーがあっさりと輪の中に飛び込み、華麗に潜り抜ける。可能だった。

「む、無理です！」

絶対に跳ね飛ばされる。きっとぶつかって倒れて轢かれて、その隙に噛まれる。想像できる。

「リセット――」

レオンハルトがリゼットを抱きかかえる。次の瞬間、リゼットは飛んだ。

（んんんん――⁉）

舌を噛まないように口を閉じ、叫び声を噛み殺す。

リゼットはレオンハルトにひょいっと投げ飛ばされて、車輪蛇の輪の中を無事通過した。一瞬のことだった。

投げ飛ばされた勢いのまま壁にぶつかりかけたリゼットを、ディーが壁との間に入って受け止める。しかし勢いは殺せず、そのまま一緒に転がって倒れる。

「あ……ありがとうございます」

「……ま、こんぐらいはな」

起き上がる間にレオンハルトもあっさりと蛇の輪を潜り抜ける。すると車輪蛇は回転をやめ、ただの蛇に戻って地面をうごめく。

レオンハルトの剣が車輪蛇の首をスパーンと斬り落とした。

「――動きも生態も謎すぎるモンスターでしたが、早速食べましょう！」

「めげねえやつ……でも蛇か……マシな部類だよな……」

レオンハルトとディーの手を借りながら車輪蛇を料理する。まずは頭を落とした首の近くに釘を刺して、その辺りにあった木の板に打ち付けて、毒がありそうな皮と内臓は除去する。

皮を剥かれても、まだうねうねと動いている。なんて生命力だろう。ただ、硬そうでもある。筋肉ばかりで脂肪がない。

「なんか懐かしーな。ガキん頃は食うもんがなくて蛇も食ってたなー」

「私もですよ」

「俺もだ」

「ヘッ、お前らはどうせちゃんと料理人に料理されたものを食ってたんだろ」

リゼットは懐かしい記憶に思いをはせる。

「私はおばあ様と森でサバイバルしていた時に食べました」

「まず話の入りからしてわけわからん」

「おばあ様は元々冒険者で、私に色んなことを教えてくださいました。獲物の獲り方に捌き方、料理の仕方……おじい様とおばあ様には感謝しかありません」

祖母からは森やダンジョンで生きる術を学び、祖父からは貴族の在り方や商売の基本、そして膨大な書物から知識を受け継いだ。それらがあってこそ、ダンジョンで生き延びることができている。

「レオンはどんな蛇を食べたんですか？」

「俺は、昔、修行の一環で冬山に一人で入った時に――」

「だから話の入りからおかしい！」

「食べるものがなくなって冬眠中の蛇を掘り起こして食べた」

レオンハルトは懐かしそうに語る。

「冬山で単独サバイバルですか……」

「……くそ、生きる力が強い……」

「そんなに珍しいことかな。俺の周りでは割とよくある話だったんだが」

「マッスルなお国柄ですね」

車輪蛇をさっと腹側から開いて適当な大きさに切る。その頃にはもう動きはなくなっていた。柔らかい小骨が多いので包丁で細かく切れ目を入れて、大きな骨は取り除く。

木の葉のようになったそれを一度浄化魔法で清めてから、深めのフライパンで焼く。

アイテム鞄から新たに補充した調味料を取り出し、魚醤と酢と香辛料、砂糖を煮詰めてソースをつくり、それを肉に塗って遠火で焼く。一度焼けたら再びソースを塗って更に焼く。

「いい匂いだな」

「くそ……腹が減る自分が嫌だ……」

焦げないように気をつけて、飴色になってきたら火から下ろす。

「できました！　車輪蛇の甘辛焼きです！」

早速食べる。

「――うまいな。淡白な身に甘辛いソースがよく合っている」

「あー、昔食ってたやつより断然うまい。料理ってすげーな」

繊維を切って柔らかくなった淡白な肉に、深い香りがついている。臭みもなく、しっとりとした舌触りだった。

身体が内側から温まり、生きる力が湧いてくる。これこそがモンスター料理の醍醐味だ。

食事のあとは少し休憩してから探索を再開する。

「えーっと、ここところがこー繋がって……っと」

ディーが迷宮コンパスを手に地図を作成していく。ディーが描く地図は、まるで上からダンジョンが見えているかのように、わかりやすいものだった。

「どうしてそんなに綺麗な地図が描けるんですか？」

「方角と歩幅。つまり方角確認と歩幅での距離計測。あとは慣れ」

さらりと言っているが、かなりの高等技術ではないのだろうか。リゼットは尊敬の眼差しでディーを見つめる。

「私も地図を描いてみたいです」

「お前にはモンスター焼き払うって仕事があるだろ。描き方はまた教えてやるから自分の仕事しろ」

その声に応えるかのように、通路にまた車輪蛇が現れる。

レオンハルトがスムーズな動きでリゼットを投げようとしたため、リゼットは慌てて声を上げた。

「ちょ、ちょっと待ってください！　アイスウォール！」

通路いっぱいに氷の壁が出現し、高速回転を始めていた車輪蛇はあっさりと氷壁に弾き返される。

ダメージはほとんど入っていないようで、すぐにまたむくりと起き上がり輪となる。

「アイスウォール！」

リゼットはすかさずもう一枚氷の壁を――車輪蛇の後方に、囲むように出現させて前後左右を壁で封じる。これで車輪蛇は氷壁の中で回転し続けるしかできなくなる。いつか氷が溶けるまで。

「どうですか？　この方法なら車輪蛇も動けません！」

「うん、潜った方が早い」

「そんなっ？」

考えていた戦法があっさりと却下(きゃっか)される。

「まーおおげさだよな」

「おおげさ……」

「――いや、悪くはないけれど魔力消費の問題がある。できるだけ君を消耗させたくない」

「うぅ……そのとおりですね……」

レオンハルトの言うことはもっともだ。足を引っ張りたくないとか、手間をかけさせたくないとか、恥ずかしいとか、そんなわがままな理由で手間と魔力のかかる方法を取るわけにはいかない。

「んで、この氷退(ど)けてくれねえと通れねーんだけど？」

「はい……」

氷を解凍してすぐに元気に飛び出してきた車輪蛇を、ディーがあっさりと潜って、リゼットはレオンハルトに投げられて通り抜け、最後にレオンハルトが軽々と潜り抜けて車輪蛇を倒す。

倒した車輪蛇は解体して、肉にする。その作業が終わった頃、ふと不思議な音が聞こえた。

「――いま何か聞こえませんでした？　歌か、楽器のような……」

レオンハルトとディーには聞こえている様子はなかった。揃って首を捻(ひね)っている。

「歌うとなると、セイレーンかハーピーだろうか……」

『――――』

また、聞こえた。

「こっちの方向です」

リゼットは音に導かれるままに洞窟の奥を指差し、足を踏み出した。

進んでいくと、足元の感触が変わってくる。足元に灯火の光が反射し、踏んだ場所の水が跳ねた。下が泥水で濡（ぬ）れてぬかるんでいる。

「足元気をつけろよ」

しばらく進むと、灯火で照らされる泥水のたまりの中に、ぐったりと横たわる幼い少女がいた。

金色の瞳に、雪のように白い肌。薄紫（うすむらさき）の長い髪。そして下半身が薄紫の鱗（うろこ）に覆（おお）われた蛇の姿をしている。蛇に食べられているわけではなく、完全に一体化している。

「ラミアか……」

レオンハルトが剣の柄（つか）に手を置く。

**【鑑定】**ラミア。半人半蛇（はんじゃ）の人食いモンスター。食欲は旺盛（おうせい）で同族も食べる。その身は呪（のろ）いに蝕（むしば）まれ眠ることができない。

（……眠ることができない……）

ラミアはかなり弱っているようだった。岩場に上半身をもたげたまま、ほとんど動かない。

『水……』

いまにも消え入りそうなほど、か細い声が響く。

『きれいな、水……どこ……』

「水ですね。どうぞ」

リゼットは水魔法で水球をつくり、幼いラミアに渡す。震える両手で水球を受け取ったラミアは、不思議そうにそれを眺（なが）め、おずおずと口をつける。

そしてそのままごくごくと飲み始める。目から喜びの涙を流しながら。

（この周囲、泥水ばかりですものね……）

ラミアの周囲に流れている水も、身体を濡らしているのも、土や不純物が混じった泥水ばかりだ。

リゼットはアイテム鞄から車輪蛇の甘辛焼きを取り出す。

「こちらも食べますか？」

「いいのかそれ……色んな意味でいいのか……」

同族も食べるのなら車輪蛇も食べられるとリゼットは思ったのだが、幼体ラミアは目を逸らす。水を飲んだことで元気になったようで、逃げるようにするするとダンジョンの奥に消えていく。水球を大事そうに両手で抱えたまま。

「見逃して構わないのか？」

レオンハルトが聞いてくる。彼も剣に手は置いているものの抜く気配はない。

「はい。食べられないし襲ってこないモンスターとは戦う理由がありません」

「食べられるんなら殺るんだな」

ディーの呟きに、リゼットは当然とばかりに頷いた。

「はい。餓死してしまったら元も子もありませんから。おふたりも、見逃してよかったですよね？」

「ま、オレはリゼットと同意見だな。無用な戦いはごめんだぜ」

「……そうだな」

少し間をおいて、レオンハルトも頷く。

「へー、ちょっと意外だな。レオンはモンスターは全部倒すべきってタイプかと思ってたぜ」

「否定はしない。いまは無害でも、成長すれば人間を襲うだろう。危険な芽は摘んでおくべきだ」

レオンハルトの意見ももっともだ。見逃したモンスターに、いつか他の誰かが襲われるかもしれない。本来なら倒すべきだが、リゼットはどうしてもそんな気になれなかった。

「だが少し気になるな。あのラミアはあまりにもラミアらしくない」

「意思の疎通ができますしね」

「それだけじゃなくて、なんというか……大前提としてラミアは蛇だ。なのに蛇としてはあまりにも人間らしすぎる」

「上半身は人間じゃねーか。頭が人間なら、人間らしくてもおかしくねーだろ」

レオンハルトは小さく首を横に振る。

「ラミアは上半身も人間じゃない。人間に見えるように擬態しているんだ。ラミアは、人間の男を誘惑して、頭から丸呑みして胃に収める」

「は？」

「頭から丸呑みする」

念を押すように言う。大事なことらしい。

「人間ならそんなに顎は外れないし、呑み込めたところで気道が塞がって窒息する。だがラミアは、エラ呼吸ができるから死なない。どう考えても人間じゃないだろう？」

「な、なるほど……それは確かに人間ではありませんね」

「……オレ、モンスター嫌いになりそう」

その後はまた探索を続けたが、目ぼしい成果はなかった。一度長い休憩を取ることにして、交替で睡眠をとる。

リゼットは起きてから昨日村でつくったシチューの残りを温めた。小麦粉で小さい団子を作って塩ゆでしたものも追加して、ボリュームを増やす。

「くわぁぁ……しみる……普通に生き返る……普通に生きてるって感じがするぜ……」

シチューを食べながらディーがやけに感動していた。

「ミミックがいればいい食材になるのですが、宝箱もミミックもいませんね」

ミミックはエビの味がして美味だ。可食部も多いので食材として優秀だが、まだ宝箱もミミックも見かけていない。宝箱の代わりに冒険者の白骨は時折見つかるが、所持品は残っていない。ゴブリンが持ち去っているのだろう。

「このダンジョンは本当に新しい感じがする。まだ第一層ということもあるかもしれないが……ダンジョンは成長するほど多種多様なモンスターが現れてくるものだ」

いままで出会ったのはゴブリン系と蛇系――車輪蛇とラミアだけだ。バリエーションがない。

「なるほど。では明日にはミミックも現れるかもしれませんね」

「どう考えても今日明日って感じの話じゃねーだろ。何十年、何百年ってスケールの話じゃね？」

「そんなに長くダンジョンに留まるわけにはいきませんね……」

リゼットは片付けを終えて立ち上がり、魔法の灯火を作り直す。

「それでは今日も元気に探索しましょう！」

気合を入れ直して、ダンジョンの第一層を進む。

出会うのは車輪蛇や、ゴブリンにゴブリンリーダー等のゴブリン族。そして新たにグリーンスライム、レッドスライム、ブルースライムのスライム三種。ほとんどは【先制行動】の全体攻撃魔法で終わる。その中で食べられそうなのは車輪蛇くらいだ。

「にしても、未知のダンジョンってのは厄介なもんだな。情報が何にもねえ」

ディーが地図を描きながら唸る。

「ダンジョンの情報ってどこから得られるんですか？」

リゼットが聞くと、レオンハルトが答える。

「冒険者ギルドでダンジョンの情報を得られるんだ。支払いはゴールドか、別の情報でになる」

「ンなことも知らねーのかよ。ギルドうろついてたら色々情報入ってくるだろ？」

「冒険者ギルドには一度しか行ったことがなくて……」

「恐ろしい初心者だぜ……まあここは構造も単純ぽいから、一層はすぐにクリアできるだろーけど」

進んでいくと、やがて広い空間に出る。壁や天井は他の場所と同じくごつごつとした岩に覆われていて、部屋の一番奥には大きい穴があった。灯火では、奥の暗闇を照らし出すことはできない。

「いかにもって感じだな……」

ディーが警戒しながら呻く。

穴の奥からは生き物の気配がした。異様な雰囲気は他者の接近を拒んでいるかのようだ。

「リゼット、火矢で追い出してくれ」

「はい、フレイムアロー！」

火矢が穴に吸い込まれる。ざわっと空気が揺れ、そのわずか後に穴から大蛇の群れが頭を出す。

――違う。大蛇の群れではない。それは八つの頭を持つ、一匹の蛇だった。

「ヒュドラか……！　毒に気をつけてくれ！」

【鑑定】ヒュドラ。八つの頭を持つ蛇。頭の内のひとつは不死。猛毒はあらゆる生命を死に至らせる。

【水魔法（上級）】【敵味方識別】

「フリーズストーム！」

リゼットはヒュドラの動きを鈍らせるため、室内に氷雪の風を吹かせた。

蛇なら寒さには弱いはず。予想通り、ヒュドラの動きがやや緩慢になる。

レオンハルトが頭の一つを斬り飛ばす。盾で返り血を防ぎながら。しかし、斬り落とされた部分がたちまち再生し始める。ぼこぼこと肉が盛り上がり、あっという間に元の頭の形に戻る。

「うへぇ気持ち悪ぃ」

「リゼット、魔法で斬った場所を焼いてくれ」

言いながら、レオンハルトの剣がまた一つ頭を斬り落とす。

【火魔法（神級）】【魔法座標補正】【敵味方識別】

「フレイムアロー！」

斬ったばかりの断面を魔法の火矢で焼く。断面は黒く焦げて、再生しなかった。

「よし」

レオンハルトが続けてヒュドラに迫り、首を飛ばす。それをリゼットがすかさず焼くことを繰り返し、最後に中央の頭が一つだけ残る。中央のそれだけは、焼いてもそれ以上の速度で再生した。

「レオン、もう一度あの頭を落としてください――フリーズストーム！」

氷雪の嵐でヒュドラの動きを鈍らせる。嵐の中で剣閃が迸り、ヒュドラの首を再び落とす。

レオンハルトは軽々と行なってしまうが、強靭な筋力と類まれな技、ドワーフ謹製の剣が合わさっての神業だ。

リゼットは土魔法で大きな穴を開け、そこに頭を失ったヒュドラの身体を落とす。

【魔力操作】【土魔法（初級）】

「ストーンピラー！」

リゼットは天井から石柱を下に伸ばし、ヒュドラを上から押さえつける。断面からは頭が再生しつつあったが、太い柱で押さえつけられているため動けないでいる。激しく身じろぎしていたが、抜け出すことは到底できそうになかった。

「……終わったのか？」

離れたところにいたディーが、確認するように言う。

「ああ。倒せてはいないが、これでもう動くことはできないだろう。さすがリゼットだ」

「いえ、私だけではとても」

レオンハルトの剣と盾についた血を浄化魔法できれいにする。

ディーは辺りに転がっているヒュドラの頭の一つをブーツの裏で転がす。

「ヒュドラの毒ってかなり強力なんだろ？　オレも聞きかじったことあるぜ」

「ああ。胆汁(たんじゆう)を矢に塗ってつくった毒矢は不死さえ殺すと言われている」

「へーえ」

上機嫌(じようきげん)に口笛を吹く。

「だがヒュドラ毒を使ったものは、最後は自分もその毒で死ぬという逸話(いつわ)もある。俺の知っているのは、不死の英雄が誤ってヒュドラ毒を受け、あまりの苦しみに耐えきれずに、自分の身体を燃やしてようやく苦しみから解放されたという話だ」

「怖っ」

「まあ……不死でも耐えきれなかったのですね……」

不死だからこそ耐えきれないのか。不死の英雄でも死に救いを求めるほどの毒。まるで呪いだ。

「でも傷口に入りさえしなきゃ大丈夫だろ。なあレオン、蛇ってどこに毒溜めてんだ？」

「毒腺は上顎部分だったかな……」

ディーはヒュドラの口を開く。

「ディー、危ないですよ」

「気をつけるって」

言って、ヒュドラの上顎に手持ちの矢を慎重に突き刺した。

先端に毒が付着したそれに、くるくると防水紙を巻き付けて矢筒に戻す。

「さて、こんなところとは早くおさらばしようぜ」

ディーはきょろきょろと辺りを探し回る。ヒュドラの隠れていた穴の奥に、下の階層へ続く階段が見つかった。しかしもうひとつのあるべきものが見つからない。

「なんでだよ……なんで帰還ゲートが出ないんだよ……！」

切羽詰まった叫びが響く。

あちこち探し回るが、あるのは階段だけで帰還ゲートが出現していない。

「まだヒュドラが生きているからかもしれないな」

レオンハルトが穴の中のヒュドラを見る。まだ逃げようと暴れている。

「不死身のやつをどーやって倒すんだよ！　一層から条件厳しすぎだろ！」

「うーん、なかなかハードモードですね」

脱出不可のダンジョンは、リゼットが想像していた以上に難攻不落なようだ。

「ですがそれならダンジョンを踏破すればいいだけです！　それよりもヒュドラを食べましょう！」

レオンハルトの顔が青くなる。

「ヒュドラを、食べるのか……」

「毒処理はしっかりしておきますね」

車輪蛇は普通の蛇と同様、淡白な味だった。おそらくこのヒュドラもそうだろう。

淡白な蛇には甘辛いソースがよく合うが、同じものを続けて作っても飽きるだろう。

そこでリゼットは切り落とされたヒュドラの部位から大きめの骨を取りのぞき、小さい骨は肉とまとめて細かく切って、とにかく叩き潰して、毒消し草と混ぜて、すり身にした。

皮と鱗が硬いので解体に少し時間がかかったが、レオンハルトのアダマントの剣は非常によく斬れるため問題なく肉の塊が取れた。

魔法で火をおこして、村でもらった根菜でスープをつくる。ヒュドラのすり身をスプーンですくってスープに入れて煮る。よく煮込み、灰汁を取り、最後に解毒するためユニコーンの角杖を一回しし、味見をして塩加減で調える。器に盛るときには毒消し草を細かくしたものをはらりとかけて彩りにした。

「できました。ヒュドラのすり身団子スープです！」

「本当に大丈夫なのかこれ」

「解毒はしっかりしているので大丈夫です。味見しましたし」

「してんのかよ！　本当怖いもの知らずだなお前！」

火を囲んで揃ってスープを食べ、揃ってほっと息を吐く。

「ホント、元を知らなきゃほぼ鳥肉だな」

「とても優しい味です……身も心も癒やされます」

「車輪蛇より少し肉が甘い。野菜の甘味と一体化して、うまいな」

洞窟内の寒さと湿度で冷えた身体に、スープの温かさが一段と染みる。身体の奥からぽかぽかして、少し汗ばんでくるほどだった。ヒュドラの力だろうか。

「ヒュドラは東方ではヤマタノオロチと呼ばれているらしい。八つの頭がある蛇という意味だ」

「まあ、東方にも同じようなモンスターがいるんですね」

遠く離れた場所でも同じようなモンスターがいて、違う名前で呼ばれているというのも興味深い。

「ヤマタノオロチは強い酒を捧げられ、酔っ払ったところを退治されたそうだ。酒は飲んでも飲まれるなという教訓だな。ディーは覚えておいた方がいい」

「うるせぇよ」

「いろんな伝承があるんですね。ヤマタノオロチはいったいどんな味なのでしょうか……」

「味かよ。にしてもこれ、身体が熱くなるな……」

「風邪の予防にも良さそうですね。このダンジョンは冷えますから」

食事を楽しんでいたそのとき、部屋の入口の方から二人分の足音が響いてくる。モンスターかと警戒していると、明るい声が大きく響いた。

「おお、すげえ！　あのヒュドラを殺ったのか！」

驚きと喜びの声を上げたのは、槍を持った群青色の髪の青年だった。喜びの表情は太い柱の下敷きになっている生きたヒュドラを見て強張る。

「い、いや、殺ってはいねぇのか……でも封印できてるのか。階段も出てるし、すげーな、お前ら」

青い瞳を輝かせ、人懐っこい笑顔を浮かべる。

「おっと自己紹介が遅れたな。おれはケヴィン、伝説をつくる男だ。こっちは相棒のユドミラ」

ケヴィンと名乗った男は得意げに言い、後ろのもう一人を紹介する。

ユドミラは長い銀髪を編み込んでまとめ、フードをかぶった女性だった。こちらも二十歳前後で、まるで彫刻のように整った顔立ちをしていた。その背には弓がかけられている。

「無愛想なやつだが勘弁してやってくれな」

「あ、はい。よろしくお願いします」

まさか人間と出会えるとは思っていなかった。気を取り直して挨拶をして、それぞれ名乗る。名乗っている間もケヴィンは友好的すぎるほどだったが、ユドミラはまったく反応を示さない。無表情のまま視線を逸らしている。リゼットたちに興味がないとばかりに。

「俺たちの他にも冒険者がいたとは思わなかった」

レオンハルトが言うと、ケヴィンは苦笑しながら槍を背中のホルダーに固定する。

「あー、たまたまこのダンジョンを見つけて入ったら囚われちまってな。あのヒュドラが厄介で、進むこともできずに参ってたんだよ」

「伝説がいきなり止まってるじゃねーか」

「マジでヤバかった。あんたらには感謝するぜ。にしてもいい匂いだな」

ケヴィンは明るく笑いながらリゼットたちの食事風景を見る。

「すごいな。ダンジョン内でこんな料理してるやつ初めて見たぜ。普通は干し肉と石のようなパンとチーズくらいだからなー」

「こちらでよろしければどうぞ」

器にすり身団子スープを入れて、ケヴィンに渡す。

「おお、お嬢さん！　なんて優しい！」

「ヒュドラのすり身団子スープです」

ケヴィンは皿を受け取ったまま硬直した。

「ヒュドラ？　ヒュドラって言ったいま？」

「はい。そこにいる新鮮なヒュドラです。おいしいですし、温まりますよ」

「う……ぐ、うぐぐ……背に腹は代えられん……」

ケヴィンは皿に口を寄せて。

「うっ……」

口を閉じて顔を逸らす。それを三回繰り返す。

「早く食え」

ディーに言われて渋々決心したかのように口をつけ、一口スープを飲む。

強張っていた顔がふっと緩み、中の具を食べ始める。

「……うまい。ヒュドラがこんな上品なスープになるのか？　信じられん……」

「よかったらこちらもどうぞ。車輪蛇の甘辛焼きです」

行動食用に作っていた、串に刺した車輪蛇の甘辛焼きを渡す。

「へーえ、面白いな。どれどれ——……うん。まったりとしてしつこくてエグみがあり……結構なお味で……うげえ……」

忌憚のない意見を言うケヴィンを、ユドミラは冷めた目で見ていた。

リゼットはユドミラにもスープを渡そうとしたが無視される。満腹なのかもしれない。

「オレ、結構うまいと思ったんだけど……？」

「彼はモンスターを食べ慣れていないんだろう」

「……オレ、知らないうちに味覚が変わっちまったのか……？」

ディーは絶望したような表情で、両手をわなわな震わせる。

「進化ですわね」

「うるせえ」

「環境に適応したということだ。自信を持っていい」

「うるせえ」

「……あんたら、もしかしてずっとこんなもの食って探索してるのか？」

車輪蛇の甘辛焼きを食べながら、ケヴィンは渋面で聞いてくる。

「はい。モンスター料理は新鮮かつ力が湧いてくる素晴らしい料理ですから」

「すげえな……あんたらもいつか伝説になるだろうな。そしてこのおれもだ！」

ぐっと一気に口に入れ、力強く噛みしめて嚥下する。疲労感に溢れた息を吐いて、口元を拭う。

「――さて。本題はここからで……」

ケヴィンの口元が引きつった笑みをつくる。

「おれたち協力しないかい？　人数が多い方が安全だろ？」

「協力ですか……？」

「ああ。もちろんお宝が見つかったら分け前は等分でな」

悪くない条件だ。未知のダンジョンを攻略するのだから人数は多い方がいい。休憩時の見張りの負担も軽くなる。だがリゼットにはひとつ気になることがあった。

「お二人はいつからこのダンジョンにいらっしゃるのですか？」

「ん？　あんたらのやってくる少し前じゃねーか？　あんたらだってまだ日が浅いだろ？」

ケヴィンは首を捻りながら答える。

そうしているとケヴィンの後ろにいたユドミラが、階段の方へとまっすぐに歩いていく。一言も発さないまま。

「お、おい待てよ相棒！　悪いな、じゃ！」

ユドミラを追ってケヴィンも階段を下りていく。そしてまた三人だけに戻る。

「……もったいねえなぁ。腕は割と立ちそうだったぜ」

すり身団子スープのおかわりを食べながらディーがぼやく。

「同じダンジョンにいるならまた会うこともあるだろう。味方とも限らないが」

「なんでだよ」

「……不思議なんです。私たちが入ったときはモンスターの新しい死体はありませんでした」

すべて白骨化していて、いまにもすべて朽ち果てそうな死体ばかりだった。ここ最近新しく倒されたモンスターはいなかった。

「それがどーした？」

「あのおふたりが痕跡を残さないように始末しているのなら、それもあるかもしれませんが――」

「彼らは俺たちの後に入ってきたのかもしれない」

ディーが首を傾げる。

「それが何か問題なのか？」

「もし嘘だとしたら、必要のないところで嘘をついているのは気になるな」

レオンハルトもリゼットと同じ危惧を抱いている。ディーはそれを笑い飛ばした。

「向こうの勘違いだろ。考えすぎだって」

「それはそうなのですが……」

そもそもこんな辺鄙なダンジョンで出会うこと自体が偶然が行き過ぎている。どこか作為的なものを感じた。

「モンスターを食べてくださったので悪い方と思いたくはないのですが……」

「その判断基準は危険だと思う」

「まー考えてもしょーがねーよ。それよりも、このヒュドラどうするんだ？」

ヒュドラの身体は太い柱に押さえつけられたままだ。まだ生きている。

「不死も燃やせば変質するのではないでしょうか？　じっくりと燃やして灰にすれば……」

リゼットの思い付きに、レオンハルトが頷いた。

「そうだな。あの不死の英雄のように」

「試してみますね」

リゼットはヒュドラを炎で包む。神の炎を使うことで、リゼットの髪が一房赤く燃える。

炎に激しさは求めない。ゆっくりと確実に焼いて、灰にしていく。

ヒュドラの身体が段々と崩れ落ち、最後には琥珀色の魔石だけが残った。

だが――

「……やっぱりゲートは出ねーのかよ……」

部屋のどこにも帰還ゲートは現れない。

「なら前進あるのみです！」

リゼットたちは前に進むため、階段を下りた。

魔法の灯火が、岩に広がる森のような風景を映し出す。足音が上の方まで響いていき、リゼットは灯火を強めて上を見た。天井はかなり高くなっていたが、石に覆われていて空は見えない。

「なんだかとってもダンジョンって感じですね」

植物と水の匂いを強く感じる。まるで深い深い夜の森の中にいるかのようだ。

「あら……この森、葉が赤いですね」

森の木を見ていると、葉の色が緑ではなく赤いことに気づく。木の幹も薄い灰色だ。

「外の植生とはまったく違うな……」

レオンハルトが興味深そうに呟く。外とはまったく違う世界の感触――未知との遭遇に、リゼットの身体がぞくぞくとした。ここではどんなモンスターと出会えるのだろう。

「うっわ、なんだこれ」

ディーが驚きの声を上げ、身体を竦ませる。灯火でその足元を照らすと、そこにはどす黒い塊が半分埋まっていた。――否、埋められていた。

「……ゴブリン、だな……」

レオンハルトがじっくりと見て断定する。

原形はほとんど残っていない。頭は噛み潰され、身体は太く鋭い爪で切り裂かれた痕が刻まれていて、腹部は噛み千切られて内臓がない。およそ人間の仕業ではない。

——そんなゴブリンが三匹分もいた。そして全部が土を被せられて埋められている。

「食べられたようですね。ダンジョン内にも生態系はあるんでしょうか」

ゴブリンは明らかに食べられていた。付近にモンスターを食べるモンスターが存在するということだ。

「……これは、キリングベアーの仕業かもしれない」

ゴブリンの側にある大きな足跡と、落ちている赤毛を見つめ、レオンハルトが真剣な表情で言う。

「キリングベアーって、あのキリングベアーですか？」

地上で度々甚大な被害を出している強靭凶悪なモンスター、それがキリングベアーだ。雑食で肉を好み、人をも襲うことがある。あまりにも強いため神聖視すらされることもある存在だ。

特に大型のものはジャイアントキリングベアーと呼ばれ、畏怖されている。ジャイアントキリングベアーが村に現れれば、その村は滅びるとまで言われている。

「ダンジョンの外から入り込んだのかもしれないな。足跡から見るに、大きさは三メートルほどか」

リゼットの倍近い。想像しながら見上げてみて、ゾッとした。それよりも大きなモンスターと何度も戦ってきているとはいえ、あまりにも大きさが違うモンスターとはまた別の威圧感がある。

「会いたくねぇなぁ……」

「ゴブリンを主食としているなら、俺たちを積極的に食べようとはしないかもしれない。キリングベアーは雑食だけれど偏食だ。気に入ったもの以外は基本食べない」

「だといいけどな。腹が減ってたら、何食うかわかんねーぞ」

ディーとレオンハルトが何故かちらりとリゼットを見る。

「食うか食われるか……うーん、なんだかとってもダンジョンって感じですね」

「……そうだな。警戒するに越したことはない」

レオンハルトは険しい顔をし、立ち上がった。

「まーいざとなったらヒュドラ毒もあるしな」

ディーは矢筒を見て安心したように笑い、歩き出した。

「この先、水の匂いがするな……魚が食えるかも」

第二層の地図を描きながらディーが呟く。進むごとに塩っぽい水の匂いが増していく。

「もしかしたらウォーターリーパーがいるかもしれませんね」

期待しながら進んだ先には、水があった。広い洞窟の暗闇の中に、森と水辺が広がっていた。

風もないのに水面はわずかに波立っている。波が奏でる音は、まるで川のせせらぎや、森のざわめきのようだった。

「これは、まるで海だ……」

レオンハルトが水面を見ながら驚きの声を零す。

「これが海ですか？」

リゼットは目を凝らして広がる水を見る。リゼットの想像していた海とはかなり違うが、現実と想像には隔たりがあるものだ。

「いや、本当の海はもっとどこまでも広がっている……だがこの匂い――このさざ波も……」

【鑑定】汽水。真水と海の水が混ざり合っている。塩分と微量の金属とエーテルを含む。

水面の先は暗闇に閉ざされていて、向こう側は見えない。周囲を見渡せば、水際に沿って通路が延びているのが見える。水際の反対側には赤と灰色の森や、岩壁がある。

——刹那。水面が激しい飛沫を上げ、水の中から何かが飛び出してくる。

【水魔法（上級）】

「アイスウォール！」

リゼットは氷の壁をつくり、飛び掛かってきた何かごと凍らせる。そびえ立つ透明な氷壁の中で、魚と落ち葉と藻の欠片が凍りついていた。

「魚……」

リゼットは魚がいる部分だけ氷を溶かし、魚を手に取ってつかみ出す。

「これは間違いなく魚です……ディー、魚ですよ！」

「そうだなモンスターだな」

【鑑定】レモラ。障害の怪魚。頭の吸盤であらゆるものに取り付き、遅延させる。船の進みが遅くなればこの怪魚が船底に張りついているかもしれない。

手に取ったレモラはたっぷり太っていて、非常においしそうだ。額には立派な吸盤がある。これで船や他の魚に取り付くのだろうか。

「とってもおいしそう。早速食べましょう」

リゼットはまな板を取り出し、包丁を握ってまずレモラの腹を割いた。

ぱんぱんに膨らんだ腹部には、半透明の卵の塊がたっぷりと詰まっていた。丸々と太った健康そうな魚卵だ。浄化魔法で消毒してから、アイテム鞄の中から取り出した酒を入れて卵をほぐす。

「――酒！」

「ディー、これは料理用のお酒です」

「酒は酒だろ！」

「レオン、ディーを押さえておいてください」

「あ、クソッ、離せっ」

食中毒を警戒して、卵に軽く火を通すとともに酒のアルコールを飛ばす。

スプーンですくって食べると、ぷちぷちとした食感が口内で弾けた。とろりとした塩味の液体が溢れ、酒の風味と合わさって深い味わいをもたらす。

「ああ……これは美味です。はい、レオンもどうぞ」

スプーンですくって、ディーを後ろから羽交い絞めにしているレオンハルトの口元へ運ぶ。

レオンハルトは一瞬固まったが、躊躇いがちに口を開けて食べた。

「どうですか？　ぷちぷちしておいしいですよね」

「ああ、うん……うん……」

何故か遠い目をしているが、不快感はなさそうだった。

「ディーもどうぞ」

ディーの顔が引きつる。完全に逃げ腰だがリゼットはどうしてもこの味を共有したい。

「魚ですし、気持ち悪くないですよ？」

「いやごめん。お前らとは感性合わねえかも」

逃げようとするディーをレオンハルトが更に押さえつける。

「大丈夫だ」

「何がだよ」

「ダンジョン領域内だから、死んでも蘇生できる」

「お前らが先に死んだら無理だろそれ！」

ディーが暴れるがレオンハルトはびくともしない。

「それにレオンお前、蘇生魔法はあんまり自信がないって言ってなかったか？」

「復活アイテムの『命の種火』がある」

——『命の種火』はダンジョン内で死亡したときにその場で復活できるアイテムだ。とても貴重で高価、そして一人ひとつしか持てないという謎の制約がある。

「こんなところで無駄遣いさせるな！」

「絶対大丈夫ですよ。はい、どうぞ」

リゼットはディーの口元にレモラの卵がのったスプーンを持っていく。

ディーは無言のままじっとそれを見つめ、強く目を閉じ、意を決したかのように口を開けた。

卵を口の中に流し入れると、眉根を寄せながらそれを噛んで、飲み込む。

「あ……クソ……普通に食える……」

弱々しい声で言い、ぱたり、と力なく膝をついた。


火をおこし、五匹のレモラに枝を刺して、塩を振って遠火で焼く。身が透明からミルク色に変わり、脂がじわじわと染み出してきたところで食べる。

「んー、脂が乗っていておいしい……」

しつこくなくて柔らかく、口の中でほろりと溶けて、ふわりとした甘さと塩がお互いを引き立て合う。それに加えて柑橘類のような爽やかな香りがふわりと漂う。

「なんか普通にうまいなこいつ」

「上質な白身魚ですね……卵も身もこんなにおいしいなんて」

うっとりとしていると、レオンハルトが笑った。

「リゼットは魚が好きなんだな」

「はい。昔から、海の魚や海産物が大好きでした。イカとかタコとかエビとか。魔法で凍らされたものが家に届くときはわくわくしたものです」

「さすが元貴族。絶対高いやつだろそれ」

海辺の町から内陸までの運搬、そして魔法で凍結する手間、それらが費用としてかかっているため価格は高くなる。そのため贅沢品とされていたのは事実だ。

「でも、昔食べていたものより、いまのこのレモラの方がずっとおいしく感じます」

「確かにこれはうまいな。新鮮だからかな」

「腹減ってるからじゃね」

鮮度は重要だ。それに空腹は最大のスパイスという。だがリゼットはそれだけではない気がした。

誰かと――信頼できる仲間と一緒に食べること。味を共有し、会話をするこの時間こそが、料理を何十倍にもおいしくさせていると感じた。

(お母様が亡くなられてからは、家族で食事ということもほとんどありませんでしたね)

特に妹のメルディアナが食事を同席するのを嫌がった。

貴族時代の生活は贅沢なものだったが、最後の方は孤独だったのだといまならわかる。当時は心が空虚だったことなど気づきもしなかったが。

食事とは何を食べるかよりも、誰とどんな雰囲気の中で食べるかの方が重要なのかもしれない。

(とはいえそろそろ野菜か果物が欲しいわ。栄養が偏ってしまうもの)

雰囲気も重要だが栄養も大事だ。このダンジョンを生きて脱出するためにも。村で貰った野菜はまだあるが、いつまでもあるわけではない。

リゼットは水辺の森を見る。木の実やキノコなら手に入るだろうか。もちろんモンスターでもいい。しかし灯火の魔法と共に森に入ると火事になってしまいそうだ。赤い葉は、まるで枯れているようで燃えやすそうだった。ダンジョン火災は想像するだけで恐ろしい。

（海藻でも落ちていないかしら）

波打ち際に漂着物があるかもしれない。

水面を覗き込もうとしたリゼットをレオンハルトが止める。

「リゼット、あんまり水に近づかない方がいい」

そのとき、水面がざわめいた。水面の遥か奥から何かがせり上がってくるようなざわめき方——

そして、激しい水柱を立て、黒く長いものが飛び出してくる。その寸前、レオンハルトに腕を引かれて後ろに下がる。

モンスターの髪——あるいは触手が激しく水面を叩き、リゼットたちに襲い掛かる。

【水魔法（上級）】

「凍れ！」

周囲一帯の水面が凍りつく。水の上に出てきたモンスターと共に。

【鑑定】サウザンドブロブ。海底に生える千の昆布。獲物に巻き付き、海底に沈める。

凍ったサウザンドブロブが、氷面の根元でパキリと折れて倒れてくる。

赤黒く長い緑の葉の表面には、ぷちぷちとした半透明の卵がびっしりとついていた。

「なんだよそれ気持ち悪い」

「これは昆布のモンスターです。産みつけられているのはレモラの卵ですね」

「昆布ぅ？　なんだそれ」

「海藻です。良いエキスが取れると聞いたことがあります……これは、きっとおいしいですよ！」

リゼットは馬の脂の塊をアイテム鞄の中から取り出し、深めのフライパンにそれを溶かして、卵付きサウザンドブロブを揚げ焼きにする。

素揚げにした卵付きサウザンドブロブをざくざくと一口大に切り、皿に盛りつける。

「いただきます」

最初はざくざくとした食感と脂の旨味、その後に昆布の旨味とレモラの卵のコクがやってくる。

「熱っ……ああ、うん、生よりこちらの方が食べやすい」

一瞬顰め面をしたレオンハルトが顔を綻ばせる。

「クッ、うめえ、酒が欲しい……」

卵付きサウザンドブロブの素揚げがあっという間に減っていく。

「もうないのかよ」

ディーがサウザンドブロブを探すが、レモラの卵付きは見つからない。仕方なく、リゼットはただのサウザンドブロブを素揚げにした。カラッと揚げて食べると、パリパリとした食感が楽しい。

「これもなかなか美味ですね……」

いつまでも食べてしまいそうなほどに魅惑的だった。

すっかり満腹になり、心も身体も満たされる。寝袋を枕にして、ゆったりまったりと時を過ごす。

「おー……あそこに空があるぞ」

ディーの視線の先を追うと、天井の切れ目に星空が見えた。まるでそこだけダンジョンの天井が崩れているかのようだった。第二層の上も洞窟のはずなのに、空が見える不思議。ダンジョンとはどうしてこうも不思議で魅力的なのだろう。

「素敵な星空です。このダンジョンは幻想的ですね……」

「ああ、原初に近いな……」

「原初……?」

リゼットが言葉を繰り返すと、レオンハルトは続けた。

「世界の生まれた頃のような……ダンジョンは八割がこういう、文明的なもののない原初的なものらしい。発展していたノルンの方が珍しい部類だ」

「そうだったんですね……」

「モンスターの多様性も空間の広さも、ノルンはこのダンジョンとは比べ物にならなかった。それだけダンジョンが育っていたということなんだろう」

「ではこのダンジョンもいずれあそこまで育つのでしょうか」

レオンハルトは苦笑する。

「可能性はあるけれど、多分無理だな。俺たちが攻略してしまうから」

「そうですね」

ダンジョンが成長しきればやがて中のモンスターが外に出るという。そうさせないためにも、そしてここを脱出するためにも、ダンジョンを攻略しないといけない。

(底にはまた女神の聖遺物があるのでしょうか……それとも別の秘宝が……?)

もし聖遺物があったとしても、リゼットはこれ以上取り込むつもりはなかった。リゼットの中には火女神ルルドゥの聖遺物がある。これだけでもう充分過ぎた。

まずはこのダンジョンを攻略する。聖遺物を見つければ拾って地上に戻す。そして誰かに売る。得たゴールドは山分け。リゼットは垣間見える夜空を眺めながら、自分の完璧なプランに微笑んだ。

(それにしても、何もする気が起きません……)

満腹で、さざ波の音が心地よくて。星空が綺麗で。ゆっくり、時間が流れていく。

(——はっ！ これはもしや、レモラの遅延障害?)

あまりにものんびりし過ぎている。取り付いたものの動きを鈍らせるというレモラ。食べた相手にも、その効果を発揮するのだとしたら。

「大変です……」

警戒心の強いレオンハルトとディーも、リゼットと同じようにのんびりしてしまっている。

リゼットはなんとか身体を起こし、料理したレモラの残っていた部分——切り落とした吸盤や骨を集めて水の中に捨てる。あとは水中の生き物たちが食べるだろう。

この「のんびり」も、レモラが消化されれば解除されるはずだ。

そしてリゼットは再び寝袋を枕にして食休みに戻った。

「――なんだね、この有様は。見苦しい」

しわがれた呆れ声が冷たく響く。

聞き慣れない声に、リゼットはなんとか目を開けて起き上がる。

そこにいたのは、ヒューマンの子どもほどの背丈に、亜麻色の短い髪。褐色の肌。そして青緑の深い輝きを持つ瞳と、特徴的な大きな耳を持った、眼鏡をかけた男性――ノームだった。

ノームは精霊と同一視されていた時代もある小柄な人族だ。

ルーツはドワーフと同じだが、ドワーフは力と体力自慢の生粋の戦士であり、鍛冶師としても高い技術を持つ。ノームは生来魔力が高く種族全体が魔術士として優秀だという。そして魔導具作りにも長けていて、数々の便利な道具を生み出している技術者でもある。冒険者が持つ身分証カードもノームが作り出したものだ。

「もしやレモラを食べたのか？　モンスターを食べるキワモノがヒューマンにいるとは驚きだ」

「は、初めまして。リゼットと申します」

リゼットが立ち上がって挨拶をするが、ノームはリゼットたちの方を見もせず、料理の痕跡を顎鬚を触りながら興味深そうに見ている。

「……俺はレオンハルトだ。よろしく頼む」

「……ディー、シーフだ」

「ふむ。小生はフォンキンだ」

興味なさそうに相槌(あいづち)を打って名乗る。フォンキンの関心は料理の方にあるようだった。

「よろしければフォンキンさんもいかがですか？　たくさん獲(と)れますので、すぐに作れます」

「ふむ、遠慮(えんりょ)しておこう。食料ならあるからな」

上着のポケットをごそごそと探(さぐ)る。

（どんな食料でしょう。ノームの方は大気中のエーテルを食べて生きると言われていますが……）

どきどきしながら見守っていると、フォンキンはポケットから固形の携帯(けいたい)食料——麦と木の実とドライフルーツを固めたものを取り出すと、ボリボリと目の前で食べ始めた。

（神秘とはヴェールに包まれていてこそ神秘ですのね……）

ヴェールが外されればそこにはありのままの姿がある。リゼットは勝手な思い込みを猛省(もうせい)した。

「フォンキンさんは、ソロでこちらのダンジョンに？」

「冒険者などと一緒にするでないわ。小生はこのダンジョンの調査をしておる学者じゃ」

「まあ、学者の方だったのですね……おひとりでダンジョンの調査をされているのですか？」

「うむ。この原初のダンジョンの美しいこと、非常に見どころがある」

フォンキンはうっとりとダンジョンを見渡す。

「ここにはかつての世界が完璧に再現されておる。しかも生まれたての頃の世界が。このように美しいものは、この世に二つとないであろう」

ダンジョン内は女神が訪(おとず)れる前の世界が再現されているという。学者を名乗るフォンキンはその時代のことをよく知っているのだろう。

「ええ、このダンジョンはとても美しいです」

原初的だからこその美しさがある。フォンキンの興奮はリゼットにもわかった。

フォンキンは感心したように目を大きくしてリゼットを見上げる。

「おお、ヒューマンにダンジョンの美しさが理解できるとは……」

「恐縮です。フォンキンさん、よろしければ私たちとご一緒しませんか？　脱出できないダンジョンでおひとりで調査は危険でしょう」

「脱出できぬ？　危険？　何を言っておるのだ」

フォンキンが呆れ声で言うと、後ろでじっとしていたディーが慌てて身を乗り出した。

「も、もしかして出る方法があるのか？　頼む教えてくれ！　ください！」

「なんだお前たち。馬鹿正直に表から入ったか」

必死に頭を下げるディーを見て、フォンキンはふっと鼻を鳴らす。

「原初ダンジョンはまだほとんど閉じられた状態だ。備えなしに入れば何が起こるかわからんというのに」

喉の奥で愉快そうに笑う。リゼットたちの窮地を面白がっているようだった。

「そうだったのですね……それではフォンキンさんはどのような手段でこちらのダンジョンに？」

リゼットが問うと、フォンキンは顎鬚を触りながら胸を張った。

「小生は転移魔法でここに入った。もちろん出るときも転移魔法だ」

――転移魔法。

ごくわずかな者しか使えない高等魔法。場と場を繋ぎ、人や物質を一瞬で移動させる魔法だ。

国家間や都市間の荷物や手紙の移動に重用されている。非常に便利な魔法だが、生物の移動はかなりのリスクがあるといわれている。転移場所に人や物が存在すれば、それと混ざってしまうことがあると。そのため拠点づくりと維持には細心の注意が払われるという。

「オレたちもその方法で出してくれ！　頼む！」

「無理だ」

「ゴールドならある‼」

ディーの必死の懇願に、フォンキンはやれやれと肩を竦める。

「この転移魔法は登録してあるものと同じものしか呼び戻せない。いくら黄金を積まれても無理なのだよ、ヒューマン」

ディーががっくりと肩を落とす。いまにも地面に潜り込みそうなほどの勢いだった。

「それではな。せいぜい死ぬではないぞ」

どこか嬉しそうに青緑の瞳を輝かせて、フォンキンはダンジョンの奥へと消えていった。

「レオン、ディーがとても落ち込んでしまっています」

焚き火からやや離れたところで背を向けて座っているディーを見ながら、リゼットはレオンハルトに相談する。

「責任を感じているのかもしれないな……」

「責任……」

このダンジョンを見つけたのはディーだ。自分が見つけなければ、と思っているのかもしれない。入ろうと言ったのはリゼットで、レオンハルトも承諾していた。責任は全員にあるのに。

「ここはそっとしておいた方がいい」

レオンハルトはそう言うが。

（何か気分が明るくなるようなことはないかしら）

気分というのは重要だ。疲労感やストレスが溜まっていれば本来の力は発揮できない。それはダンジョン攻略において致命傷となりうる。何より、ディーが落ち込んでいる姿を見るのは辛い。

（お腹がいっぱいになれば前向きになれるはず……でもいま食べたばかりだし）

他にないだろうか。身も心も癒やされ、前向きになれるようなことが。

リゼットは海を見つめ、森を見つめ、空を見つめる。ダンジョン内で再現された古き時代のそれらを。目の前にあるすべてを。

リゼットは込み上げる感情のままに立ち上がった。

「ここにお風呂をつくります‼」

「……リゼット？」

「……はあ？」

ふたりが理解できていない表情でリゼットを見上げる。

リゼットは右手を岩の隙間から見える空に伸ばし。

「ここには空があります。露天風呂です！」

左手を水辺に伸ばす。

「海の見える露天風呂です！　なんて贅沢でしょう。王侯貴族にだってそうそうできない贅沢です」

「いや、海のようだけど海じゃない。これはきっと巨大な湖だ」

「些細な問題です。ロケーションは最高、ということです！」


【土魔法（初級）】

「穴！　そして石！」

地面に大きめの穴を開け、穴の表面を石で覆い。


【水魔法（上級）】【火魔法（神級）】

「お湯！」

石に覆われた穴をやや熱い程度の湯で満たす。少し湖の水が流れ込んでしまったが、問題ない。

「露天風呂です、どうぞ！」

「すごい……あっという間に風呂が……」

森の傍の水辺に立派な露天風呂が完成する。湖と星空が見える最高のロケーションで。

「こんな状況で風呂とかお前、どんだけ呑気だよ」

「お風呂は大切です。食事と睡眠の次に大切です」

リゼットは力説するが、ふたりとも入る気配がない。お互いに顔を見合わせている。

「いや、さすがにこの状況で風呂はあまりにも無防備だ……君の浄化魔法もあるしそれで充分——」

「浄化魔法だけでは心のお洗濯はできません。せめて足だけでもどうぞ」

足湯でもリラックス効果はある。

ふたりは再び顔を見合わせ、観念したように靴を脱ぎ始めた。濡れないように武器と防具も外して置き、裾をまくり上げていく。そして、そろりと湯に足を入れる。

「うわっ！」

ディーが足を滑らせ、レオンハルトを引っ張って二人揃って風呂の中に落ちる。激しい水飛沫と湯気が上がった。

「悪ぃ、下にさっきの海藻が……」

「…………」

呟くディーも、黙ったままのレオンハルトも、顔まで濡れている。

「あらまあ……サウザンドブロブですね。怪我はないですか？　乾かしますから脱いでください」

「自分でやるから‼」

リゼットが濡れた服を受け取ろうとすると、レオンハルトは慌てて逃げる。

「そうですか？　では火をおこしますのでそちらでどうぞ」

リゼットは焚き火の火力を強め、ストーンピラーの魔法で柱を立ててロープを張る。

ふたりが濡れた服や肌着をロープにかけるのを、リゼットは背を向けながら待つ。

「それでは、乾くまでゆっくりしていてくださいね」

波の音と、焚き火の揺らぐ明かり、白い湯けむり。冷えた空気。ゆっくりと時間が流れていく。

「生き返る……」

ぽつりとディーの声が響く。

（よかった）

リゼットは服が乾くまでの間、ペンと小さいノートを取り出す。モンスターと調理についてのメモだ。味についての感想や、反省点と改善点を、簡単な絵と共に記していく。集中しながら書き物をし、一息ついて服の乾き具合を見ようとした時、上から赤く太い紐が伸びてくる。

そしてあろうことか乾かしていた服を根こそぎからめとる。

「!?」

空中を飛んでいく服を追って顔を上げると、天井に巨大なカエルが張りついていた。目が合う。

（――どうして？　結界を張っているはずなのに）

結界魔法はモンスターを寄せつけないためのキャンプ地づくりの魔法だ。いままでこの中にいてモンスターに襲われたことはなかった。なのにどうして。

（いつの間にか結界が解かれている――？）

一体いつの間に。リゼットの困惑をよそに、オオガエルは戦利品を抱え込んでぴょんと地面に飛び降り、逃げていく。

「あーっ！　待ちなさい！」

リゼットは弾かれたように立ち上がり、逃げていくオオガエルを追いかける。

「――リゼット！　一人で行くな！」

「すぐ取り戻してきます！」

ぴょんぴょん地面を跳ねて逃げていくオオガエルを全力で追いかける。

オオガエルは跳躍の飛距離が長く、移動スピードも速い。発達している脚と、後ろ姿が憎らしい。

（そもそも服着ていないのにどうして服を取るのかわかりません！）

食べるわけでもないだろうに。悪質ないたずらだ。

リゼットは必死に追いかけるが、どんどん引き離されていく。ダンジョンの奥へ奥へとオオガエルは逃げていく。

（なんて脚の強い……それにしてもなんて……なんて、おいしそうな脚！）

突如オオガエルの身体がびくりと震え、更に移動速度が上がる。

リゼットはあっさりと置いていかれる。しかし通路は一本道。どこかで追いつけるはずだ。

諦めずに走っていると、異様な臭いが鼻につく。むせかえるように濃い、悪臭のような――だがどこかいい匂いのような。

――ふと。

道の真ん中に服の塊が落ちていることに気づく。オオガエルの姿はどこにもない。服だけがある。

オオガエルもやはり服は不要だと思ったのだろう。

トラップを警戒しつつ、拾うために近づく。

むわっと、さきほどの臭いが濃くなる。リゼットはハンカチーフで鼻と口元を押さえて辺りを見渡した。

道の両脇は森と水辺。ゆるりとした波が立つ水面に、青黒い岩礁があった。

――違う。岩礁と思しきそれはわずかに動いている。ゆっくりと膨らみ、ゆっくりとしぼみ、呼吸している。そしてリゼットは、それが岩礁ではなくモンスターであることに気づく。

灯火の光球を見つめる二つの目が、ギラリと輝く。ふさふさの毛に隠れた口元からは、オオガエルの足先が覗いている。

モンスターがモンスターを食べていた。

## 対決！　キリングベアー【Side　レオンハルト】

湯けむりの向こう側で、リゼットがオオガエルを追ってダンジョンの奥へと走っていく。

「あのイノシシ――」

「すぐに追いかけよう」

レオンハルトは風呂から立ち上がり、リゼットを追おうとした。

リゼットはそこまで足は速くない。体力もない。すぐに追いつけるはずだ。

この階層のモンスターはそこまで強敵ではないが、リゼットを一人にさせるのは不安だった。

彼女の魔力は桁外れで、芯も強いから余計なお世話かもしれない。だが、ダンジョンでは何が起こるかわからない。

――リゼットにもしものことがあったらと思うと、気が気でない。

湯の中を急いで歩くと突然足元がぬるっと滑り、そのまま湯の中でひっくり返る。

水面ではサウザンドブロブの切れ端がゆらゆらと泳いでいた。湯に浸かると粘液を出す性質があるのかもしれない。

「慌てすぎだろ。落ち着けよ」

「くっ……」

起き上がり、顔をぬぐったその時、近くの森の方から異様なざわめきが聞こえてきた。視線を向けると、のそり、のそりと木陰が揺れる。

レオンハルトは息を潜めてじっとその場所を見つめる。

森の影からゆっくりと現れたのは、四本足で歩く大きな獣だった。大きな丸い顔に、頑強そうな頭蓋骨、丸い二つの眼、すっと通った鼻筋、赤色の分厚い毛皮。馬も一撃で仕留められそうな太い手足に、鋭い爪。

（キリングベアー……）

強靭凶悪な地上のモンスター、キリングベアー。人も家畜もモンスターすら襲う獣。

キリングベアーはこちらを見ながら、低い唸り声をあげて近づいてくる。おそらく第二層に下りたばかりのところにあったゴブリンを食べたキリングベアーだろう。

装備が調っていれば恐れる相手ではない。鋭い爪も牙も怪力も、盾で捌いて剣で心臓もしくは内臓を突けば終わる。

だがいまは何もない。

剣は近くに置いてあるが、少しだけ遠い。状況は最悪だ。背を向けたところに一気に駆けてくれば、凶悪な爪で引き裂かれるだろう。

それにしてもどうやって結界内に入ってきたのか。あのオオガエルもそうだ。もしかするとリゼットの結界が完全には機能していないのかもしれない。このダンジョン領域全体に張られている結界のせいで。

「クッソこんな丸腰の状態で……」

「ディー、目を逸らすな」

キリングベアーを睨んだまま警告する。

「背中を見せれば追ってくる。走る速さじゃ敵わない」

できればキリングベアーにはこのまま森の奥に戻ってもらいたい。

簡単には仕留められない相手だとわかったら、向こうから去っていくだろう。余計な戦いはしたくないはずだ。彼の好物はゴブリンのはずだから。

緊迫した睨み合いの状態が続く。

——キリングベアーが咆哮を上げる。耳が痺れるほどの叫び声を上げて突進してくる。

「くっ——」

武器はない。防具も。そして圧倒的な体格の差。単純な力の差。

ならばそれをすべて逆手に取るまで。

キリングベアーが風呂の中にまで入ってくる。激しい水飛沫を上げながら、後ろ足で立ち、上半身を起こす。

レオンハルトはキリングベアーの懐に潜り込んだ。

鋭い爪で抱擁されるよりも先に胴の毛皮をしっかりとつかむ。キリングベアーが覆いかぶさってくる勢いのまま、腰を引いて風呂の中に身を沈める。

沈みながら片足でキリングベアーの腰骨を蹴り上げ、投げ飛ばす。

キリングベアーが宙を舞い、風呂の外へ転がり出る。そしてそのまま湖に落ちた。

放り投げられたことに驚いたのか、キリングベアーは再びレオンハルトに向かってくることはなかった。慌てたように泳いで逃げていく。

だが泳ぎは得意ではないようだ。半分溺れながら泳ぐキリングベアーだったが、動きがいきなり遅くなる。水中からサウザンドブロブが絡みつき、水底に引きずりこもうとしていた。

その周囲には魚――障害の怪魚レモラが跳ね回っていた。キリングベアーにも取り付いているのだろう。レモラに取り付かれたものは動きが緩慢になる。

キリングベアーが溺れながらゆっくりと沈んでいく。

――ダンジョンは食うか食われるか。リゼットが何回も口にしていたが、まさにその通りの光景が目の前で繰り広げられる。ダンジョンの無常さがそこにあった。

「すっげえ……本当に丸裸でやりやがった……」

「早くリゼットを追いかけよう」

レオンハルトは急いで風呂から出て、武器を手に取る。荷物を背負う。自分の分に、リゼットが置いていった分、ついでにディーの荷物もすべて。

ディーも風呂から上がってくる。

「ディー、松明を持ってくれ」

荷物の中からこんな時のために備えていた松明を取り出し、いまだ燃えている火から点火する。

「お、おい。なんか着てけよ――」

「そんな暇はない！」

「うわぁあ……知らねーぞオレは……」

◆
◆
◆

ふさふさの毛皮に、どこか愛嬌のあるとぼけた顔つき。立派な前歯でカエルを食べながら、そのモンスターはつぶらな瞳でリゼットを見ていた。

ずっと漂っている濃厚な香りに、頭がくらくらする。

【鑑定】アーヴァンク。鋭い爪と牙で獲物を引き裂く。魚と人間が好物だが、乙女は誘拐して身近に侍らせる。


「――いやああああああ！」

全身にぞわりと悪寒が走り、リゼットは反射的にユニコーンの角杖を手にしていた。


【先制行動】【火魔法（神級）】

「フレイムバースト！　フレイムバースト‼　――フレイムバーストッ‼」

アーヴァンクの眉間に、特大の爆発を三連発。頭部を完全に破壊されたアーヴァンクの巨体が水の中に沈んでいき、腹を出してぷかぷかと浮かぶ。

「はあ、はあ……あ、危なかった……」

肩で息をして呼吸を整えようとするが、なかなか落ち着かない。強い残り香のせいだろうか、動悸が収まらない。この匂いでターゲットを前後不覚にするのだろうか。

（モンスターというものは、どうして……食べるのならわかるけれど、異種族を侍らそうとする意味がまったくわからない……）

香りで足元がおぼつかなくなるも、辺りに散らばった服を回収していく。服に肌着にその他諸々。

（ああ、土だらけ……）

浄化魔法をかけると洗濯したばかりのようにきれいになる。まだじっとりと湿ってはいたが。

（早く戻らないと）

替えの服はあるが、着替えがなくなってしまうのは心細いはずだ。早く安心させてあげたい。

帰路を急ごうとするリゼットの前に、またモンスターが現れる。服を奪っていったカエルと同じ種類のカエルだ。

リゼットはぎゅっと服を抱きしめる。また持っていかれたら大変だ。今度こそ奪われはしない。手早く魔法で倒そうとしたとき——

風を切って後方から飛んできた矢が、カエルの目にとすりと刺さる。カエルはそのまま何も言わずに後ろに倒れた。死んでいた。一瞬で。

リゼットは矢が飛んできた方を見る。そこにいたのは、すらりとした銀髪の女性だった。手には弓、そして矢。フードの奥から鋭い眼光が覗いていた。

「ユドミラさん？」

ケヴィンと一緒にいた女性だ。

階層が変わってもまた会えたことに感動する。多くのダンジョンは同じ層でも並行世界が存在し、パーティを組んでいなければまったく別の場所に飛ばされるという。ダンジョン内でパーティ外の冒険者と再会できることは奇跡に近い。

だがどうしてユドミラは一人なのだろう。ケヴィンと合流できなかったのだろうか。

「ありがとうございます。ユドミラさんもご無事だったんですね」

再会を喜んで近づこうとしたリゼットに、ユドミラは弓に番えた矢の先を向けてくる。

「動かない」

凛然とした声が制止を告げる。あからさまな敵意に、リゼットは言葉を失い立ち尽くす。

「この毒は、人もモンスターも簡単に殺せる。死にたくなければ質問に正直に答えること」

矢は鋭い。たとえ毒がなくても急所に刺されば即死だろう。

とりあえず、こくりと頷く。

「髪が燃えているのに気にしないのね」

「えっ？」

指摘されてようやく髪が一房燃えていることに気づく。

――アーヴァンクを倒すときに本気になりすぎてしまった余波だろう。取り込んだ聖遺物の髪は、時に神の炎を燃やす。

ほどなく火は消えたが、ユドミラの赤い瞳に宿る暗い炎は消えない。

「それが火女神様の、髪……そうでしょう？」

（どうしてそれを……）

容赦ない眼光がリゼットを刺す。怒りも恨みも籠っているような激しさだった。

「どんな手を使って聖遺物を取り込んだの？」

「…………」

リゼットが火の女神ルルドゥの髪を身体に取り込んだことは、ノルンの神官なら知っている。逆に言えば、その関係者しかまだ知らないはずだ。ユドミラは神官から話を聞き出したのだろうか。

神官の口は軽くないはずだ。ノルンの女神教会関係者は、リゼットを真の聖女だと思い込んでいる。リゼットに敵意を持つ相手にそう簡単に話すとは思えない――。

「あの夢見がちな者たちは、真の聖女とか言っていたけれど……私は騙されない。聖遺物は人間には受け止められない。もう一度だけ聞く。どうやって取り込んだの？」

吐き捨てるように言う。やはり神官から話を聞いているようだ。そして信じていないようだった。

（どうやってと言われましても）

――火の女神ルルドゥは、聖女が聖遺物の使い手になれると言っていた。聖女とは元々そのために母神によってつくられた存在だと。

リゼットは聖女だった。一時期その力と聖痕を妹のメルディアナに奪われはしたが、聖女とは聖痕の有無ではなく、魂のかたちそのものだとルルドゥは言った。だから聖痕が身体になくても聖遺物を受け入れることができるのだと。

その一連の経緯をリゼットが語ったとしても、ユドミラは信じないだろう。

（それに、このように聞き出そうとしてくる相手に言っても……）

言ったら言ったで用済みとなって殺されるかもしれない。

復活アイテム『命の種火』はあるが、あれは一度きり。復活してもまた殺されれば意味がない。

「私の髪が気になるのでしたら、切ってお渡ししましょうか？」

髪は髪。切ってもまた伸びてくる。ルルドゥの力が顕現する部分の髪を実験的に少し切ったことがあるが、聖遺物の力はなく、普通のリゼットの髪だった。そのことは伏せて提案する。

「どうやって取り込んだのかと聞いている」

ユドミラの声が低くなる。答えたら、リゼットを殺してきそうな迫力だった。蘇生できないように死体を水中へ投げ込むくらいのことはしてくるかもしれない。

——ならば言えるわけがない。いまは秘密がリゼットの命を守っている。

「私たちはまだ初対面のようなものです。自分のことを話せるような間柄ではまだありません」

沈黙するリゼットをユドミラは氷よりも冷たい瞳で見つめてくる。

「お友達ごっこをしろとでも？　馬鹿馬鹿しい」

弓が引き絞られる。

「——聖遺物を取り込めるのは、巨人の中で眠るモンスターの骸だけ。そのモンスターがダンジョンをつくる……お前もモンスターなの？」

ユドミラの話は非常に気になったが、リゼットは単純な質問にのみ答えた。

「私はモンスターではありません」

「どうだか。ヒューマンのような顔をして、聖遺物を取り込んで。いつかマスターを選びダンジョンをつくるつもりでしょう。何が目的？　どうせくだらないことでしょう」

吐き捨てるように言い、舌打ちをする。

（……ダンジョンをつくる――？）

次々に投げつけられる言葉の中で、それがひどく胸に響いた。

――ノルンのダンジョンを作っていたダークエルフと同じように？

自分が思うままの、自分だけのダンジョンを？

どんな光景も作り放題？　美しい情景も、思い出の景色も。どんなモンスターも置き放題なのだろうか。出会ってきたおいしいモンスターたちも、リゼットが想像しかできなかったモンスターも。

――それは。

――なんて。

（楽しそう！）

ユドミラの身体がびくっと震える。

「やっぱり殺す」

「いえいえ――いいえ！　ダンジョンをつくる気はありません！　私は攻略する側ですから！」

「信じられない」

――とすっ。

顔の真横に矢が射られ、壁に刺さる。

「お前は危険。いつか世界を滅ぼす」

「まさか。そんなことするはずがありません」

「ならお前の目的は？」

「もちろん、モンスターを料理することです」

「…………」

——無。

ユドミラは呆気に取られたようにリゼットを見る。

静かになった空気の中、リゼットは毅然と顔を上げた。

「モンスター料理の良さを知り、調理法を極め、広めること。それこそが私の使命です」

「——ヒューマンだったとしても……危険すぎる」

ユドミラは再び弓に矢を番え、リゼットの顔に向けた。

目は本気だった。顔を射られれば無事では済まないだろう。

（たとえ死んでも……レオンが蘇生してくれるはず）

一瞬弱気な考えがよぎる。だが、そう考えると少しだけ気が楽になった。

復活アイテムもある。復活してもう一度殺されるとしても、少しだけ余裕がある。そして、みすみすと殺されるつもりはない。

リゼットは再び顔を上げ、まっすぐにユドミラの顔を見た。

【無詠唱魔法（視線発動）】【水魔法（上級）】

新たに獲得したスキルで魔法を発動し、ユドミラの顔に水をぶつける。

「なっ――？」

言葉によるイメージ補強がないため威力はかなり弱体化するが、奇襲の効果はあった。びしょ濡れの顔を拭いユドミラは驚いて上を見る。もちろんそこには何もない。

（頭を冷やしてください）

【無詠唱魔法（視線発動）】【土魔法（初級）】

ユドミラの足元に、五十センチほどの穴ができる。

「――――っ？」

突然のことでユドミラは受け身も取れずに穴の底で腰を打つ。

落ちた衝撃で、被っていたフードが外れる。銀色の髪と、エルフ特有の尖った耳が露わになる。――違う。エルフにしてはいささか短い。これはハーフエルフの特徴だ。

「こっの――！」

「リゼット!!」

遠くからレオンハルトの緊迫した声が響いてくる。

ユドミラはリゼットと声のした方向を交互に見て、小さく舌打ちをしてすぐさま穴から抜け出し、森の中に姿を消した。あっという間に気配が森と同化し、どこに行ったのかわからなくなる。

（ユドミラさん……）

リゼットは湿った服を抱きしめながら、ユドミラの去っていった方を見つめた。

「リゼット！」

「おい、待て！　頼(たの)むから、ま――」

追いかけさせてしまったことを申し訳なく思いながら、謝ろうと振(ふ)り返る――

「レオン、ディー――きゃあああああ！　な、なな、な、なんで……い、いえ私は何も見ていません！　見ていませんから！」

リゼットは混乱して、とにかくふたりから目を逸らし、背を向けてうずくまる。

わからない。もう何もわからない。どうして肌着も着けていないのか。替えはあったはずなのに。

「リゼット、怪我(けが)は――」

「ありません！　いいから何か着てください！」

「あ……ごめん……つい、必死で……」

「オレは止めたからな」

言いながら荷物の中から予備の服を取り出して急いで着ているのが、背中越(ご)しにわかる。

「いえ、怒(おこ)っているわけでは……ただその……あの……」

そこまで言って、リゼットは息を止めた。

――こんなに大騒(おおさわ)ぎするなんて、男女混合パーティは面倒(めんどう)くさいと思われたらどうしよう。

――女がいない方が気楽と思われたらどうしよう。

いままでできるだけ気にしないようにしてきたのに。こんなことで取り乱すなんて。

「だいじょうぶです！　なんてことありませんから！　少し取り乱してしまいましたが、ぜぜ、全然だいじょうぶですから！」

力強く立ち上がり、まだ濡れている服たちを乾かすために地面に魔法の火を点火する。

「無理すんな」

「無理なんてしていません！　していませんが……」

揺らめく炎だけを見つめながら、リゼットは濡れた服を抱きしめた。

「……おふたりに迷惑をかけてしまったことは、申し訳ないです」

リゼットが余計な考えを起こさなければ、服を盗まれるなんてトラブルは起きなかった。

リラックスして元気になって欲しかっただけなのに、こんな騒ぎになってしまうなんて。

「なかなかいい湯だったぜ」

「ああ、いい気分転換になった」

ふたりはそう言ってくれるが、リゼットは自分で自分が許せない。

居たたまれなくなりながらも、運んできてくれた荷物の中からロープを取り出して、近くの木の枝と枝の間に張って、服を干す。あとは乾くのを待つだけだ。

――気まずい。

沈黙が気まずい。何か話そうにも言葉が出てこない。声が喉に引っかかって、息が詰まる。

「リゼット、あれはアーヴァンクか？」

すっかり着替え終わり、武器と防具も完璧に装備したレオンハルトが水面の方を見て聞いてくる。

そこにはモンスターの巨体がぷかぷかと浮かんでいる。

「——あ、はい……先ほど倒したものです」

「そうか、さすがだな。アーヴァンクならいい毛皮が取れそうだ」

「毛皮ですか？」

「どー見てもトゲトゲしいぜ」

リゼットから見ても、価値のありそうな毛皮ではない。

「刺毛は硬いが、内側の毛は柔らかくて上等の毛皮になるんだ。売ればそれなりのゴールドになる」

「まあ……あのアーヴァンクにそんな素敵な毛皮が隠されているだなんて」

リゼットの胸がときめく。あれほど怖かったモンスターが、光り輝いて見えてきた。

「肉は食べるとして、毛皮も利用してみないか」

「はい！」

「んじゃやってみるか」

そうと決まれば行動は迅速だ。

アーヴァンクの本体だけ避けて水面を凍らせて近づき、ロープをかけて一旦陸地の方に戻る。氷を溶かしてロープで引き寄せて、地面の上に引き上げる。

地面に転がしたまま毛皮をはぎ、肉を解体していく。

「実は肛門付近にある香嚢――匂いを出す部分も貴重なんだけど――」

「いりません！」

過剰に反応してしまい、リゼットは短く息を呑んだ。

「いえその、私はあまり好きな匂いではないので……どうぞおふたりで」

「いや、捨てておこう」

レオンハルトはあっさり言い切って、あっさりと水中に投げ捨てた。

少しだけもったいない気もしたが、あの濃厚な匂いはあまり嗅ぎたくはない。だが貴重というからには需要があるということで、愛好家がいるということだ。世界は広い。

「毛皮は燻煙鞣しにしよう。煙でいぶして腐敗を止めるんだ」

肉の回収後に水辺から森へ移動し、灰色の木を切り出してきて、煙が出る低温でじっくりと燃やす。その上に枝を三角に組み、毛皮をテントのように被せる。

間近で見たアーヴァンクの毛皮は硬い毛が多かったが、その奥の白い毛は非常に柔らかく、きめ細やかだ。レオンハルトが言った通り上質の毛皮だった。ちゃんと処理すれば価値のあるものになるだろう。

「この状態でも、いいカーペットになりそうですね」

水棲モンスターの毛皮だから耐水性も高いだろう。この上で食事をしたり、寝袋を敷けば、底冷え対策になる。ますます快適なダンジョン生活を送ることができそうだ。

想像するだけで胸が高鳴り、笑みが浮かぶ。そうしているとふと、レオンハルトと目が合った。普段（だん）と変わらない優（やさ）しげな表情で笑いかけてくれる。

その瞬間、先ほどのことを思い出してしまい、思いっきり顔を逸らしてしまった。

「あ、あの……ありがとうございます」

リゼットは顔を上げられないまま、言う。落ち込んでいたところを気遣（きづか）ってもらったことはわかっているから、礼を言わずにはいられない。

「うん。毛皮はきっと役立つと思う」

「そっちじゃねーだろ」

「ふふっ……お肉もとてもおいしそうです。食べるのが楽しみですね」

解体し終わった肉は冷やして保存してある。次の食事が楽しみだ。

作業している間に、干していた服もすっかり乾いていた。

「毛皮はまだ時間がかかりそうだ。ここを拠点（きょてん）にして周辺の探索（たんさく）をしよう」

レオンハルトが近くの岩壁（がんぺき）に目印の傷をつくる。横に一列、縦に二列の傷を。似た光景が続くこのダンジョンでは、こうやって特徴的な目印を入れていかないと際限なく迷う。

そのとき、通路の奥で光が揺らめき、声が響いた。

「――よっ！　また会ったな！　会いたかったぜ！」

燃える松明がゆらゆらと揺らめいている。槍（やり）を持った青年――ケヴィンが助かったとばかりに顔を緩（ゆる）ませ、こちらに近づいてくる。ひとりきりで。

その動きや足取り、そして表情は精彩（せいさい）を欠いていた。

「すっげえ。ダンジョンで再会できるなんて奇跡だぞ」

ディーが感動の声を上げるとケヴィンはふっと笑う。

「――運命、かな」

「相棒はどーしたよ」

ケヴィンは煤けた顔で遠い目をして、長い息を吐く。

「あいつは一匹狼だからな」

「は？　パーティ組んでんだろ？」

「組んでるのにすぐに単独行動するんだよなー。なんで？」

心底不思議そうに首を傾げる。

「オレらが知るかよ本人に聞け」

「ま、お前らがモンスター寄せてくれてるし、心配ねーよ」

「あー、ダンジョン内ではモンスターは人数の多い方に行くってやつか。最低だなお前ら」

「いやいやだから助太刀に来たんだろ？　あいつが見つかるまで同行してやるよ」

「本音は？」

「単独行動マジきつい……ソロで潜ってるやつマジで尊敬するわ……」

実感のこもった声でしみじみと呟きながら、松明の火を消す。松明は貴重な光源であり火の元だ。

燃えている火が近くにあるのなら節約は当然だ。

「ところであんたら、食事はまだなのか？」

ちらちらと周りを見ながら、探(さぐ)るように聞いてくる。

「……なんだぁ？　もしかして、モンスター食いたいのかぁ？」

「ぐっ……」

ケヴィンは苦悶(くもん)の表情で顔を逸らす。モンスター料理を食べるのはまだ本意ではないが、それでも縋(すが)らなければならないほど切羽詰まっているようだった。

「アーヴァンクの肉が手に入ったばかりだが……」

レオンハルトがリゼットを見る。

「……」

リゼットは、一瞬迷ってしまった。ユドミラへの不信感は、共にいたケヴィンへの警戒心(けいかいしん)にもなっている。彼と共に食事をしてもいいものか。トラブルが起きないだろうか。そのトラブルにレオンハルトとディーを巻き込んでしまわないだろうか――。

それに、少し前にレモラとサウザンドブロブを食べたばかりだ。

「――ケヴィン、悪いが……」

リゼットの反応が悪いのを見て、レオンハルトが断ろうとする。

「いえ。アーヴァンク、食べてみましょう。すぐ用意しますね」

目の前に空腹の冒険者がいて、モンスター食材がある。ならば料理をしない理由はない。

それに、共に食事をすることでケヴィンたちの真意や目的を知ることができるかもしれない。誤解があるのなら解けるかもしれない。

適当な岩場でリゼットは結界を張った。念のため結界の様子を確かめたが、強度は充分だった。

アーヴァンクの解体中に出た小間切れ肉と、村で貰った瑞々しい葉物野菜に玉ねぎ、木を切り出すときに森で見つけた食用キノコ（鑑定済み）を用意する。まずは野菜を食べやすい大きさに切ってざっと炒めて、玉ねぎと肉を絡めるように炒める。

魚醤、砂糖、酒を入れて、火が通るまで灰汁を取りながらじっくりと待つ。

「そちらは何か進展はあったのか」

レオンハルトに探索状況を聞かれたケヴィンは、ぱたぱたと手を横に振る。

「いやいや、全然だめだ。どうやったら抜け出せるかもさっぱり。役に立てなくてすまんね」

「期待してねーよ」

「ま、わけわからんダンジョンに囚われた者同士、仲良くしようぜ」

そうしている間も鍋はぐつぐつと煮え続け、野菜に火が通る。甘辛い、食欲をそそる匂いが漂う。

「そろそろ良さそうですね」

できあがったアーヴァンクの肉鍋を各個人で取り分けていく。リゼットたちは食事をしたばかりなので、少量で。

「いただきます」

リゼットは野菜とアーヴァンクの肉をいっしょに口に入れる。

「まあ……本当にいいお肉ですね。ほろほろと崩れていきます」

肉の臭みが野菜と酒で消されて、魚醤と砂糖でコクが出ている。

「ああ、いい肉だ……肉も毛皮も上等だなんて、良いモンスターだな」

レオンハルトが感動したように言う。

「こういうモンスターなら地上にいてもいーな」

ディーも上機嫌に笑いながら、明るい声で言う。

——それは嫌だなとリゼットは思った。

「くぅぅう染み渡る……ん？　これは魚か？」

ケヴィンが首を傾げる。

「それはアーヴァンクの尻尾の部分です」

「……なんで魚の味がするんだ。うまいけど。でも……なんていうか、普通にうまくても悔しいな」

「わかるわかる。身体に馴染んでいくのが、なんだかこう、歯がゆいっつーか」

ケヴィンとディーが意気投合している。気が合うのかもしれない。

「しかしまあほんと……モンスター食えりゃ、食うのは事欠かねーんだよなぁ」

ディーがしみじみと呟いた。

「はい、モンスター料理は素晴らしいです。現地で捕まえて、現地で料理する手軽さと新鮮さ。しかもおいしくて元気になれるんですから！」

リゼットが熱弁すると、ケヴィンが大きな声で笑う。

「わはは！　おもしれーなー、お前ら。——よし、これはお近づきの印だ！」

ケヴィンが意気揚々(ようよう)と取り出したのは、一本の酒瓶(さかびん)だった。

ディーの目がきらきらと輝いた。

「お前、いいやつだな……」

「まあ、お酒ですか。見せていただいてもいいでしょうか？」

「どーぞどーぞ」

受け取ったガラス瓶には半分ほど酒が入っていた。ラベルは掠(かす)れていて読めない。鼻を近づけると、ふわっと香りが漂う。

「不思議な香りがしますね。はい、お返しします」

「それじゃ一杯(いっぱい)」

「いえ、私はお気持ちだけで」

注がれかけて、リゼットはカップを手で塞(ふさ)いで笑顔で断る。

「こいつら飲まねえんだよな」

「マジかよ。人生九割損してるぜ」

ディーがカップを突き出し、ケヴィンに注(つ)いでもらう。

「うへぇ、なんか強烈(きょうれつ)な味だな……ん、甘いしうめぇ」

「……俺(おれ)も遠慮(えんりょ)しておく」

酒を断るレオンハルトに、ケヴィンがずいっと近づく。

「まーまー、一杯だけ一杯だけ。それとも大人の味は坊(ぼう)やにはキツイかな」

からかうように言われ、レオンハルトの表情がやや険しくなる。カップを自分から出して、眉間を寄せたまま注がれた酒を飲み干した。

「うっ……」

よほど強烈なのか渋面（じゅうめん）になり、気持ち悪そうに口元を押（お）さえる。

「この酒はなんなんだ……？」

「あー、なんだったかな。忘れた」

笑いながらケヴィンも飲む。

「あー、これだよこれ」

満足そうに言いながら、噛（か）み煙草（たばこ）を取り出して手慣れた動作で口に入れる。

リゼットは鍋に残った野菜を食べながら、その光景を眺（なが）めていた。

「……なぁ、そろそろ休まねぇ？」

ディーがぼんやりと言い、眠そうに目元をこする。

レオンハルトもどこか眠そうだった。ケヴィンもうつらうつらとしている。

「あ、私が最初に見張りをします」

「悪いねぇ。んじゃお先」

三人ともあっという間に寝袋を枕（まくら）代わりにして寝てしまう。よほど疲（つか）れていたのだろう。

リゼットは片づけを済ませてから火の隣（となり）に座り、結界の中でひとり起きて過ごす。寝ずの番の時はモンスター料理に関するメモを取るのが常だが、いまはそんな気分になれない。

ユドミラに言われたことが頭の中でぐるぐると回り続けていた。

聖遺物を取り込めるのはモンスターだけという言葉が。

――火女神ルルドゥは確かに、聖女のみが聖遺物の使い手になれると言っていた。いったいどちらが正しいのか。リゼットは相手が女神だとしても、妄信はできない。

リゼットは自分の手をじっと見つめる。いままでと変わらない。人間の手だ。冒険や戦闘、料理によって、貴族時代よりは硬くなったが、その変化が誇らしかった。

（私もいつかモンスターになるのかしら……）

自分がそんな風に変わるなんて想像もできない。

だがノルンダンジョン領域で、ダンジョンが己の全てだと言っていたダークエルフのエルクド・ドゥメルは、リゼットの目の前で黒竜に――モンスターに変化した。あの光景は忘れられるものではない。

（ラニアルさんは彼をダンジョンマスターと言っていた……）

ダンジョンの王に選ばれて、ダンジョンマスターになったと。

ダンジョンマスターとはどんな存在なのだろうか。このダンジョンにもいるのだろうか。会って話ができれば、ここからの脱出も叶うのだろうか。

そのとき、いびきをかいて眠っていたケヴィンがごそごそと起き上がる。

「……なあ、もしかして、相棒がなんかしたか？」

半分身体を起こした状態で、リゼットを見ながら聞いてくる。

「………………」

「なーんか警戒されてるっぽくて気になってさ。あいつ直情的だからなあ。ごめんな？」

言いながら、ずるずるとリゼットの前にまで寄ってくる。手を伸ばせば届きそうなほど近くまで。

「あの、近いです」

距離が更に縮められたとき、リゼットは平手でケヴィンの頬を叩いていた。

「近いです」

「気の強いところも嫌いじゃないぜ」

全然効いていない。リゼットはため息をつき、ケヴィンをまっすぐに見据えた。

「お薬が効き過ぎでは？」

「ん？」

「グレイロア。スモーキーな香りと癖のある甘さのお酒です」

「……へえ、驚いた。匂いだけでわかるんだな」

酒瓶のラベルは掠れて名前は消えていたが、漂う匂いは特徴的だった。

「グレイロアは薬品のような後味が残るため、薬が混ざってもわかりにくいという特徴があります」

ケヴィンの表情から、いつも浮かんでいた軽薄さが消える。

すっと目が細められ、研ぎ澄まされた刃のような鋭い光が奥に生まれる。

「ですから念のため、浄化させていただきました。おふたりが深く寝入っているのは、お酒の力と疲労のせいでしょうね」

　ケヴィンの額には汗がわずかに浮かんでいた。

「ケヴィンさんは、お酒に混入した薬を打ち消す効能があるものを口にしていましたね」

「ははっ、さっきから何言ってんだか。混ぜ物もしてないし、そんな薬も飲んでないぜ」

「あの噛み煙草——いまのケヴィンさんの発汗、動悸、紅潮は、興奮剤の効果です」

　リゼットはユニコーンの角杖を握りしめる。

「何故そんなものを摂取したのか。答えは簡単。一緒に眠ってしまうのを防ぐためです」

　リゼットは立ち上がり、ケヴィンを見下ろした。

「——ケヴィンさん。お酒に薬を混ぜるなんて危険なことは、いけません」

「……とんだお貴族様だ。お嬢様とみて油断したよ」

　リゼットはそれを褒め言葉と受け取った。

「にしても、どうして気づいたときに指摘しなかったんだ？」

「悪意があるのか、ただのうっかりなのか、判別しかねたので」

　酒に睡眠薬を入れる習慣があるのかもしれないと。

　だが、ひとりだけ睡眠薬の効果を打ち消すものを摂取したこと。そしてレオンハルトとディーが眠っている間に、リゼットに仕掛けてきたこと。もう疑いの余地はない。

「何が目的ですか。私たちを追って、ダンジョンにまで入ったのでしょう？　私たちを眠らせて、どうするつもりだったのですか」

「……参ったなこりゃ」

頭を掻くケヴィンの手と反対側の手が、すっと槍に伸ばされる。

リゼットはユニコーンの角杖を突きつける。そして、結界の一部分だけ穴を開けた。

「おいおい、結界を変形させるって、マジか」

結界に穴を開ければ結界の役目を果たさない。それでもいまはモンスターよりもケヴィンの方が危険だ。リゼットは迷わなかった。

リゼットはケヴィンの足元の地面を隆起させる。

【無詠唱魔法（視線発動）】【土魔法（初級）】

「――――ッ」

ケヴィンは機敏な動作で槍を取り、後ろに下がった。リゼットはそのタイミングで結界の穴を閉じる。

「……無詠唱魔法か。そんなこともできるなんて、才能があるな――」

結界から追い出されても、飄々とした態度は変わらない。

「ありがとうございます。でも少し、私のことばかり見すぎでは？」

「は？」

ケヴィンの背後――光の届かない真っ暗な穴の奥から、巨大な生物が這い出してくる。

それは巨大な黄色いイモムシだった。全長は定かではないが、直径は二メートルはありそうだ。

【鑑定】クローラー。腐肉を漁る分解者。触れると麻痺する粘液を吐き出す。呑み込まれたものは消化され、やがて土へと還る。

「……ダンジョンの掃除屋か！」

クローラーは爪が生えた無数の足を滑らかに動かして、ダンジョンの侵入者へと頭部を向ける。岩も噛み砕けそうな頑丈そうな顎に、ずらりと並ぶ鋭い歯。首の下にはまるで髭のような八本の触手が生えていて、餌を求めるかのようにくねくねと動いている。

リゼットはこのモンスターが結界の外で動いていたことに気づいていた。

モンスターが出てくれれば、ケヴィンもリゼットばかりを気にしていられなくなる。だからケヴィンを外に追い出した。予想通りクローラーはケヴィンに狙いを定める。

「レオン、ディー！　起きてください！」

モンスターとの戦闘では何が起こるかわからない。リゼットは二人を起こそうとしたが、二人ともまったく起きる気配がない。酒に混入していた薬は浄化したが、もしかして浄化失敗したのだろうか。それともやはり酒の力と疲労のせいか。

「なんでこの状況で起きねえんだよ！」

「ケヴィンさんが飲ませるからでしょう！」

「ったく未熟な坊やどもだな！」

クローラーが結界の外にいるケヴィンに飛び掛かる。

巨体に見合わぬ、軽くて速い動き。とても避けきれるものではない。

「――おれは！　伝説を、つくる男だ‼　《シルフィード》！」

その瞬間、ケヴィンの周囲に旋風がいくつも起こる。

（風魔法――）

ケヴィンは風を纏いながらクローラーに接近し、槍先をクローラーの顎に引っかけて上に投げる。

風で浮いた巨体が、追い風で更に高く打ち上がる。そしてケヴィン自身も風と共に飛び上がり、空中で曝け出されているクローラーの腹を突いた。槍を捻り、槍を抜く。無駄のない鮮やかな動きで、クローラーの柔らかい場所を斬り開く。

クローラーの巨体が地面に落ち、衝撃が響く。追って地上に降りたケヴィンはクローラーが動けないうちに、豪雨のような勢いで何度も槍を突き刺す。

しかし致命ダメージを与えるには至らない。金属音が響き、槍の刃のほとんどは硬い表皮に弾かれる。口周りや腹側には傷が入るが、緑色の体液がわずかに流れ出すだけだ。

リゼットは手が出せなかった。

ケヴィンとユドミラの真意がわからない以上、見捨てて死なせるつもりはない。だが、加勢のタイミングが難しい。ケヴィンの戦い方は動きとテンポが独特で、下手をすれば逆に邪魔をしそうだ。

【敵味方識別】を使っても、リゼットが怒っているため敵と認識して攻撃してしまう恐れもある。

そのとき、地面に落ちた衝撃から立ち直ったクローラーが、今度は自力で高く飛び上がる。

「――あ。」

クローラーの大きな口に、ケヴィンの身体が真上から呑み込まれる。

ごきゅり、とクローラーのただでさえ大きな胴が更に膨らんだ。

(食べられた――?)

次の瞬間、クローラーの腹が斜めに斬り裂かれる。

クローラーの内側から肉と皮を斬り開いて、ケヴィンが転がり出てくる。ぬめぬめとした体液まみれになりながら。

しかし、そこまでだった。ケヴィンは地面に倒れ、動かなくなる。麻痺液が浸透したのだろう。

【水魔法(上級)】【魔力操作】

「フリーズランス!」

腹を裂かれて苦しそうに触手を蠢かせるクローラーを、リゼットは巨大な氷の槍で貫く。

クローラーは氷槍に貫かれたまま天井近くまで浮き、串刺しとなった。ばたばたと蠢いているが、その勢いも徐々に弱まっていく。

「は、はは……こんな、馬鹿げた威力……」

ケヴィンは引きつった笑いを零し、最後の力を振り絞るようにして槍を横に薙ぐ。

槍の穂先に傷つけられた結界が、割れる。

「――――ッ?」

「……ハッ、意外と脆いな」

揶揄するように笑い、目を閉じる。

（結界魔法が弱体化している……？　いえ、ちゃんと張れていたはず。時間経過で弱まっていると か？　それとも直接の物理攻撃には弱いとか？）

考えている暇はない。ケヴィンは麻痺が回り切ったのか、死んだように動かなくなる。リゼット はその姿を視界の端で確認しながら、上を見る。

氷の槍に貫かれながらもクローラーはまだ生きていた。口の周りの触手と多数の爪で器用に動い て、自らを貫く氷槍から身体を抜く。自由になったクローラーが、体液を撒き散らしながら落ちて くる。今度はリゼットに向かって。

「――リゼット……！」

レオンハルトの声が聞こえた瞬間、リゼットの胸の奥で強い炎が燃えた。リゼットは奥歯を噛ん で自分を奮い立たせる。魔力が――湧き上がる。


【先制行動】【火魔法（神級）】

「ブレイズランス！」

神炎の槍が空中を舞うクローラーを貫き、灰になるまで燃やし尽くす。

落ちてきた大量の緑の血と体液は【聖盾】によって防がれる。

「レオン！」

レオンハルトの方を振り返ったとき、燃える薪が一本凄い速さで闇の奥へ――いつの間にか現れていた階段の中へ吸い込まれていくのが見えた。

気づけばケヴィンの姿がない。麻痺していたはずなのに、いつの間に。どこかに身を隠しているのか、根性で階段を下りていったのか。

「……くそ、仕留め損ねた……」

レオンハルトは苦しそうに、悔しそうに、息を吐く。

急いでレオンハルトの元に駆け寄る。顔色はかなり悪く、額には脂汗が浮かんでいた。膝で立つのがやっとなぐらい衰弱している。目だけが強く闇の奥を睨んでいた。

リゼットは混乱した。酒に混入していた薬は浄化した、クローラーの体液は防いだはずなのに、どうして苦しそうなのか。原因がわからない。

「……次に、会ったら……」

「レオン、大丈夫です。クローラーは倒せました。ほら、水を飲んでください」

器を出す時間も惜しく、魔法で水球をつくって飲ませる。落ちないように両手で抱えて、レオンハルトの口元に寄せると、少しずつ飲んでいってくれた。ひとまずほっとする。

「まだ寝ていてください」

肩を貸して寝袋の上に連れ戻し、寝かせる。

結界を張り直す。魔力が足りずに小さめの結界しか張れなかったが、気配を断って外の誰からも中が見えないようにはできた。

だがこのダンジョンでは結界も万能(ばんのう)ではない。頼(たよ)りすぎるのは危険だ。寝ずの番の重要性を改めて胸に刻む。

ディーの様子を見にいくと、幸せそうな顔で熟睡(じゅくすい)していた。こちらは大丈夫そうだ。

レオンハルトの方に戻ると、自分の腹部に手を当てて回復魔法をかけていた。汗は引いてきているが、疲労の色が濃(こ)かった。

「レオン、怪我をしているんですか⁉」

「違う……これは、解毒(げどく)……」

「毒？　毒を受けたんですか？」

「……ただの悪酔(わるよ)いだ、きっと……ごめん……」

——悪酔い。不調の原因がわかり、ひとまず安心する。だが苦しそうなことには変わりない。

何とか力になれないだろうか——……

リゼットは考えるより先に、レオンハルトの手の上に、自分の手を重ねていた。

——あたたかい。回復魔法の効果なのだろうか。体温が高いのか。生きている温度だ。

「謝らないでください。大丈夫です、みんな無事なんですから。きっと何もかもうまくいきます」

祖母との思い出と同じように、おまじないのように言う。

こうやって軽く手を重ねて、こうやって冒険者の呪文(じゅもん)を唱えると、どんな怖い夢を見た夜でも安心して眠ることができた。

レオンハルトは何も言わなかった。解毒魔法が効いているのか、顔色が戻ってきている。表情も苦しさが消えていた。快方に向かっていることに安堵する。

（私も、油断していました）

この事態を招いたのはリゼットの油断だ。ユドミラとのことがあって、ケヴィンのことも気をつけていたのに、この有様だ。警戒心が足りなかった。

そしてそれはダンジョンに対してもだ。

ダンジョンは恐ろしい場所だと知っているのに、いつの間にか気が緩んでいた。もっと慎重に、もっと大胆にならなければ。

ダンジョンで生き延びるために。全員で生きてここから出るために。

（……それにしてもあの二人は、いったい何者なのかしら）

◆◆◆

「ん？　なんでケヴィンのやついねぇの」

熟睡から起きたディーが、辺りを見回しながら不思議そうに言う。

リゼットは目覚めのスープを用意しながら、どこから話そうかと考える。

レオンハルトはあの後もあまり眠ることはできなかったようだが、顔色はかなり良くなっている。

ただ何故か、口数が少ない。いまも黙々と剣と装備の手入れをしている。

「……なぁ、なんでレオンのやつ機嫌悪ぃんだ？　お前ケヴィンになんかされたのか？」

「そうですね。最初から話しますので、食べながら聞いてください」

サウザンドブロブを細かく切ったものと、アーヴァンクの小間切れ肉を入れて塩で味を調えたスープをそれぞれに渡す。

「まず、私がおふたりの服を追っていったところ——」

「そこからかよ。なんかかなり昔のことに思えるぜ」

「はい……とにかくその先でアーヴァンクと遭遇(そうぐう)し、倒して、その後にユドミラさんと会ったのですが」

「あ、よかった。生きてたんだな」

ディーはスープを飲みながらほっと表情を緩める。ディーも心配していたようだ。

続きを話すのを少し躊躇(ためら)うが、話さないわけにはいかない。情報の共有は必須(ひっす)だ。

「そこでユドミラさんに尋問(じんもん)？　されたんです。どうして聖遺物を持っているのかと。アーヴァンクを倒したときにルルドゥの髪色が発現してしまって、それを見られて、聖遺物だと確信を持たれたようです」

「——尋問だって？　どんな？」

レオンハルトに鋭く問われ、リゼットは息を呑む。

「え、えっと……その、「弓矢の先を向けられて。この毒は人間もモンスターも簡単に殺せるものだから、死にたくなければ正直に答えるように——と」

「…………」

返事はない。だがとても怒っているのは伝わってくる。

「で、でも大丈夫です。おふたりが駆けつけてきてくれたので、ユドミラさんは何もせずに去っていきました」

「なんでそのとき言わねえんだよ」

そのときの状況を思い出し、リゼットは思わず視線を逸らし、顔を伏せる。

「色々あって……」

「……そうだな。色々あったな」

頭を振り、記憶を頭から追い出して顔を上げる。

「それから、ケヴィンさんのことなのですが。私が見張りをしているときに起きてこられたので、あのお酒に薬が混入していたことを指摘したんです」

「薬ぃ？　マジかよ。確かにいままでにないくらい熟睡したな……」

「いえ、最初に見せていただいたときに浄化はしました。何か入っていたら大変だと思って」

「お、おう。慎重派だな……」

「グレイロアの酒のことは偶然知っていましたので。薬品臭がかき消されやすいお酒だと」

幼少の頃から様々なものを見てきた。古今東西、そしてダンジョンの中から発掘された、いくつもの珍しいものや嗜好品を。特に祖父がそういう珍しいものが好きだったこともあり、たくさんのことを教えてもらった。

「――それで、薬の混入を指摘したら雰囲気が悪くなって。そうしているうちに、そこのクローラ

「──が現れて」

「なんで起こさなかったんだよ」

「起こそうとしました。ちゃんと呼びました。起きてくれたレオンもかなり辛そうでしたし、あのお酒自体あまりいいものではなかったのかもしれません」

「俺はもう二度とダンジョンで酒は口にしない」

レオンハルトが自戒の念を込めて言う。まだ怒りが収まっていないようだった。あからさまに表に出すことはないが、沈黙と、表情、そして目が、内に秘められた感情を表していた。

「ええとそれで、クローラーを倒した後、気づいたらケヴィンさんは姿を消していました。あのクローラーがこの階層のボスだったみたいですね。現れた階段で、第三層へ行ったのでしょう」

話し終わって、リゼットはようやくスープを飲む。少し冷めていた。

「……わかるのは、あいつらがただの冒険者じゃなさそうってことくらいか。にしたって同じダンジョンに閉じ込められているんだから協力しておいた方がいいだろーに、わざわざケンカ売ってくる意味がわからん」

最初から敵対していたわけでもないのに、出口の見えない状況で関係を悪化させた理由。

考えられるのはひとつしかない。

「……ユドミラさんは、私がモンスターではないかと疑っているようです」

「あー……」

「あー……ってなんですか!?」

怒るとディーは座ったまま後ずさる。

「いやいや、悪ぃ、大した意味じゃねえって。にしたってなんでそんな誤解をするんだかな」

「……ユドミラさんは、聖遺物を取り込めるのはモンスターだけだと言っていました」

「――馬鹿馬鹿しい。女神は、聖女ならば聖遺物を扱える資格があると言っていたじゃないか」

リゼットに聖体の一部を与えた火の女神ルルドゥは確かにそう言っていた。

「おそらくユドミラさんは私のことをノルンで聞いたのでしょうが、私が聖女だったことも――もしかしたら聖女が聖遺物を取り込めること自体も、信じていないのでしょう。私が何か悪辣な手段で聖遺物を取り込んで、自分のダンジョンを作るつもりだと思っているみたいです」

「なんでそこでちょっと嬉しそうなんだよ。もしかしてダンジョン作りてーのか？」

ディーに言われ、リゼットはぎくっとしながら首をぶんぶん横に振る。

「いえ、いえ、いえいえ……私がダンジョンを作るだなんて、そんな」

「だからなんで照れる？　旨いモンスターを生み出し放題とか思ってねーだろーな？」

「いえ。やはり養殖物より天然物。苦労して出会って勝利して食べてこそ至高――私は単にモンスターを料理したいわけではなく、冒険の中で勝利の味を噛み締めたいだけなんです！」

「こいつヤベェよ」

ディーは顔を引きつらせて若干後ろに下がる。

レオンハルトは苦笑していた。

「俺も、モンスター料理は勝利の醍醐味だと思う。それはそれとして――ユドミラがリゼットを脅威と見なしているなら、これからも敵対してくるだろう」

「なんで信じねーんだろな。ま、オレだってリゼットが聖女っぽくは見えねーけど」

「聖女らしいって何ですか？」

「少なくともモンスター食おうとはしねえやつ」

素朴な疑問を口にすると、あっさりと言われる。納得がいかない。

「……どちらにしろ、目的はリゼットの中にある聖遺物と、リゼット自身だろう。ただ彼ら自身の方針がばらばらで、連携がうまくいっていないから、それぞれ単独行動して失敗している」

その傾向は特にユドミラの方に強く感じた。ユドミラはリゼットの前で感情をむき出しにしていた。怒り、嫉妬、義憤——……そんな強い感情を。

それに対してケヴィンは本心が見えない。その心も目的も、冷静に隠している。

「あいつら何者なんだよ。聖遺物うんたら言ってくるんだったら女神教会の関係者か？」

「女神教会に限らず、聖遺物を狙う者は多いだろう。あれだけの力と、威光。権力を求める者には魅力的で驚異的だ」

ふたりの心配そうな視線を受け止め、リゼットは微笑む。

「大丈夫です。これくらいのことは覚悟していました」

すべて覚悟して、自分で選んで、聖遺物を身体に取り込んだ。選択を後悔はしていない。

「私がモンスター料理を広めるだけの存在だとわかってもらえればいいのですが」

「いますぐ捨てろその危険思想」

「捨てません」

言い合うリゼットとディーの前で、レオンハルトがどこか安心したように笑っていた。

「確かにモンスターを食べることが広まれば飢える冒険者は減る。俺たちのように。そうなればダンジョンの全容解明も加速するだろう」

リゼットは大きく頷く。

「そう、そのとおりです！　なかなか受け入れられないのは、知らないからです。知ってもらえるように頑張ります」

「……無理強いはすんなよ？」

「当たり前です！」

心から受け入れてもらえないと意味がない。強制して屈服させるつもりなど微塵もない。

「へーへー。で、これからどうする」

「もちろん、下の階層に行きましょう」

「ケヴィンとユドミラに遭ったら？　遭わねえ可能性の方が高いけど、方針は決めといてくれよ」

「その時はその時です」

ディーは呆れ顔になる。

「出たとこ勝負かよ……決めとけって言ってんだろ。決めておかないと、いざってときブレる」

「――リゼット。ここはちゃんと決めておいた方がいい。おそらくまた彼らと遭遇する」

レオンハルトの表情は真剣そのものだった。

「ノルンのダンジョン領域は、一つの階層にいくつもの世界が重なり合った、冒険者によって出る場所が違うランダムダンジョンだった。だがここはおそらく、一つの世界しか存在していない」

「でも私はまだ、彼らの本当の目的を知りません。だからこうとは決められません」

ケヴィンとユドミラからは、使命感に似たものを感じた。行動の理由となっている真意を知らない限り、何も解決はしない。

空気が重くなりかけたところで、ディーがため息をついて上を――岩の間から覗く空を見上げた。

「にしても、どうして聖女が聖遺物を取り込めるんだろーな。オレも触ったけど普通に熱かったし、聖痕盗ったお前の妹も熱がってたよな」

「ええ。ドラゴンステーキも焼けましたし」

――ノルンダンジョンの最下層で、聖遺物の炎で焼いたドラゴンステーキを思い出す。

「一緒にすんなよ」

「あれは最高だったな……」

「しみじみすんなよ。うまかったけどさ」

「またドラゴンを食べたいものです。ルルドゥは私にダンジョンを巡って聖遺物を回収するように言っていました。その使命のために、聖女が聖遺物を取り込めるようになっているのでしょう」

始まりの巨人を抑え込むために、大地に溶けた女神たちの欠片が聖遺物だ。

聖遺物は時間が経過すると、少しずつ地中に潜り込んでいき、やがて巨人のものになると火女神ルルドゥは言っていた。

巨人は地中のモンスターに聖遺物を与え、それがダンジョンの王となり、王がダンジョンを管理するもの――ダンジョンマスターを選ぶという。

聖遺物を回収するためにはダンジョンの王を倒さなければならない。そのために【聖遺物の使い手】というスキルと、強力な力を得られる聖遺物をリゼットに与えたのだろう。

「私はこの力で、自由に冒険をして、モンスター料理を食べていきます」

「ホント、聖女っぽくねーよな」

「リゼットらしいじゃないか」

ふたりの言葉が嬉しくて、リゼットは微笑んだ。

ただ――ひとつだけ懸念があった。一度取り込んでしまった聖遺物を、今度はどうやって大地に還せばいいのだろうかと。

一度出来上がった料理は食材には戻せない。聖女と聖遺物も、混ざってしまったら取り出せないのかもしれない。――死んで大地に還らない限り。

「とりあえず、ケヴィンさんとユドミラさんのことは出たとこ勝負ということで。私も少し休ませていただきますね」

長い間起きていたのでさすがに少し眠りたい。リゼットは手早く就寝準備を整え、眠りについた。

## 第三章　ダンジョンスローライフ

第三層に下りると、いままでのダンジョンとは雰囲気が大きく変わる。岩の壁がなくなり、天井が完全に開放されて、一面の夜空が広がっていた。月のない紺碧の夜空は深く澄んでいて、無数の星が瞬いている。

一つの世界とは言っても、やはり階層によって時代や場所は異なるようだ。

「なんて解放感……！　寒い！」

とにかく寒い。ものすごく寒い。いままでも気温は低かったが、雪や氷の粒が舞っている。雲一つないのにどこからか降るそれらで、身体が確実に冷えていく。吐く息も白く凍りつく。

「アーヴァンクの毛皮が早速役に立ちそうだ」

「どうします？　身を寄せ合って被ります？」

毛皮は一枚しかない。三人で共有する光景を想像して、リゼットは少し楽しくなってきた。

「それも暖かそうだけど、探索と戦闘には不向きだな」

レオンハルトはアーヴァンクの毛皮を三枚に切り分けて、マントをつくる。即席のマントだが、一枚羽織るだけで寒さが遮断されて、内の熱がこもり、格段に暖かくなる。

「すごいです……あのアーヴァンクがこんな素晴らしいものになるなんて……肉もおいしくて毛皮も上等だなんて……素晴らしすぎて怖い」

「外にいたら乱獲されそーだな」

ディーが冷静に言う。確実にされるだろう。

レオンハルトはマントを留めながら、警戒するように辺りを見回していた。

「あの二人は近くにはいなさそうだな。それらしき足跡もない」

「全然別の場所に出てるんじゃねーの。ま、いまは鉢合わせたくねーな。とりあえず行こうぜ。止まってたら凍っちまいそうだ」

雪を踏みしめ白い雪原を歩く。星明かりのおかげで、灯火は必要なかった。

生えている樹の種類も変わっていた。細い葉を持つ針葉樹が多くなっている。木がまばらに生える白い世界を、黙々と進む。雪を踏む音だけが小さく鳴り続けた。

――くいっ、と。

後ろから、誰かがリゼットのマントを引っ張る。マントだけではなく髪も軽く引いてくる。

リゼットは無言で髪とマントを引き戻す。

しかし相手はいたずらを止めず、マントをするりと上に引っ張って脱がせようとしてくる。

「もう、いたずらしないでくださ――い……？」

振り返った先には誰もいない。当然だ。レオンハルトもディーも前を歩いている。

思考が停止している間にマントがするすると引っ張られる。完全に脱がされたマントはひらひらと木立の間を漂い、寒さが一気に肌を刺す。

マントを奪ったのは、空中をうねうねと動いている植物のツルだった。

【鑑定(かんてい)】アイスウゴキヤマイモ。寒冷地に適応したウゴキヤマイモ種。ツルは生物に巻き付き、相手を絞め殺(し)して己(おのれ)の肥料とする。

固まるリゼットに向けて、雪と木立に隠(かく)れていた無数のツルが伸(の)びてくる。

「リゼット！」

レオンハルトが【聖盾(せいじゅん)】でツルを弾(はじ)き返し、剣(けん)で薙(な)ぐ。

数本はそれで斬(き)り払(はら)われたが、生き残ったものがまた何本も同時に伸びてくる。それらはレオンハルトの剣を無理やり奪い取り、身体に巻きついた。捕(と)らえた獲物(えもの)を絞め殺すために。

「――――ッ！」

レオンハルトは身体に巻きついた無数のツルを、一息で引きちぎった。ぶちぶちと千切れた白いツルが地面に落ちる。

そこへひときわ太いツル――ツルの親玉とも呼べそうなものが、鋭(するど)くしなりながらレオンハルトを捕らえようとした。しかし接触(せっしょく)する直前、ディーの投げたナイフによって勢いを殺される。

【火魔法(まほう)(神級)】【敵味方識別】

「ファイアストーム！」

炎(ほのお)の嵐(あらし)はリゼットたちを中心にして辺り一面を焼き尽(つ)くす。

リゼットの狙(ねら)いはツルではなく、その根元だ。ツルを燃やしながら下に向かって伸びていき、地中との繋がりを完全に焼き切る。切られたツルは、しなしなと垂れて地面に落ちていった。

「お、おふたりとも、ありがとうございます。一時はどうなるかと思いました」

礼を言い、投げ捨てられていたマントを拾う。燃えたり破れたりもしていない。無事だ。

「にしても頑丈なツルだな。何本か束ねて編んだらロープを作れそうだぜ」

ディーが落ちているツルを拾い、ぐっぐっと引っ張る。非常に丈夫でしなやかな繊維質だった。獲物を絞め殺せるぐらい頑丈なのだから、ロープにすればかなり頑丈なものになりそうだ。

「ったく、素手で引き千切れるもんじゃねーぞ」

「これぐらい軽いものさ」

「どんな筋力してんだよ……オレはもうレオンの方が怖えよ……」

リゼットはマントを着直しながら、アイスウゴキヤマイモの根元を見る。

土の下には当然根があるはずだ。白くて瑞々しいヤマイモが。確かあれは手で折れるぐらい柔らかかった。

リゼットはアイスウゴキヤマイモの根元にしゃがみこむと、ユニコーンの角杖で周囲を軽く叩く。

【魔力操作】【土魔法（初級）】

「とんとん、とんとん」

土魔法で杖の触れた部分の雪と土を掘っていく。根は脆いので慎重に。

「なんの儀式だよ」

「やっぱり！　ヤマイモです！」

出てきたのは想像通りの立派なヤマイモの根だった。リゼットは喜びの声を上げて、ぐっと引き上げる。ボコッと抜けた根の土を落とすと、やや黄色がかった白い皮が現れる。その姿はきらきらと輝いて見えた。

「なんてしっかりと太ったヤマイモ……これは絶対においしいですよ」

しかも見つかったのはそれだけではない。辺りに落ちている燃えたツルの節々にあるコブに気づき、リゼットは目を見開く。

「まあ、ムカゴまで？」


【鑑定】アイスウゴキヤマイモのムカゴ。茎の一部が養分を蓄えて肥大化してできた肉芽。


きれいに焼けているムカゴを摘まみ取る。黒焦げにはなっていない。いい火の通り具合だ。

「いただきます」

「なんでも口に入れんなよ……そのうち腹壊すぞ」

ゆっくり噛むと、ほくほくしたイモの味が口いっぱいに広がっていく。

頰が緩み、おいしさに身体が喜ぶ。噛むほどに滑らかでねっとりとした感触に変わり、流れるように口の中から消えた。

「……こんな寒い階層でも、適応して生きている植物モンスターがいる……モンスターは私が想像しているよりもずっとずっと逞しいのですね……」

「なんでいい話風になってんだ？」

「さあ……わかるようなわからないような」

「おふたりもどうぞ。なんというか、地上にできるイモです」

他にも見つけたムカゴを集めて、塩をかけてふたりに渡す。

「淡白だから塩が効いてうまい……なんだかクセになる味わいだな」

「……ん、慣れるとけっこーいけるな。これなら歩いてても食えそう」

そこからは大忙しだった。ムカゴを取りながら、ツルを集めておく。次のキャンプ時にロープを編むために。もちろんヤマイモも掘る。貴重な食料、貴重な栄養素だった。


焼きムカゴを行動食にして進んでいると、ディーがふと足を止めた。

「なんだあれ」

地面から、奇妙な影が不自然に盛り上がっていた。まるで地中から何本も手足が伸びているかのようだ。

慎重に距離を詰めていく。それは、頭の一部と両足以外が雪に埋められたゴブリンだった。

死んでから時間が経っているらしく、雪がわずかに積もっていた。緑色の肌にはらはらと新たに雪が重なっていく。周囲に広がる血で染まった雪も、内臓の一部と思しきものも、白に覆われて隠されていく。

「誰が埋めたのでしょうか」

「なんかこの感じ、少し前にも見たよーな……」

「この足跡……」

ゴブリンの周囲には大型の足跡がいくつも残っている。雪でほとんど隠されてしまっているが、指の数は五本。それぞれに鋭い爪がついているのは見て取れる。周囲には赤い体毛も落ちていた。

しんと静まり返った空気の中に、荒い鼻息が響く。

少し離れた場所――木立の奥に、小さな山があった。それはゆっくりと立ち上がると大樹となり、咆哮が大気と大地を震わせる。赤い毛並みが炎のように揺れた。


【鑑定】ジャイアントキリングベアー。一撃で獲物を仕留められる鋼鉄の爪と岩をも砕く牙、分厚い毛皮を持つ。肉食で好奇心旺盛。


「溺れ死んだんじゃなかったのかよ……！」

ディーが声を潜めて叫ぶ。

「別の個体だ。そしてこれはキリングベアーじゃない……ジャイアントキリングベアーだ」

「その違い、いま重要か？」

「重要だ。キリングベアーの数倍凶悪だからな」

「なんてことでしょう……ジャイアントキリングベアーと会えるだなんて……」

ジャイアントキリングベアーはすぐに襲（おそ）い掛（か）かってこようとはしなかった。慎重派なのか距離を保ったまま、こちらの様子を窺（うかが）っている。

このまま逃（に）げてほしいところだが、ジャイアントキリングベアーに逃げる素振りはない。こちらが弱いと判断すれば、躊躇（ちゅうちょ）なく鋼鉄のような爪を振り下ろしてくるだろう。

「——そうか。このゴブリンは、ジャイアントキリングベアーの食べ残しなんだ。俺（おれ）たちが、埋めて保管していた獲物を横取りしにきたと思っている」

「誰が食うかよ……！」

実際のところはともかく、食事の邪魔（じゃま）をしたと思われているのなら怒（いか）りは深いだろう。食べ物の恨（うら）みは恐（おそ）ろしい。

ならば戦うしかない。

【魔力操作】【水魔法（上級）】【魔法座標補正】

「フリーズランス‼」

氷槍（ひょうそう）をジャイアントキリングベアーの頭部めがけて解（と）き放つ。

巨大（きょだい）な氷の刃（は）は頭部を貫（つらぬ）く——はずだった。

分厚い頭蓋骨（ずがいこつ）に当たった氷槍は、皮膚（ひふ）をわずかに傷つけただけで粉々（こなごな）に砕け散った。

ジャイアントキリングベアーは目の前を両手で覆って、驚（おどろ）いたような唸（うな）り声を上げて逃げていく。

その足は速く、あっという間に雪の狭間（はざま）に消えていった。

「効いていない……？」

追い払ったものの、リゼットは激しくショックを受けた。

ジャイアントキリングベアーは逃げたが、それは単に魔法に驚いただけだ。身体はまったく傷ついていない。相手にとっては軽く額を小突かれた程度の衝撃だっただろう。

いくら強靭なモンスターとはいえ、ここまで魔法が通用していないなんて。

「もしかすると、ゴブリンを食べているからかもしれない」

魔法の弱体化を危惧するリゼットの前で、レオンハルトが呟く。

「モンスター料理には身体を強化する効果があるだろう？　ジャイアントキリングベアーもダンジョンのゴブリンを食べることで、更に強靭になっているのかもしれない」

「そんな……そんなことが……」

「お、おい……そんなに落ち込むなよ」

「――モンスター料理ってすごい！」

「そっちかよ！　ったく……ああもう、そんな危険なモンスター、いったいどうすりゃいいんだよ」

ディーが大きく息を吐く。

「もちろん物理攻撃だ。骨は硬く、毛皮も防御力が高いだろうが、心臓を突けば倒せる」

冷静な表情で言う。レオンハルトは自分一人でやるつもりのようだった。

「危険すぎます……あんなに大きくて強い相手に……私も戦います。この角で！」

リゼットは自分のユニコーンの角杖を掲げる。

「ユニコーンはこの角で敵を刺し殺すそうです。物理攻撃も不可能ではありません」

「穏やかそうに見えて激しいなユニコーン……でもそれこそ無謀だろ。お前の筋力じゃあんな化け物にダメージ通んねーよ。もちろんオレもな」

返す言葉もない。

「もう戦わずにやり過ごそうぜ」

「相手は足も速いし鼻も利く。探索中に突然遭遇するのだけは避けたい。待ち構えて倒そう」

「そうですね……トラップを考えないと」

そのとき、ディーが何かに気づいたように顔を上げた。

「へっへっへっ。心配すんな。オレに秘策がある」

自信たっぷりに笑って胸を張る。とっておきの作戦を思いついたようだった。

「まずは誘き寄せるためのエサを用意しようぜ」

「ああ。これは片づけて、新しいエサを用意しよう。——ゴブリン狩りだ」


埋まっていたゴブリンを燃やして灰にし、新しいゴブリンを探しにいく。死体がここにあるということは、生息地が近くにあるはずだ。

雪の中を歩きながら、先頭を進んでいたディーがレオンハルトを振り返る。

「なあ、あのキリングベアー、ゴブリン食べているから強化されてるんだとしたら、ダンジョンのモンスターも互いに食い合って強化されているってことか?」

レオンハルトは少し間をおいて、答えた。

「俺はキリングベアーたちは外から入ってきたものだと思っている」

「なんで？」

「キリングベアーは地上の熊とモンスターが交雑して生まれた、比較的新しいモンスターだ。原初的なこのダンジョンと雰囲気が合っていない」

「さすがモンスターマニア」

「褒め言葉だと思っておく」

レオンハルトがリゼットを振り返り、エメラルドの瞳と目が合う。

開きかけていた距離が縮まり、リゼットに向けて手が差し伸べられる。

「足元、気をつけて」

道はやや登り気味の傾斜になっていて、足場が悪くなっていた。

手を重ねるととても安定し、格段に歩きやすくなる。

「だから俺は、外の生物がダンジョン内の生物を食べると、強化効果が高くなるんじゃないかと思っているんだ」

手を引かれたまま歩き続ける。

何故か胸がどきどきして、寒さを感じなくなっていく。手はむしろ熱いほどだった。

「逆を言えば、ダンジョン内の生物にとっては、外の生物がごちそうなのかもしれない……ははっ、なんだか本当に、食うか食われるかになってきたな」

「笑い事じゃねーよ……」

ふたりの会話を聞きながらリゼットは思った。レオンハルトはモンスター料理が本当に好きなのだな、と。こんなに真剣に、熱心にモンスター食のことを考えているだなんて。嬉しく思うと同時に、わずかな悔しさも浮かぶ。

（私も負けていられません。モンスター料理を愛するものとして！）

密かに対抗心を燃やしていると、ディーが遠くにゴブリンの巣と思しき場所を発見する。周辺の原野とは明らかに違い、そこは村だった。

岩陰に隠れて、遠くから様子を見る。丸太でつくられた簡素な三角形の小屋がいくつも並んでいた。それで風雪をしのいでいるのだろう。出入口のところには木の皮で編まれたらしきタペストリーがかけられていた。

そして大柄なゴブリンリーダーが小屋の間を巡回していた。間違いなく、ゴブリンの村だ。

「なんだか地上を思い出しますね」

「嫌な思い出を掘り起こすなよ」

「――よし、行こう。リゼット、火を打ち上げてくれ」

立ち上がるレオンハルトに従って、リゼットは魔法の炎を空へ打ち上げ、弾けさせる。

一瞬辺りが昼間のように明るくなり、ゴブリンリーダーがこちらに気づく。

すぐに仲間を呼んだらしく、村がにわかに騒がしくなる。ぞろぞろと十匹ほどのゴブリンが武器を手に家の中から出てくる。

そしてリゼットたちは逃げた。ジャイアントキリングベアーのいた付近にまで誘導するために。

ゴブリンたちは見事につられ、リゼットたちを追ってくる。

リゼットは先導するディーの後ろを必死でついていき、レオンハルトがしんがりを務めた。飛んでくる石や弓矢を盾で防ぎながら。

ようやく目標地点に到達し、リゼットは強く足元を踏みしめ、後ろを振り返った。

【水魔法（上級）】【敵味方識別】

「フリーズアロー！」

氷の矢を生み出して、追ってくるゴブリンたちに浴びせかけて一掃する。

倒したゴブリンリーダーと手下のゴブリンたちを雪原に放置し、リゼットたちは風を避けるため岩陰に腰を落ち着けた。

毛皮マントに身を包み、火を焚いてジャイアントキリングベアーがやってくるのを待つ。

「火つけてて大丈夫なのかよ。逃げねえか？」

「キリングベアーは火を恐れない。さっきも篝火を無視してきただろう？」

「さっき？　……先ほども別の個体とか、溺れ死んだとか言っていましたが、もしかしてキリングベアーとどこかで遭遇しましたか？」

「風呂入ってるときにな。こいつ丸腰でキリングベアーを投げ飛ばして勝ってたぜ」

「えっ……えええっ!?　生身で、キリングベアーに!?　す、すごい……」

心底驚き、感動してレオンハルトを見る。レオンハルトは照れたように目を逸らした。

「運が良かっただけだ」

「謙遜すんなよ。完全に人間離れしてるから自信持てよ」

「そうです。キリングベアーを格闘で倒すなんて……さすがレオン。私も見たかったです」

「ありゃすごかったぞ。こいつのサーガの一節に加えるべきだな」

「やめてくれ」

断固拒否してくる。

「きっと大盛り上がりですよ。竜殺しに引き続き熊殺しなんて」

「勘弁してほしい……」

「冗談はさておき、結界張らねーの？　落ち着かねえんだけど」

――冗談だったのか。吟遊詩人に歌われる光景を想像していたリゼットは残念に思いながら、首を横に振る。

「結界魔法は魔力の回復に時間がかかるんです。食事をすれば回復しますが、これからジャイアントキリングベアーとの戦闘が待っていると思うと温存しておきたいです。結界の調子もいまいちよくないですし」

「ふーん、そういうもんなんだな」

ディーは残念そうに呟く。

その間にも寒風は吹き続き、雪もしんしんと降り続け、少しずつ体温を奪っていく。

「――うん、食事にしよう」

「そうですね」

「賛成」

寒さに耐えきれない。このままでは凍死する。

すぐに結界をつくり風除けにする。上に雪が積もって目立たないように天井は円錐形にした。

風邪をひかないように栄養があり身体が温まるものを作ろうと考えたリゼットは、ヤマイモでポタージュをつくることにした。

早速料理の準備を整え、ヤマイモを細かく切って煮て、すりつぶす。細かい肉と玉ねぎのみじん切りを入れてよく煮込み、バターを入れて、塩と香辛料で味を調える。

「できました、ヤマイモのポタージュです。どうぞ」

火を囲んで座り、白く滑らかなポタージュを食べる。

「おいしい……」

じんわり、じわじわと、腹の中から身体全体が温かくなっていく。

「まろやかで、やさしい味だな。バターの風味がいい」

「ふーっ、あったまる……」

寒さも疲れも癒やされていく。アイスウゴキヤマイモは寒冷耐性があるので、身体を温める成分も入っているのかもしれない。

スープだけでは物足りないのでアーヴァンクの肉をステーキにする。

フライパンを強火で温めて、アーヴァンクの脂を溶かして、塩と香辛料を振ったアーヴァンクの肉を焼く。焼き目がついたら引っくり返して、今度は火を弱めて、蓋をしてもう片側も焼く。しばらくじっくりと火を通したら出来上がりだ。

「焼けました！　アーヴァンクのステーキです！」

肉の中央はバラ色。理想的な火のとおり具合だ。

「うめえ！」

「はい。とっても柔らかくて」

「ああ、それに力が湧いてくる」

アーヴァンクはなんて素晴らしいモンスターなのだろう。毛皮のマントに包まれながら、しみじみ思う。

ステーキを食べ終わった後は、焼きムカゴをつまみながら、地上で買った高級茶葉を煮出した茶を飲んで一服する。身体は芯まで温まり、心も空腹も満たされて、平和な時間が流れていく。

ふと、レオンハルトが何かに気づいたように身を起こす。

真剣な眼差しの先を追うと、のっそのっそと動く大きな影が見えた。

「きたきた」

ディーが嬉しそうに弓と矢筒を手に取り、結界の外に出る。

「……これは、ジャイアントキリングベアーじゃない。ただのキリングベアーもいたのか……」

ゴブリンを食べる三匹のキリングベアーを眺めながら、レオンハルトが警戒した面持ちで呟く。

「どっちでも同じだ。ついにこいつを使う時がきた！」

ディーは興奮しながら矢筒から矢を取り出す。

防水紙に包まれた、ヒュドラ毒が塗られた矢を。

「ディー、頭は狙わない方がいいです」

「任せとけっての。狙うのは面積の広い、やわらかい場所だ……！」

弓に矢を番え、引き絞り、放つ。

矢は見事、食事に夢中になっていたキリングベアーの脇腹に刺さる。

キリングベアーは一瞬硬直し、全身から力が抜けたように倒れた。――即死だった。もがき苦しむ時間もなく、キリングベアーは息をしなくなった。

「さすがです」

「この毒すっげえ効くな……」

ディーはわずかに声を震わせながら、二本目の矢を弓に番える。それは二体目のキリングベアーの肩を掠める。矢じりは肩甲骨に弾かれたが、わずかな傷口から入った毒は命まで奪っていった。

三本目。これは後ろ足に刺さる。

キリングベアーはびくりと震えて三歩進んで、その場に倒れた。

地上最強のモンスターと呼ばれるキリングベアーがいとも簡単に死んでいく。ヒュドラ毒の強力さに、見ていたリゼットも戦慄した。

「へへっ、効きすぎて怖いくらいだ」

ディーの顔も引きつっている。

そして四本目の矢を出した。

「あの大物はまだいねえのか？」

「……ああ。気配もない。そのうち来るだろうとは思うが」

「ちぇっ」

つまらなそうに矢を防水紙に包みなおそうとしたとき、突如強風が吹き荒れた。風で煽られて矢がディーの手から滑り落ち、矢の先端が、ディーのブーツを突き破って足の甲に刺さる。

「ぎゃあああああ！」

断末魔の悲鳴と同時に、レオンハルトの剣がディーの毒に侵された片足を膝下から斬った。

ディーの身体がどさりと倒れた。

（……えっ……？）

リゼットはあまりにも現実感のない光景に立ち竦みかけたが、すぐにディーの太腿をきつく縛って出血を抑える。毒が全身に回る前だったおかげか、ディーはまだ生きていた。

レオンハルトはすぐさまディーの足を拾うと、矢を抜き解毒魔法と回復魔法をかける。

「ディー、頑張れ！　もう少しだ！」

切断面を密着させ、回復魔法をかける。流れ出ていた血の一部が傷口から体内に戻っていき、切断面が繋ぎ合わさる。切断面がわからないくらいに、元通りになっていた。

「よし。これでもう大丈夫だ。ダンジョン領域でよかった」

「……決断力がエグすぎる……」

ディーは倒れたまま虚ろな目で、げっそりと呟く。雪には生々しい血の跡が残っていた。

「とりあえず移動しよう。あの大物とこの状態で鉢合わせたくない」

レオンハルトがディーを背負う。リゼットはディーの荷物を持った。

「でも、どこへ行きましょう……ゴブリンの村も危険でしょうし」

「……この近く、あっちの方に、洞窟みたいなのがあった……」

ディーが血の気の引いた顔で、一つの方向を指差す。

「よし、行こう」

冷たい風が吹く中を歩き出す。

「……蘇生魔法も『種火』もあるんだから無茶すんじゃねえよ馬鹿……」

ディーがレオンハルトの背中で弱々しく呻く。

「それだけ話せるなら大丈夫だな。アイテムは使わずに済むならその方がいい。俺の蘇生魔法にも期待しないでくれ」

「死なないに越したことはありません。おふたりが死ぬところはもう見たくないです」

それはリゼットの本心だった。蘇生が可能なダンジョン内とはいえ、死ぬところは見たくない。

ディーはしばらく黙った後、弱々しく息を吐いた。

「……ま、死ぬよりマシ、か……」

キリングベアーの足跡が残る雪の上を進んでいくと、雪が大きく盛り上がった場所が見えてくる。

洞窟の入口だった。穴が開いた部分の上には、ツララがいくつもできている。

「何かの巣だな……いまは、何もいないみたいだ」

ツララは中に生物がいた証（あかし）だ。吐き出す呼吸や体温で雪が解けて、また凍ってツララになる。

洞窟の奥の気配を探（さぐ）り、何もいないことを確認（かくにん）して、レオンハルトはディーを背負ったまま低く身をかがめ、中に入る。

真っ暗な道を、リゼットは灯火の魔法で照らした。

「これはたぶん、キリングベアーの巣だ」

狭（せま）い通路を少し進むと、突き当たりには部屋のような空間があった。三人で過ごすのにも充分（じゅうぶん）な広さだ。地面には枯葉（かれは）がカーペットのように敷（し）き詰められていて、底冷えの防止になっていた。天井からは植物の白い根がいくつも垂れ下がっている。

「きれいですね……」

「キリングベアーは巣の中を清潔に保つらしい。ちょうどよかった。ここなら風や雪が避けられるし、警戒も一方向で済む。しばらくここで休もう」

リゼットが寝袋（ねぶくろ）を敷くと、レオンハルトがディーをその上に降ろす。

「足は動くか？」

「――ん。大丈夫。痛みもねぇ。なんかすっげえ疲れたけどな……」

「失った血も多いからな。しばらく休んでおいた方がいい」

リゼットは水魔法で水を用意して、火魔法で少し温めてからディーに飲ませる。

「何か食べたいものはありますか？」

「いや、いまはいい……」

全身に力が入らないのか、だらりと寝そべる。顔は青白いままで、まるで屍だ。

リゼットは洞窟内を温めるため、枯葉をどかして魔法の火をつけた。

「ヒュドラ毒は諸刃の剣だな……」

「危険すぎます。全部無毒化してしまいましょう」

まだヒュドラの毒液がついた矢は残っている。リゼットはユニコーンの角杖を手に握り、浄化魔法と併用してヒュドラ毒を全部解毒しようと決める。

「や、やめろ。こいつは悪くない。やめてくれ」

ディーが慌てて起き上がり、座ったまま矢筒をひったくって壁際まで下がる。

背中に矢筒を庇うディーに、リゼットはにじり寄った。

「ディー、そこを退いてください。私も手荒なことはしたくありません」

「お、落ち着けよリゼット……こいつは何も悪くねえだろ？　使い方さえ間違えなけりゃ――」

ディーはヒュドラ毒に未練たらたらだ。あんな目に遭ったというのに。

「ディー、もうそんなものには頼らないでください」

「……いや、毒は普通に使うだろ……」

「ディー」

リゼットはディーの目をじっと見据える。

どれだけ有用で強力な毒だろうと、仲間を傷つけたものは許せない。

「こ、こんなことで泣くなよ」

「こんなことではありませんし、泣いてませんっ」

目許をぐっと拭う。濡れていた。

「これは、雪のせいです！」

リゼットも無理やり奪いたいわけではない。納得していない状態で取り上げたとしても、また危険な毒に手を出すだろう。できれば静かに説得したいのに、胸がざわめいてうまくいかない。

「ディー、何を焦っているんだ」

レオンハルトが落ち着いた声で問いかけると、ディーはぐっと息を詰まらせる。

「……焦りもするだろ。ほとんど役に立ててねーのに足引っ張っちまって……お前らをこんなところに閉じ込めて……」

吐き出されたのは、悔しさと自分自身に対する憤りだった。

ディーはまだ、悔やんでいる。出られないダンジョンに入ってしまったことを、仲間を巻き込んでしまったことを、いまだ悔やんで、自分を許せないでいる。

「——って最悪だなオレ。悪ぃ、聞かなかったことに——」

リゼットはしゃがみこみ、無理やり笑おうとしているディーの顔に両手を伸ばす。そして、頬をむぎゅっと包み込んだ。

「んなっ⁉」

顔を上げさせ、まっすぐに瞳を覗き込む。

「ディー、それは違います。ディーはとても頼りになりますし、私はこのダンジョンに閉じ込められているわけではありません。だって私は、ダンジョンを楽しんでいますから！」

偽りのない本当の気持ちだ。新しいダンジョン、新しいモンスター、新しい料理。すべてがリゼットの胸を湧き立たせてくれる。

「離せって！　それはお前の気分の問題だろ」

「気の持ちようは大事です。気持ちひとつで、楽しいダンジョン生活も、すごく楽しい異世界キャンプです！」

「比較になってねえ！　前向きが過ぎるだろ！　……ったく、お前って本当変わってるよな」

手首を持たれてぐいっと押し返される。

顔の赤みは戻ってきているが、まだ矢筒は背に庇ったままだ。

こうなれば実力行使かと考えていたリゼットの隣に、レオンハルトが立つ。

「ディー、君が俺たちを閉じ込めたと思っているなら心外だ。俺は自分の意思でここに入ったし、その選択を後悔していない」

レオンハルトはディーの前に片膝をついて座り、顔を見つめる。

「それと、君はこのパーティに欠かせない存在だ。周囲の状況によく気がつくし、マッピングも丁寧だし、義理堅くて、勇気がある」

「――ちょ、おま、恥ずかしいこと言うな！」

「私も、ディーはとても強くて、優(やさ)しい人だと思います」

「いいから黙れ……」

耳まで真っ赤になって縮こまるディーに、レオンハルトは誠実にゆっくりと続ける。

「解錠(かいじょう)やトラップ解除が必要なとき、君がいなければ俺たちはあっけなく全滅(ぜんめつ)するだろう」

リゼットは何度も大きく頷(うなず)く。

「俺たちは不完全だ。誰が欠けても成り立たない。だから、自分を大切にしてくれ」

ディーは小さく喉(のど)を鳴らし、息を呑(の)み込んだ。

「……わかった、わかったよ。背伸びはやめる。痛い目見たしな」

背中に庇っていた矢筒をリゼットに突き出す。

「オレにはこいつは扱(あつか)い切れねぇ。挽回(ばんかい)は、また別のところでする」

「ありがとうございます」

受け取ったリゼットは念入りにヒュドラ毒を解毒した。浄化魔法もしっかりとかける。

一段落してほっとしていると、レオンハルトが立ち上がる。

「ふたりは休んでいてくれ。俺はキリングベアーの解体をしてくる」

「あ、レオン――」

一人は危ない。それに大型のキリングベアーの解体は大変だ。リゼットは手伝おうとしたが、ディーを一人残すのは気になった。

迷っている間にレオンハルトは洞窟を出ていく。灯火の魔法をついていかせるのがやっとだった。

「オレのことはいいから行ってやれよ」

「でも、ジャイアントキリングベアーが来たりとかしたら――」

「この穴のサイズじゃあのデカブツは通れねーよ。何かあったら笛吹くし」

ディーは首元から銀色の細い笛を取り出し、揺らす。非常事態を周囲に知らせるための笛だ。

「……ありがとうございます。外からも気をつけておきますね」

洞窟を出たリゼットは、レオンハルトを追いかけてキリングベアーを倒した現場へ向かう。

風と雪はますます強くなっていた。飛ばされそうになった毛皮のマントをぎゅっと押さえる。

「天然のフリーズストームです……」

雪の勢いと暗さで方向感覚を失いそうだ。レオンハルトの足跡を頼りにして、気をつけながら前に進む。歩く度(たび)、キュッ、キュッと雪が鳴いた。

――ふと。

奇妙な感覚がして、リゼットは立ち止まる。まるで誰かに見られているかのような、そんな感覚。

だが、どこにも、誰もいない。

リゼットは白い息を吐いて空を仰(あお)いだ。漆黒(しっこく)の空と、吸い込まれそうな雪の渦(うず)があるだけだ。

(気のせい、のはず)

そもそも誰が見ているというのか。いまは見えない敵よりも、この寒さと雪の方が強敵だ。

視線を戻して前に進もうとした時に、リゼットは方向感覚を失ってしまっていることに気づいた。

どちらに行こうとしていたのか、完全に見失う。頼りにしていたレオンハルトの足跡も雪に覆われて消えてしまっている。

灯火の魔法を強めて辺りを照らすが、雪の勢いが強くて何も見えない。

諦めて戻ろうかと思ったが、自分が歩いてきた足跡も消えていた。

（遭難……？）

唐突なピンチに、心臓がきゅっと締めつけられる。

（お、落ち、落ち着いて。いざとなれば辺りを燃やして明るくして、雪も解かしてしまえば。いえ、その前に笛？）

リゼットも笛を身に着けているが、自力でなんとかできないかと手掛かりはないかと探す。おぼつかない足元が、不意に滑った。

「――――っ！」

何も見えない暗闇に落ちそうになったリゼットを、背後からの強い力が引きずり上げる。

「リゼット⁉」

「……レオン？」

いつの間に近くに来ていたのか、レオンハルトが後ろからリゼットを抱き支えていた。

「びっくりした……」

「ご、ごめんなさい。ありがとうございます」

「何かあったのか？」

緊張感のある表情で問われる。

「い、いえ、私も解体を手伝おうと思って……その、道を見失ってしまって」

レオンハルトはリゼットの身体を片手で抱えたまま、長い、深いため息をつく。

――とんでもない心配と迷惑をかけてしまったのかもしれない。

「あ……ごめん。気が抜けて。大丈夫そうなら行こう。俺から離れないでくれ」

レオンハルトはリゼットを離すと、今度はしっかりと手を握って雪の中を歩き出す。

その足取りは迷いがない。雪は少し弱まってきたものの、迷宮コンパスもないのに雪の中でどうやって道と方角がわかるのか、不思議で仕方がない。方向感覚と視力に優れているのだろうか。

ほどなく現場に辿り着く。雪は既にゴブリンの死体を隠しきっていて、キリングベアーの巨体も雪に覆われかけていた。もう少し時間が経っていれば何もかも雪で消えていただろう。

「キリングベアーはやっぱり熊肉と同じ味なんでしょうか」

熊肉はとてもまろやかで、煮ても焼いてもおいしい肉だ。

「これは食べない。毛皮をもらうだけだ」

「毛皮を……」

「解毒魔法はかけるけれど、どこまで毒が回っているかわからない。食べるのは危険だ」

「そ、そうですね……あの毒の強さは怖いですね」

レオンハルトはよく研がれた短剣で、手早く毛皮を脱がせていく。

「この毛皮なら一人一枚取れるし、吹雪も耐えられるはずだ。どこまでこの雪が続くかはわからないが、きっと役に立つ」

リゼットはその手伝いをしながら、キリングベアーの肉に触れる。

(まだあたたかい)

命の温度がまだ残っていた。

(食べればきっと、すごくおいしい――……)

その誘惑は甘美で、毒が危険だとわかっていても食欲が刺激される。

「リゼット」

「は、はいっ」

「しばらくあの洞窟で休憩を取ろう。最低でも丸一日――できれば二日ぐらい」

「そうですね。ディーが全快するまでは動かないでおきましょう」

「うん。それに、君も疲れている」

「私がですか?」

自覚はなかった。だがレオンハルトからそう見えるということは、そうなのだろう。

「疲労はダンジョン攻略の大敵だ。食事と睡眠の大切さは、君が俺に教えてくれたことだ」

「……わかりました。そうします」

言われてみれば、自分でも精彩を欠いている気がした。このダンジョンに入ってから色々と失態続きだ。キリングベアーの解体が終わったら、しばらくはおとなしくしようと心に決める。

(もっと体力が欲しい……)

体力だけではない。何事にも動じない精神力。冷静な判断力と、それを貫く実行力。

身体も、心も、強くなりたい。そう――レオンハルトみたいに。

「レオンはどうしてそんなに強いのですか？」

「俺？」

レオンハルトは驚いたように顔を上げる。

「はい。とてもタフで、精神も安定して見えます。秘訣があるのなら教えていただきたいです」

やはり筋力なのだろうか。

レオンハルトの身体をじっと見る。疲労は微塵も見えず、動きは軽やかで、重心も安定している。

それは生来のものでもあるだろうが、地道なトレーニングの賜物でもあるはずだ。どれほどの努力を積めば少しでも近づけるのだろう。

レオンハルトは少し考えこんで、口を開いた。

「――君が、いてくれるから」

リゼットは目を瞬く。返ってきた答えは想像もしていなかったものだった。

「私ですか？　少しでもお役に立てているのならよかったです」

「いや……役に立つとかじゃなくて、いやもちろん助かっているんだけど……」

歯切れが悪い。

しかしその間にもするすると手際よく作業を進めていく。あっという間に一枚終わる。

行動を共にするようになって多くのモンスターを捌いてきた。最初こそ戸惑っていたレオンハルトだったが、すぐに要領をつかんで様々なモンスターを解体できるようになっていた。

もともとモンスターに対する造詣が深いことも関係するだろうが、知識欲と向上心、そして食欲の賜物だろう。

身体能力も技能も精神力も高いレベルにあるレオンハルトと共に冒険ができていることは、リゼットにとって最大級の幸運だった。いつかパーティを解散する日が来るだろうが、それまでは少しでもパーティに貢献したいと思う。

——別れの日を想像するだけで胸の奥が苦しくなり、それ以上は考えないようにした。

「リゼット——俺は、君がいてくれるだけで、きっとどんなことだってできる」

「私もです」

「……うん……だから、無理はしないでくれ」

「はい。レオンも、何でも言ってくださいね。私にできることならなんでもします」

「……あ、ああ」

リゼットは込み上げてくる嬉しさで、思わず微笑んだ。

(レオンはあんなに強いのに、とても謙虚なのね。強さの秘訣が協力し合うことだなんて)

素敵な答えだと思った。

そして、足りないものを欲するよりも、いま持つもので最大限、仲間のために尽くそうと思った。

二枚目と三枚目の毛皮も取り終わり、リゼットは脱がしたばかりの毛皮に浄化魔法をかけて、残っている肉片や汚れを取る。

あとは燻煙鞣しをしたら完成だ。洞窟の近くに移動し、木の枝を折って集める。生木に火をつけて、毛皮の内側を燻していく。

すべてが終わって洞窟の中に戻ると、のんびりと寝そべっているディーの姿があった。

「おー、お疲れさん」

「戻りました。何か変わりはなかったですか？」

「こっちはのんびりしたもんだよ。……ところで、あのキリングベアーも食べる気か？」

真剣な表情で聞いてくる。よほど食べたいのだろうか。リゼットもその気持ちはよくわかる。

（熊肉はおいしいですよね……）

できることなら食べたいし、食べてほしい。

「安心しろ。あれは食べない」

「マジで？　――だよな。あいつら、ゴブリンを食べてるんだもんな」

「何を今更。問題はそっちじゃなくて、ヒュドラ毒に侵されていることだ」

「こっちも大事だよ……」

「解毒魔法はかけたが、完全に無毒化できているのか正直、自信はない。だから今回は食べない」

「さっすが！　話がわかるな！」

ディーは安心したように寝袋に入ると、そのまますやすや寝てしまう。

「――まあ、まだチャンスはある。あの大物はまだ生きているはずだから」

肩を落とすリゼットに、レオンハルトが気遣うように声をかけてくる。

リゼットはぱっと顔を上げた。

「そうですね。ジャイアントキリングベアー肉はきっとすごくおいしいと思います。楽しみですね」

「あ、ああ……うん、楽しみだ」

その後、吹雪はますます激しくなり、風と雪が外のすべての音と気配をかき消した。

外はどれだけ時間が経っても夜のままだった。この階層にも朝や昼は訪れないようだ。一日という概念すらあるか怪しいが、今日からはオフ。全員が完全回復するまで休日ということにする。探索はしばらく休みにして、洞窟の中で各々自由に過ごす。

リゼットはこの機会に繕い物をすることにした。汚れは浄化魔法で落とせても、細々した傷みは魔法では直せない。針に絹糸を通し、ほつれたり切れてしまっている部分を繕っていく。自分の分が終われば、仲間の分も。

ディーは確保していたアイスウゴキヤマイモのツルでロープを編んでいた。

「いい素材だなー……普通のやつより丈夫にできるぜ。売りに出したら儲かりそーだ」

「それは素晴らしいですね」

ダンジョンにしかない素材で作られた優れたアイテムは、地上で重用される。ダンジョンからもたらされる恵みは多くの人を潤わせ、技術や文化を発展させていく。その観点からもダンジョンは宝の山だ。

そうしていると、レオンハルトがキリングベアーの毛皮を持って外から戻ってくる。

「いい具合にできている。これなら吹雪の中もしのげるはずだ」

「へーっ、立派なもんじゃねーか。これも高く売れそうだな」

一人一枚ずつ渡された毛皮を触ってみると、ふかふかとした感触が返ってくる。

これを着込めばどんな寒冷地でも過ごせそうな、密度の高い毛皮だった。アーヴァンクの毛皮も良いものだったが、こちらの方が力強さがある。どこまでだって進めそうだ。

キリングベアーの毛皮を羽織る。少し重いがとても暖かい。時間と生地さえあれば、裏地をつけてボタンをつけて改良していきたいくらいだ。

「ふふっ。こうなってくると、ここに資材を運び込んで床をつくって、より快適にしたいですね」

「住もうとするな」

「ゴブリンも集落をつくっているのですから、やってやれないことはないはずです」

針仕事が終わり、貴重な針を片付けながらリゼットは言う。

「できるかどうかじゃなく、したいかどうかだよ。オレは嫌だね。こんな寒いし暗いし何にもないところ。こんなところで死ぬくらいなら、太陽の下で死にてーよ」

「女神の瞳の御許で——か。ディーは信心深いな」

レオンハルトが言うと、ディーはやめてくれとばかりに顔を顰める。

「普通だ普通。それに信心も何も本物を見たら疑う余地ねえよ」

リゼットを見る。正確にはリゼットの中にある女神の聖遺物を。

「そういえば、あれ以来ルルドゥは出てきませんね」

リゼットの中には火の女神ルルドゥの一部がある。取り込む前は色々と騒がしくリゼットに話し

7月の新刊
毎月5日発売

DRAGON NOVELS
ドラゴンノベルス

第4回ドラゴンノベルス
小説コンテスト特別賞

# 無自覚最硬タンクのおかしな牧場

著：ミポリオン　イラスト：ひづきみや

元探索者のアイギスがスローライフを送るために買った土地は、危険な魔獣だらけな上に地面が固すぎて不毛な土地だった!?　だが最強に硬い彼には関係なし！　魔獣が噛みつけば牙が折れ、ドラゴンブレスもサウナ気分。強固な地盤を素手で掘り返せば資源の宝庫！　巨大な看板猫（神獣）や銀狼、高位古代竜の少女も手懐けて、おかしな牧場生活が開幕！

B6判


KADOKAWA
発行：株式会社KADOKAWA　企画・編集：ゲーム・企画書籍編集部
〒102-8177　東京都千代田区富士見2-13-3　https://dragon-novels.jp

かけてきていたが、取り込んで以降は静かなものだ。

「おそらく眠っているのでしょうね」

「大物だな、お前」

「そんなことよりも。ずっと気になっていたのですが、冒険者の方々って、探索中に何を食べているのですか？」

衣、住とくれば次は食。いまは女神のことよりも冒険者たちの食料事情の方に興味がある。

「そうだな……ベーコンやハムに、日持ちのするパン、大麦、チーズにナッツというところじゃないか？」

レオンハルトの答えに、ディーも頷く。

「オレもそんな感じ」

「それだけ……ですか？　少々塩分が多すぎるような……」

そういえばケヴィンも同じようなことを言っていた。パンに干し肉にチーズ。どれも塩分ばかり多くて栄養が偏っている。短期間ならともかく、長期間そんな生活をしていれば体調を崩しそうだ。

味は大事だが、栄養も大事だ。

「あとは……そうだな。ジャムとか、ザワークラウトを持ち込んでいたな」

果物を煮詰めたものに、キャベツの漬物。

「それは素敵ですね。今度作りましょう。いい付け合わせになりそうです」

「口寂しいときに薬草食って、いざって時に困るやつもいるぜ」

ディーは笑いながら言う。冒険者の間ではよくある話なのだろう。

「――そういえば、クラウスが面白いものを食べさせてくれたことがある」

「誰だよそれ」

「俺の元従者だ。ハーフエルフで、エルフの伝統食を出してくれた」

「まあ。どんなものでしょうか」

――エルフの伝統食。長い時間を生きるエルフだ。さぞかしおいしいものを知っているのだろう。

「食岩と言って、藻が乾燥して固まったものを砕いた粉だった。乳白色で、水で溶いて食べる」

「初めて聞きました。どんな味でしたか？」

「土」

爽やかな笑顔が眩しい。

「泥団子を思ってもらえれば近い」

「泥団子は食い物じゃねーよ‼」

「不足しがちな栄養が摂れるという話だったが、結局一回しか出てこなかったな」

「大不評だったんだろ……」

「確かにそんな雰囲気はあったな。俺はそう嫌いじゃなかったけど」

「懐と胃袋の深いやつ」

レオンハルトは苦笑している。

「少しもったいないですね。調理を工夫すればいい食材になりそうですのに」

やはり栄養も大事だが、味も大事だ。不評では食べてもらえない。食岩も水分量を調整して団子にしてスープに入れたり、具材を包み込んで焼いたりすれば、食味が上がったかもしれない。

「野菜や果物とかは、やはりダンジョン内で見つけたものを？」

「食わねえ。普通は食わねえ」

「その発想すらなかった」

「え？　どうしてですか？」

「変なもん食ったら死にそうだし。腹から食い破られたり、毒があったり。何より、よくわかんねえものを口に入れたくねえよ」

　レオンハルトが無言で頷く。

「……なんてことでしょう。やっぱりモンスター料理の普及（ふきゅう）は必要ですね」

「普及って、どうやって広める気だよ」

「そうですね……冒険者ギルドでモンスター料理を試食してもらうとか」

「下手すりゃお前が討伐（とうばつ）されるぞ。怪しいもの食わせてくるって」

　腑（ふ）に落ちない。塩分過多になるよりずっと良いはずなのに。

「ダンジョン内で腹減って死にそうなやつに食わせるのが一番じゃね？　背に腹は代えられねぇし」

　レオンハルトが無言で二度頷く。

　思い返せばリゼットも、空腹状態で食べたモンスターの肉でモンスター料理に目覚めた。レオンハルトたちもそうやってモンスター料理の良さを知った側だ。

「地道な啓蒙(けいもう)活動ですね……確かにそうです。地道に広まっていけば、徐々(じょじょ)に受け入れられていくはずです」

世界を変えるのには時間が必要だ。焦って事を仕損じてはいけない。

「そのためにも早くここから出ねえとな。ま、ダンジョン生活も意外と悪くねぇけど——」

「でしょう⁉」

「食い気味にくるな！」

「ふふっ、食べ物の話をしていたらお腹(なか)が空(す)いてきました。そろそろ食事の準備をしましょうか」

——アーヴァンクの肉でハンバーグをつくり、洞窟の天井から生えてきているアイスウゴキヤマイモの根を焼いたものを付け合わせにして食べる。ハンバーグは肉汁(にくじゅう)が溢(あふ)れて非常に美味だった。

それからも休めるだけ休んで、食べたいだけ食べて、眠りたいだけ眠った。自由な休息で体力気力は全快し、万全(ばんぜん)の状態で洞窟から出る。

幸いにも雪が降っておらず、星明かりで明るかった。キリングベアーの毛皮を着て、明けない夜の中を歩く。毛皮はあたたかく、寒風が吹き荒(すさ)んでもまったく寒くなかった。

「まずはあのゴブリンの集落を完全に片付けよう」

「そうですね。ちゃんと殲滅(せんめつ)しておかないと、また外に出ていきかねません」

「あの変な結界があるのに出れんの？」

「実際出ていたじゃないか。おそらく、ダンジョン内で生まれたモンスターには、あの結界は効かないんだろう」

レオンハルトは真剣に考えながら続ける。

「ゴブリンが外に集落をつくっていたのは、キリングベアーから逃げるためかもしれないな。そして、一度出たら今度は戻れないのかもしれない」

ゴブリンの集落が見えるところまで来たが、集落は既に壊滅していた。遠くからでもわかるぐらい徹底的に。何者かに殺されたのか、逃げ出したのか。ゴブリンは一匹も残っておらず、家もすべて潰されていた。雪は瓦礫の上に降り積もっていた。

「何があったのでしょうか……」

圧倒的な暴力で徹底的に破壊されている。雪の下には更に凄惨な光景が広がっているだろう。

「……他の冒険者か、あるいはジャイアントキリングベアーの仕業だろうか」

――ケヴィンとユドミラ、あるいはフォンキン、それともまだ見ぬ冒険者か、モンスターか。

「終わったことだろ。いいじゃねーか、次に行こうぜ」

「そうだな。ここに長居しても意味はない。行こう、リゼット」

「は、はい」

二人とも切り替えが早い。リゼットは慌てて二人を追いかける。そして雪原を歩きながら、改めてこの階層の姿を眺めた。ほとんどのものが白い雪に覆われて、一面銀世界だ。雪が降っていない空は星が満ちていて、星明かりが雪を青く照らしている。

――美しい世界だった。感動と同時に、寂しさと厳しさも感じる。すべてを拒否するような凛とした気高さすらも。

冷えた空気の中をしばらく歩いていると、森の奥からガサッとざわめく音がした。

「うおっ？　な、なんだヒューマンらか……」

「フォンキンさん」

森の方から来たノームのフォンキンと鉢合わせる。フォンキンは驚いたように心臓の辺りを押さえながら、リゼットたちを見ていた。

「なんて格好だ……キリングベアーが立って歩いているかと思ったぞ……」

「とってもあたたかいですよ。フォンキンさんもご無事なようで何よりです」

挨拶をしながらリゼットは不思議に思う。

（フォンキンさんは寒くないのでしょうか）

この雪が降る階層でも、フォンキンは上の階層で会った時と変わらない薄手のローブ姿だった。ノームは寒さに強いのだろうか。それとも何か防寒アイテムか魔法を使っているのだろうか。

憔悴や怪我もしている様子はない。上からここまで、モンスターとも遭遇せずに散歩しながら下りてきたような余裕振りだった。

「ふむ。そちらもまだ生きとって何よりだ。しかもダンジョンを荒らす害獣を始末してくれるとは」

リゼットたちが着ているキリングベアーの毛皮を見ながら興奮気味に言う。

「害獣って、キリングベアーのことですか？」

フォンキンは深く頷いた。

「うむ。キリングベアーはこのダンジョンで生まれたのではなく、外から入ってきたモンスターだ。

美しいダンジョンの生態系を荒らす醜（みにく）い外来種だ。まあそれを言うなら貴様らもだがな。わはは！」

フォンキンは心底愉快（ゆかい）そうに笑う。

リゼットは複雑な気持ちになりながらも、何も言わなかった。レオンハルトとディーが気分を害しているのは伝わってくる。

「フォンキンさんも単独でここまで来られるなんて、お強いのですね」

「強さは関係ない。小生にはモンスターは寄ってこぬからな」

「まあ。どうしてですか？」

「知れたこと。そちらがヒューマンで、小生がノームだからだ。ヒューマンはモンスターに狙われやすいのだよ。更には人数。そちらは三人で小生は単独。モンスターは人数の多い方へ向かう」

ノルンダンジョン内で出会ったドワーフの行商人も、ダンジョンの中を単独で行動していた。他の種族はヒューマンと比べてモンスターに襲われにくいようだ。

（ケヴィンさんとユドミラさんが合流しても二人パーティ……私たちが一番狙われやすいですね）

だがそれはモンスター食材を得られやすいということにも繋がる。

そのメリットがなかったとしても、リゼットはメンバーを減らすことなど考えられない。仲間と離れるなんて、想像もできない。

「そうなのですね。でもどうしてヒューマンが狙われやすいのでしょうね」

「やれやれ。女神の眷属（けんぞく）は、己（おの）が主（あるじ）の性質も知らぬらしい」

ため息混じりに冷笑される。教えてくれる気はなさそうだった。

「――しかし。愚かで浅はかだが、ヒューマンの割にはなかなかやりおるようだ」

「はあ……」

フォンキンの青緑の目がじっとリゼットを見る。何もかも見透かすような鋭さで、一体何を見ているのだろう。

「オイ。さっきから聞いてりゃ、ケンカ売ってんのかよ」

ディーがずいっとフォンキンの前に出る。

「暴力に訴えるつもりかな？　ますますもって浅はかなり」

「オレらがバカな害獣なら、お前はどーなんだって話だよ！」

「賢者の偉大さは凡人にはわからぬものよ」

いまにもフォンキンに殴りかかろうとしているディーをレオンハルトが後ろから抑える。

「離せレオン！　こいつ一回殴ってやんなきゃ気が済まねえ！」

「気持ちはわかるが落ち着け」

暴れるディーを軽々と抱えたままの格好で、レオンハルトはフォンキンを見据える。

「無知な凡人にご教授願いたい。どうしてヒューマンがモンスターに狙われるのか」

「簡単なことよ。古代種の血を引かぬのはヒューマンのみ。貴様らは女神が戯れに生み出した自身の模造品。モンスターにとっては己の世界を滅ぼした相手なのだよ」

「なるほど。モンスターとしては俺たちがさぞかし憎いだろう」

「ふん、驚きもせぬか。少しは物を知っているらしい」

その表情は不機嫌そうであり、だが声はどこか嬉しそうでもある。

「よし。貴様らにひとつ依頼してやろう」

「依頼ですか？　もしかしてこのキリングベアーコートをご所望でしょうか？」

「それも興味はあるがいまは良い」

「あんのかよ……」

「幼体のラミアを見つけたら、その死体を持ってきてほしいのだ」

——幼体のラミア。もちろん心当たりはあった。第一層で出会った、水を求めて苦しんでいた幼いラミア。それを倒して引き渡せと、フォンキンは言っている。

「この階層にいるはずだ。この寒さでロクに動けもしないだろう」

「んなもん、どうするんだよ」

「モンスターの行く末など冒険者の知ったことではないだろう。それとも野蛮なヒューマンは食べてみたいとぬかすのかね？」

「オイ。依頼者の態度じゃねーぞ」

「モンスターを殺すのがお前たちの仕事であろう。さあ、四の五の言わずに行ってこい」

フォンキンは手で虫を追い払うような仕草をする。

レオンハルトもディーも黙ったままだったが、とても怒っているのが伝わってくる。

「報酬はどうなりますか？」

正式な依頼ならば確認しておかなければならない。

「報酬は食料だ。モンスターだけでは辛くなってきた頃合いだろう」

それは魅力的な報酬だった。肉は充分ある。村でもらった野菜もまだ少し残っている。掘ったヤマイモもある。だがどれも、いつまでもあるわけではない。

「足元見やがって……」

「このダンジョンはまだ若く、浅い。すぐに見つかるであろう」

フォンキンはそう言うと、軽やかな足取りでリゼットたちとは別方向に歩いていく。自分の庭を歩くかのように迷いなく。

「ノームってのはいけ好かねぇやつらばかりだな！」

フォンキンが消えてから、ディーが盛大に毒づいた。

「フォンキンさんはきっと悪気はないのです。ただ、自分が世界で一番偉いと思っているだけで」

「お前もなかなか辛辣だな……」

リゼットは微笑んだ。リゼットも怒っていないわけではない。

「ノームは学者肌の方が多く、ドワーフは職人気質な方が多いそうですが、ノームとドワーフとリリパットは起源が同じと言われています」

「はぁ？　ノームとドワーフはなんとなく似てるからともかく、リリパットもか？」

「はい。とはいえ私も、伝聞と書物の知識ばかりですが」

爵位を継ぐ勉強の一環で、種族についてはよく学んだ。リゼットの生まれた国はヒューマンが中心だが、種族のことはデリケートな問題を含んでいる。無知による失礼をするわけにはいかない。

「俺の国にはドワーフもノームも多かった。わずかにだがエルフもいた。もちろん種族で似ているところはあるが、本当に皆それぞれ違う。種族でひとくくりにするのは視野が狭くなる。俺とディーとリゼットだって、全然違うだろう？」

「……わかったわかった。偏見はやめる」

ふーっと息を吐き、肩を竦めて。

「ノームじゃなくて、あいつがいけ好かねえわ」

「同感だ」

「んでどーすんだよ。あいつの言ってるの、あのチビのラミアだろ」

「……そうですね……」

モンスターの討伐依頼。依頼としては極々一般的なものだろう。期限もないし特に制約もない。

躊躇う理由はない――はずだが、リゼットは答えられないでいた。

「……あのさ、これはオレのただの意見だけど、襲ってこないモンスターは放っておいていいんじゃね。食料はまあ何とかなるしさ。このダンジョン食い尽くす前にクリアできるだろ多分」

「ああ、俺もディーと同じ意見だ」

あのラミアはただのモンスターではない。襲ってくることもなく、意思疎通ができた。感情がある。そして、食べるのに抵抗感がある。

「おふたりとも、ありがとうございます。私もあの子をどうかするつもりはありません」

身体の健康は元より、心の健康も大事だ。嫌なことを進んで行なう必要はない。

「フォンキンさんに食料をいただかなくても、このダンジョンには豊かな恵みがありますものね」

「んじゃ決定ってことで。さすがに後味悪ぃからな」

ディーが安心したように言う。

話が無事にまとまり、リゼットたちは再び歩き出した。

「にしても、全然モンスターが出てこねーな」

「そうですね。変わったことといえば、このキリングベアーの毛皮ぐらいですが……」

「においと姿で避けられているのかもしれないな」

「なるほど。キリングベアーは、モンスターたちに恐れられているのですね」

レオンハルトが苦笑する。

「よほど暴れ回ったんだろう」

「遭いたくねぇなぁ、ジャイアントキリングベアー」

「熊肉はおいしいですよ」

話しながら探索しているうちに、いつの間にか渓谷（けいこく）のような場所に来ていた。

道になっている部分はかつては川だったのか、周囲より低くなっている。両脇は水で削（けず）られたのか切り立った壁のようになっていて、その間を冷たい風が吹き抜けていく。

道は迷路のように入り組んでいて見通しも悪い。上り坂になったかと思えば下り坂になり、また上り坂になる。その坂をしばらく歩いていくと――

「お、ずいぶん見晴らしが良くなった――」

「近づくな。その先は崖だ」

レオンハルトが鋭い声を飛ばす。

先頭を歩いていたディーがびくりと身体を震わせ足を止めた。

「雪が地面のようにせり出している場所だ。踏み抜けば真下に落ちる」

「サ、サンキュー。やっべえ、まったく気づかなかったぜ……」

ディーは自分の足跡を踏みなおしながら、ゆっくりと後ろに下がる。

リゼットはレオンハルトの後ろから、崖の先を見つめる。覗き込めないので定かではないが、遠目に見える景色はかなり下の方にあるようだった。いつの間にこんなに上に来ていたのだろうか。

「こりゃ落ちたら登るのは無理だな。戻ろうぜ」

全員でゆっくりと踵を返し、来た道を分岐点まで戻る。

その途中で、壁に阻まれる。道幅いっぱいに広がっている壁に。

「こんなとこに壁あったたか？　分岐はまだなかったはずだけどなー」

ディーが手元の地図を見て首を捻る。

「いや、壁なんてなかった。これは――ウォールミミックだ」

【鑑定】ウォールミミック。壁に擬態し冒険者の行く手を阻む。

「こうやって壁に擬態して、冒険者を迷わせたり、近づいてきたところを――」

レオンハルトの解説に応えるかのように、壁に大きな口が開く。ずらりと並んだ歯の奥から、赤黒い長い舌が鋭く伸びる。

壁が動き、壁が飛ぶ。壁がよだれを垂らしてレオンハルトに襲いかかる。

レオンハルトはそれを盾で防ぎ、剣で舌を切り落とした。

喉の奥を剣で突き刺し、体当たりして壁を倒す。壁に開いた口がビクビクと震え、その動きもすぐに止まった。

「――こうして襲ってくる」

「さすがレオンです」

土壁が崩れて土の塊となり、ミミックの黒い本体が現れる。丸みがあって平たい身体に、十本の長い足。まるで大きな蜘蛛のような姿だ。

「ウォールミミックはこうやって土を自分に纏わせて、擬態しているんだ」

「この姿になりますと、普通のミミックにどこか似ていますね」

腹を見せて倒れる姿は、宝箱に擬態して冒険者を襲うミミックとそっくりだ。宝箱ミミックよりも足の数が少なくて長く、身体も丸いが、些細な違いである。

「味も似ているのでしょうか……ああ、このダンジョンでもミミックに出会えるなんて！」

出会えないと思っていたので感動も大きい。

「マジであの宝箱ミミックと同じなのかコレ？」

「どうなんだろう。同種だとは思うが……だいぶ形態が違うような」

「食べてみればわかります。あの味は忘れようとしても忘れられません……」

「その方法でモンスター判定しようとするの、お前ぐらいだよマジで」

リゼットは早速料理の準備をしながら、壁を形成していた土に目をやる。


【鑑定】珪藻土。堆積した植物の化石。


砕けた土の中から、手のひらサイズのものを拾って眺める。表面はぼこぼこと穴が開いていて、脆い。端をつまんで少し力を込めれば粉状になる。

「この土、レオンの言っていた食岩ではないでしょうか？」

話に聞いたものと似ている気がした。レオンハルトはまじまじと土を見て。

「――これは、確かに似ている」

「ということは、食べられますよね」

「え。土食うの？　マジで？」

ディーが恐怖に引きつった声を上げた。

「ただの土ではありません。これは堆積した植物の化石です」

「いや土だろ」

「ミックスナッツバーだと思えば」

「無理がある無理がある無理がある。色がほんのちょっと似てるだけだ」

首をぶんぶん横に振る。

「俺も、そう思い込むのはさすがに厳しいものがある」

レオンハルトの表情も陰っている。

「エルフの方々も食べていらっしゃるという話ですので、きっと大丈夫です！」

リゼットは手のひらのそれに浄化魔法をかけて、口にした。クッキーのようにほろりと崩れる。

「うわぁ土食ってるよこいつ」

「……塩辛（しおから）く、でも甘味（あまみ）があり……わずかに酸味と渋（しぶ）み……土というより調味料……そう、魚醤（ぎょしょう）に似ているかもしれません」

ハンカチーフで口元を拭（ふ）き、レオンハルトにも渡す。

レオンハルトは渋面（じゅうめん）になりながらも端をほんの少しだけ齧（かじ）り、静かに目を閉じた。

「土食ってるよこいつら……」

「――これは、俺の知っている食岩とは違う。よく似ているが、味が濃（こ）い」

「スープにしたらおいしいかもしれません。早速試（ため）してみましょう！」

「オレは土は食わねえからな……ミミックは食うけど」

寒風の吹き荒ぶ中で、ウォールミミックの土を拾い、レオンハルトとディーが本体を持って風の当たらない場所に移動する。

まずは全員でミミックの足を折っていく。身の詰まった十本の足は全部冷凍（れいとう）保存し、身体の方を甲羅（こうら）ごと食べやすい大きさに切って、フライパンで煎（い）る。充分に火が通って香（こう）ばしい色と匂（にお）いになってきたら、水と乾燥したサウザンドブロブを入れて煮込んでいく。

ぐつぐつ煮えてきたら灰汁を取って、ウォールミミックの土を溶かす。

味見をし、リゼットは頷いた。

「できました！　ウォールミミックの土スープです！」

「泥水みてぇだ……」

ディーはスープに映った自分の顔を眺めながら呻く。

「いただきます」

まずはスープを一口飲み、リゼットはほっと息をついた。

じんわりと染み渡っていく塩味と甘味、そして香ばしさが心地いい。

ミミック肉を食べるとエビの味がした。エビよりもやや繊維が柔らかい。深く煎ったおかげか臭みもなく上品な味だった。

「このミミックもおいしい……私、ミミックのファンになりそう――いえ、もうファンです」

「確かにうまい……」

レオンハルトの腕をディーが引っ張る。

「ど、どんな味だ？」

「コクのあるエビ？　いやカニ？　スープも、初めて食べる味だが……うん、悪くない」

「土じゃねえんだな？」

「ああ。食岩とはまったく違う。土地が違うからか、モンスター由来だからか……」

ディーは恐る恐るスープに口をつける。そして、ほっと表情を緩めた。全身から緊張が解ける。

「クソミミックもこうなってくるとただの食いもんだな……しかも宝箱のやつよりうまくね？」

「俺も、こっちの方が好きかな」

「私は宝箱派でしょうか。もちろん壁ミミックもとってもおいしいですし、特にこのスープは絶品です。この味を知れたのも、レオンとクラウスさんのおかげですね」

レオンハルトは少し複雑そうな表情をする。

「まさか、ミミックの味の違いを知る日が来るなんて思わなかった」

「元従者って話だったよな」

「ああ。たくさんのことを教わった」

「お前をダンジョンで見捨てて、銀行の預金全部持って行ったやつ？」

「そうだ。いまごろどこで何をしているんだか」

笑いながらあっさりと言う。その表情は晴れ晴れとしている。

「爽やかなもんだな。恨みごとのひとつでも言えよ」

「そういう段階はもう過ぎたな。色んなことがありすぎて」

さっぱりと言い切る。もう完全に振り切れているようだった。

レオンハルトと目が合う。笑いかけられ、リゼットは自然と微笑み返した。

そのとき、下の方から地鳴りのような音が響く。激しい足音がいくつも重なったような音が。

下を覗き見ると、渓谷をモンスターの群れが走っていた。数は二十頭ほどか。体毛は淡い金色で、身体は瓜のように丸い。目を爛々と輝かせて、ひたすら前を向いて激しい勢いで走っていく。

「イノシシじゃねーか。あれもモンスターか？」

「あの金毛はパイアの子どもだな。親も近くにいるはずだ」

「なるほど。では行きましょうか」

「……どこに？」

レオンハルトが訝しげな表情で聞いてくる。リゼットはぐっと拳を握って立ち上がる。

「もちろんイノシシ狩りです！」


「――ったく、どんだけ食欲旺盛だよ」

「食料は獲れるときに獲らないと。次の階層に食べられるモンスターがいるとは限らないんですから。それに、イノシシ肉はおいしいです」

「お仲間にも容赦ねえなぁ」

「まあ、ディーったら。ふふっ、キリングベアーに、イノシシ……あんなに強くて美しい生き物たちにたとえられるなんて、とっても嬉しいです」

「褒めてねーからな？」

アイスウゴキヤマイモのツルでつくったロープで、くくり罠をつくる。穴を掘った上に輪をつくり、穴の中に頭や足を入れたら仕掛けが外れて締まる仕組みだ。

「この感じ、懐かしいな。何度引っかかったことか」

「メジャーな罠だからなぁ。間違って引っかかんなよ」

レオンハルトとディーが罠の前で盛り上がっている。リゼットは複雑な気分でそれを聞きながら、罠を仕掛けた場所に目印になる布を巻いていく。

「行こうぜ。もう何か所か仕掛けねーとな」

罠は複数箇所(かしょ)に仕掛けるのが肝要(かんよう)だ。付近にも罠を仕込むために移動する。

異変があったのは、三か所目に罠を仕掛けようとした時だった。

巨大なイノシシの死体が、道の中央に放置されていた。倒れていてもリゼットの背丈(せたけ)ほどの大きさがある。全身が黒い毛に覆われ、ところどころ金の体毛が装飾(そうしょく)のように輝いている。丸々と太った腹部は無残に引き裂(さ)かれ、あちこち食い荒らされていた。

【鑑定】パイア。食欲旺盛であらゆるものを食い尽くす。鎧(よろい)のような頑丈な毛皮を持ち、一度走り出せば止まることはない。


「親のパイアか……ひどく食い荒らされているな。頭も割られている。それにこの爪痕(つめあと)は……」

パイアに残されている鋭い痕跡(こんせき)は、ゴブリンに残されていたものとよく似ている。

「ジャイアントキリングベアーの仕業だろう」

「まだ出てくんのかよ。もう勘弁してくれ」

「私たちの姿を見れば、仲間だと勘違(かんちが)いしてくれないでしょうか？」

リゼットは着ているキリングベアーの毛皮をぱたぱたと揺らした。後ろから見れば小型のキリングベアーに見えないだろうか。

「残念ながら騙せないだろうな。キリングベアーは嗅覚もいい」

「この格好で遭いたくねぇなあ。オレが向こうの立場なら絶対許さねー」

「ですよね……」

とはいえ脱ぐ選択肢はない。いま毛皮を脱げば寒さで一気に体力を奪われるだろう。

「食いに戻ってくる前に移動しようぜ」

「そうですね……あら？　こんなところに壁がありましたっけ」

通ってきたはずの道に大きな壁が鎮座していた。黒い山のような壁が。

「まーたウォールミミックか？」

「………………」

レオンハルトが息を殺して剣を抜く。

「ふたりとも、ゆっくり下がってくれ」

のそりと壁が揺れる。びっしりと生えた草むらのような長い毛は、よく見れば赤い。雷のような勢いで、真上から二本の柱が下りてくる。それは前足だった。

壁のように巨大な獣が吠え猛る。大きな顔の中央には、真新しい傷跡があった。

――ジャイアントキリングベアー。

「フレイムバースト！」

リゼットはジャイアントキリングベアーの顔面で炎を弾かせる。

強く魔力を込めた一撃。いままでのモンスター相手なら頭を吹き飛ばしていた一撃に、ジャイアントキリングベアーは一瞬動きを止め、ふるふると首を振った。顔に着いたゴミを払うかのように。

（まったく効いていない⁉）

だが、こちらの殺気は伝わったようだ。攻撃を受けたと判断したジャイアントキリングベアーの毛が逆立つ。怒りの炎で全身が燃えているかのように。

レオンハルトが振り上げられた右前足を躱し、剣で左前足の腱を斬る。獣の悲鳴が上がる。

「おい、逃げるぞ！」

走り出したディーを追ってリゼットも走る。レオンハルトも剣を持ったまま走り、ジャイアントキリングベアーも後ろをついてくる。足を一本やられているため速度は遅いが、迫力は凄まじいものだった。地の果てまでも追い詰めて殺す——そんな気迫が伝わってくる。

「なんだか、さらにパワーアップしていませんか⁉」

「おそらく集落のゴブリンを食べたあとに、あのパイアも食べたんだ」

「なんて食欲でしょう」

ディーの先導に従って、崖の近くまで走り続けるが、相手の執念は深い。このままではリゼットの持久力が先に尽きる——そう思った瞬間、迫ってきていたジャイアントキリングベアーの動きが止まる。後ろから足を強く引っ張られたかのように、転んで地面で跳ねる。

「よしっ！」

ジャイアントキリングベアーの足の一本に、ロープが絡みついていた。くくり罠だ。ディーが罠を張っていた場所に誘導していたことに、そのとき気づいた。

ジャイアントキリングベアーは恐ろしい唸り声を上げながらロープを引き千切ろうとする。しかしロープは軋むばかりで切れない。だがロープを繋いでいた木がメキメキと音を立てて抜けそうに――あるいは折れそうになっている。

レオンハルトがロープに気を取られているジャイアントキリングベアーに一気に近づき、剣を振り下ろす。アダマントの刃は、鼻先から口にかけた部分を斬り落とした。

血が噴き出し、口蓋が露わになる。――口が、開いた。

リゼットは深く息を吸う。


【火魔法（神級）】【魔力操作】

「ブレイズランス‼」

白い烈火の槍がジャイアントキリングベアーの開いた口から喉を貫く。槍は刺さったまま消えず、その姿のまま留まる。

――リゼットの髪の一部が赤く燃える。


【火魔法（神級）】【魔力操作】【敵味方識別】

「ブレイズバースト‼」

烈火の槍の魔力を集束させ、爆発させる。

ジャイアントキリングベアーの身体が一瞬で蒸発し、消える。跡形も残らなかった。

「熊肉……」

リゼットは声を震わせ、ジャイアントキリングベアーがいた場所を呆然と眺める。

肉の一片、骨のひとかけらすら残らなかった。

「私の熊肉！」

「泣くほどなのか……」

レオンハルトが剣を鞘に納めながら、困惑したように言う。

肉だけではない。毛皮に、肝。失ったものはあまりにも大きい。絶望するリゼットの足元に、琥珀色の石がころころと転がってくる。

――魔石だ。

魔石はエリアボスの証だ。これが現れれば、次の階層への道が開ける。

「どうしてこれが……ジャイアントキリングベアーが、この階層のボスだったのでしょうか」

「いや……どうだろう。ジャイアントキリングベアーは外から来たモンスターだ。おそらく本来のボス――たぶん、パイアを食べてしまったときに、魔石が腹に入ったんだ」

「なんつー食欲だよ……こいつがいたらダンジョン全部食べ尽くされてたかもな」

ふたりの視線が何故かリゼットに向く。リゼットは小さく首を傾げ、微笑んだ。

「ともあれ、これでクリアです。階段を探して次の階層に行きましょう」

そのとき、地鳴りのような音が響いてくる。遠く近く鳴るその音は、豪雨が地面を叩くようであり、大地の怒り――あるいは嘆きのようだった。それがすごい勢いで近づいてくる。

次の瞬間、轟音と共に、金色の波が怒涛の勢いで押し寄せてくる。若いイノシシの集団――金毛に白が混じったパイアの子どもたちが、ひとつの意思に導かれるように、リゼットたちの方へ。

【聖盾】

レオンハルトの魔力防壁がイノシシの集団を押し留める。

しかしパイアの子どもたちは止まらない。【聖盾】の前でうずたかく積み上がっていく。

【聖盾】は、魔法も物理攻撃も跳ねのけるが、長時間は持たない。

リゼットが魔法で吹き飛ばそうとした瞬間、一頭のパイアの子どもが【聖盾】を乗り越えて、リゼットの目の前に降ってくる。

目が合う。

――パイアの子が、走り出す。

「退け！」

ディーの腕がリゼットを横から突き飛ばす。

リゼットに見えたのは、パイアの子の突進を受けたディーの身体が宙を舞い、崖の下へと落ちていく姿だった。

「ディー！」

## シーフ、ソロになる 【Side ディー】

——人生というのは生まれながらに決まっていて、自分のそれはロクなものじゃない。

ディーはそう思っていた。きっと終わり方もロクなものではないだろうと。

だが、崖から落ちる最中には「まあまあ悪くなかったな」と思える自分がいたことに驚いた。まさか自分が人を守って死ぬなんて、と。

(……まあ、なんだかんだでダンジョンではそうそう死ねねえんだけどな)

雪の上に寝転び、自分の落ちてきた崖を見上げながらぼんやりと思う。身体が熱くて冷たかった。

ディーはため息をつき、自分の身体を点検していく。骨は折れていない。欠損もない。多量の出血もない。——だが、弓が折れている。服も傷んでいる。アイテム鞄は幸い無事。

どうやら、一人ひとつ持っていた貴重な復活アイテム『命の種火』が発動してくれたらしい。アイテム鞄からそれを引っ張り出すと、透明な四角い箱に入った炎が消えていた。

しかし、命は助かったが状況は絶望的である。ダンジョンの森にシーフが一人。すでに復活アイテムは尽きた。モンスターに襲われればひとたまりもない。

(シーフのソロなんて聞いたことねーぞ……)

とにもかくにも身を守るために【気配遮断】のスキルを使う。

他にディーが持つスキルは【敵気配察知】【鍵開け技能】【罠解除】【地図作成】【方向感覚】【命中率向上(投擲武器)】という、シーフにはお決まりのスキルばかりだ。

レオンハルトやリゼットのような特別な能力はディーにはない。秀でたスキルも、身体能力も、魔法の才能もない。強いモンスターに見つかれば逃げるしかない。

あまりの絶望感に、何もかも諦めたくなる。だが、まだ生きている。

（ま、やるだけやってみるか。オレにあるのは生き汚さだけだしな）

レオンハルトやリゼットは、今頃どうしているだろうか。

あの二人のことだ。きっとディーのことを捜しているだろう。

それならこの場所を動かない方が捜しやすいだろうか。はらはらと降る雪を眺めながら思う。

（——いや、待ってるだけってのはな）

地図を持っているのはディー。地図を描いているのもディー。斥候も自分の役目だ。

ディーは立ち上がった。とりあえず自分が落ちた崖の下まで移動することにして、雪の上を歩き出す。目標は目視できる。距離もない。迷うことはない。

移動し始めてすぐに、ディーはモンスターと遭遇した。身体が強張り、どっと汗が噴き出す。

——ラミアだ。

子どものラミア。一度は見逃し、いけすかないノームに死体を持ってこいと言われたラミアが、木の陰からディーを見ていた。気配遮断をしているはずなのに、完全に見つかっている。

「よ、ちびすけ。一回見逃したんだから、オレも見逃してくれよ……？」

言葉は通じるはず。興奮させないように穏やかに話しかける。

そしてディーは気づいた。ラミアの下半身が倒木と地面との間に挟まっていることに。

「挟まってんのかよ……」

これならディーを襲ってくることはないだろう。好都合だった。だが。

『……帰りたい……ママに、会いたい……』

声が聞こえて、ディーは渋面をつくった。

──ママ、というのは親のラミアだろう。

(外に憧れて家出ってとこか?)

そして外には出られず、帰ることもできなくなっているというところだろうか。

ヒューマンにとってダンジョンの環境は厳しいように、モンスターにとっても外の環境は厳しいはずだ。もし出られたとしてもいい事はないだろうに。

(……まあ、気持ちはわかるけどな)

ディーはスラムで生まれ育ち、両親の顔も知らない。だが外への憧れは──閉鎖した環境から脱出したいという思いは、ずっと抱いていた。

その日暮らしの現実から抜け出そうとして、唯一の稼げる手段──盗みの腕を磨いていった。だが腕を磨けば磨くほど、日々を生きれば生きるほど、更に深みに堕ちていった。

スラム仲間とより過激な犯罪に手を染めるようになったり、悪い大人に利用されそうになったり。

捕らえられたときは絶望と怒りと共に、安堵も覚えた。

──ああ、これでやっと終わる。

ディーへ与えられた罰はダンジョン送り。

当然というべきか、皮肉というべきか、ディーには才能があった。シーフの才能が。

鍵開けの資格を取り、技能を見込まれていくつものパーティに入ったが、慎重なディーはいつしか【臆病者】扱いをされ、パーティを組むのが困難になってきた。そんなとき、スラムでの昔馴染みだった冒険者に誘われて、その連中に散々な扱いを受けて最後はダンジョンの中で捨てられた。

そして、レオンハルトとリゼットに出会った。

(運がいいのか悪ぃのか)

あの二人は変わっている。血筋がいいのに――いや、あまりにも育ちがいいからこそか――ディーを対等な仲間として接してくる。

(オレはクズだが……)

せめてあの二人の信頼を裏切るような行ないはしたくない。

幼いラミアを見つめる。恐怖か、寒さか、心細さかで震えていた。

「寒いのか？　だよなぁ……」

ラミアは服を着ていない。毛皮もない。その上、蛇だ。蛇は寒さに弱いはずである。

「ほら、これ着てろ」

ディーはキリングベアーの毛皮を脱ぎ、幼いラミアに着せた。

自分はアーヴァンクの毛皮のマントをしっかりと羽織り、アイテム鞄の中を探した。食料はいくつかあるが、モンスターにモンスター料理を食べさせてもいいのだろうか。心情的に抵抗がある。

地上で買っておいたリンゴを取り出し、幼いラミアに渡す。

「取っておきだ。それ食って、ちょっと待ってろ」

ラミアは戸惑いがちにリンゴを見ていたが、勇気を振り絞るようにリンゴを齧った。ぱあっと表情が明るくなる。

ディーはひとまず安心し、ラミアの上にのっている倒木に手をかける。

太さはそこまでない。だが、重い。ずっしりと中が詰まっているようだ。持ち上げようとしてもビクともしない。

これは無理だ。早々に諦め、方法を変えることにした。

手ごろな木を探し、ナイフで切っていく。斜めに刃を当てて幹を削り取っていくのをしばらく続け、削り取った部分とは反対側にも切れ込みを入れ体重をかけると、ボキリと折れた。

邪魔な枝をナイフで払い落とし、丸太をつくる。倒木とラミアの間にその丸太を差し込む。

あとは、テコの原理だ。倒木に差し込んだ側の反対側、浮いた丸太に肩を入れ、持ち上げる。

「ぐぎぎ」

重い。だが、すべての力を込めれば倒木がわずかに浮いた。隙間からラミアが這い出してくる。

——ミッション成功だ。ディーは満足し、丸太を離した。

(罠解除用に覚えた知識がこんな風に役に立つなんてな)

満足感と、心地いい疲労を覚える。

「ほら、怖いやつらに見つからないうちにさっさと逃げろ。その毛皮はやるから」

ラミアはこちらを何度も振り返りながら、森の奥へと消えていった。

「はあ……」

ひとりになって、ディーは大きくため息をついた。

（モンスターになんて同情するもんじゃねーな）

次に遭ったときは襲ってくるかもしれない。母親の方を倒すことになるかもしれない。

ディーたちが戦わなくても、他の連中——フォンキンやケヴィン、ユドミラたちが倒すかもしれない。逆に倒されるかもしれない。どれも愉快な想像ではない。

——モンスターと冒険者は、食うか食われるかくらいの関係がちょうどいい。


自らが落ちたと思われる崖の下まで辿り着いたディーは、上を見上げて諦めた。

切り立った崖はかなり高く、ゴールも見えない。登れるような足場も少ない。そのうえ冷たい風が絶えず吹き続けている。

「無理だなこりゃ。迂回するか」

こんな崖を登り切れるような技術も腕力も体力も道具もない。リスクが高すぎる。

身軽さには自信があるが、体力には自信がない。ため息をついて視線を落とすと、そこには足があった。自分のミスでヒュドラ毒を受け、レオンハルトに斬られて、きれいに繋がっている足が。

（何度思い出してもゾッとするな）

あの一瞬でなんという決断力だろうか。あれで命が救われたとはいえ、あの一瞬で三回ほど死んだ気がする。

だが、生きている。あのとき死んでいたら、いまこうやって復活できていたかわからない。

——レオンハルトの判断は正しかった、というわけだ。

足と一緒に切れたズボンの裾は、リゼットがきれいに繕ってくれた。

「…………」

ディーは再び上を見る。迂回の方が道は安全だが、モンスターと出会う可能性が高い。

「あの覚悟と根性、ちょっとは見習ってみるかね」

そして崖を登り始めて、ディーは早々に後悔することになる。

（こんなこと、盗賊技能にねーんだよ……！）

投げナイフにロープをくくりつけて手首に通したものを強く握り、岩壁の隙間に突き刺す。しっかりと食い込んだのを確認してから、身体を引き上げ、足の置き場を探して安定させる。それを何度繰り返したか。時折上から雪の塊やツララになったものが落ちてきて、幾度死を覚悟したかわからない。幸い、まだ生きているが。

心中で悪態をつき続けながら、投げナイフを崖に喰い込ませて登る。

（あー、やっぱりもうちょっと鍛えておきゃよかったな……）

後悔はいつだって取り返しのつかないときになってようやく姿を見せる。崖の貴重な隙間で身体と手を休ませながら、ディーはいままでの人生を噛み締めた。

聞こえるのは悲鳴のような風の音と、自分の息の音——そして心臓の音だけだ。

ちらりと下を見る。落ちたら確実に死ねるぐらいの高さまで来ていた。もう引き返すことはできない。これ以降は下を見ることをやめた。

（何やってんだオレ……）

アイテム鞄の中に残っていた、車輪蛇を串焼きにしたものを食べる。冷たくて硬いので、ゆっくりと、少しずつ。

空腹は最大のスパイスというが、寒さのせいか、それどころではないからか、味がしない。

「あっ……」

串焼きが勝手に手から滑り落ちていく。指先が小刻みに震えていた。疲労が指先に重なって、感覚がほとんどなくなってしまっている。だが食料を身体に入れたことで、少しは体力が戻ってきた。

わずかな休憩後、ディーは崖登りを再開する。あと少し、あと少しと、自分を奮い立たせながら。

登っていればいずれゴールへと辿り着く。終わらない山はない。崖はない。

そんなディーを上で待ち受けていたのは、崖の途中に降り積もった雪から伸びるツララだった。

崖の縁からせり出した雪の塊から解けた水が伸びて凍って、槍のようになっている。

鋭い槍先がディーに向いている。

指先が絶望に震える。いまあれが落ちてきたら、死ぬ。刺さったら死ぬ。刺さらなくても落ちて死ぬ。落ちて死んだらどうなる？

（——落ち着けクソ野郎！）

ディーはルートを変更する。

横に移動して、ツララが落ちてくる軌道から外れる。わずかに横にそれた瞬間、そのすぐ隣を氷と雪の塊が遥か崖下へと落ちていった。自分の判断と幸運に感謝しながら、また上へ。

手の感覚がマヒしている。身体が重い。そもそもが無謀すぎる。こんな崖を、こんな風が吹きつける中、ロクな道具もなく登るなんて。

一体いつになったらゴールが見えるのか。あの二人は今頃どうしているだろうか。

無心で登りながらも、二人のことばかり頭をよぎる。

リゼットは怪我をしていないだろうか。無我夢中で思いっきり突き飛ばしてしまったから。レオンハルトが治しているだろうが、怪我をすれば痛い。

――リゼットが怪我をするところは見たくない。本当なら何不自由なく暮らせているはずのお嬢様。呆れるほどに前向きで、尋常ではないほど強いのに、そのくせ時々ひどく弱気な顔をする。

（……クソッ……）

――自分が。

――自分がこんなダンジョンを見つけなければ、閉じ込めてしまうこともなかった。

二人は気にするなと言うが、罪悪感は募るばかりだ。このまま自分が戻らなければ、二人は自分を捜し続けるのだろうか。

（あいつらなら、きっとそうする……――これ以上迷惑かけられるかよ！）

自分ひとりだけならとっくに諦めていた。ひとりではないから諦められない。ディーは思いっきりナイフを崖へと突き刺した。

一歩、また一歩と。慎重に進む内に、ようやく終わりが見えてくる。雪庇もない、それ以上は上もない崖の縁。きっとあそこがゴールだ。

体力が尽き切る前に辿り着けたのは強運だった。最後を前に一度休みたかったが、休憩できるような隙間はなかった。後は気合だ。

限界が近い手を伸ばす。腕が震えてうまく動かない。それでも、崖の縁に右手の指をかける。ゆっくりと体重をかけたその瞬間、つかんでいた部分の岩が崩れる。

身体のバランスが崩れ、重心が乱れ、足場にしていた出っ張りも崩れ。

(——落ちる)

その時間がひどくゆっくり感じられた。

ここまで来ていながら。結局、自分はこんなものなのか——……

「ディー!」

落ちていくディーの右手を、強い力が繋ぎ止める。

落下が止まり、身体が宙に吊るされる。ディーはきつく閉じた目を開き、上を見た。

崖の上で腹ばいになって、片手の力だけでディーを支えているレオンハルトの顔を。

心臓が激しく脈を打ち始める。状況が最悪だからこそ頭は冷静だった。いくらレオンハルトの力が強くても、崖の縁は脆い。このままでは崩れて、一緒に落ちるだろう。そうなれば二人とも死ぬ。

「レオン、離せ」

声を振り絞ると、乾いた喉が切れたのか、血を吐くような痛みがした。

言うことを聞かないだろうなと思いつつ、ディーは左手で手首にぶら下がってるナイフを握る。

さすがに痛みがあれば、反射的に手を離すだろう。

「……お前まで、死なせるわけにはいかねぇんだよ……」

「信じろ。俺たちは絶対に、全員揃ってダンジョンを出られる」

――そう信じられたらどれだけいいか。

本当は信じたい。二人と共に外に出たい。だが無理だ。人生は、そう何もかもうまくはいかない。

「頑張れ、もう少しだ」

その目は、声は、諦めることを知らない。本気でどうにかなると思っている。

「…………っ」

ディーはナイフから手を離し、その左手でレオンハルトの腕をつかむ。

レオンハルトがもう片方の手を伸ばし、ディーの左腕をつかんで引き上げる。

「俺を足場にして登るんだ」

「後で文句言うなよ」

右手をつかんでいた力が少し弱まる。ディーは手を伸ばし、更に上をつかむ。

レオンハルトの両腕を使って、少しずつ上に登っていく。腕や肩、背中を踏みながら。

少しずつ、崖の上の景色が見えてくる。ディーが上がっていく度、脇の下、腰、とレオンハルトが支える場所も変わっていく。思っていたより少ない力で、安定して登っていけた。

――あと少し、というところで。

崖が大きく崩れ、レオンハルトと共に落ちる。

「――――ッ‼」

レオンハルトは落ちながらディーの身体を脇に抱（かか）え、抜いた剣（けん）を崖の壁面（へきめん）に突き立てる。

深く刺さった剣がブレーキとなり落下は途中で止まる。

だがこの状況では後は落ちるだけだ。ディーが自力で崖に張りつくのは困難だ。このままでは道連れ。それだけはできない。

噛みついて、蹴（け）り飛ばしてでも離させてやる。そう決意した瞬間――

「ストーンピラー！」

凜（りん）とした声と共に、下方の崖から頑強な岩の柱がせり出す。

――魔法というのは冗談（じょうだん）のように状況を一変させる。

真下にできた強固な足場を見下ろして、レオンハルトは安心したように笑う。両足を崖の壁面に立てて剣を抜き、足場の上に事もなげに降り立った。

「だ、大丈夫（だいじょうぶ）ですかー？」

上の方から不安そうな声が降ってくる。

魔法でできた足場の上で、レオンハルトはディーを脇に抱えたまま答えた。

「ああ、俺もディーも無事だ」

「よかった……いまロープを垂らしますから」

ほどなく、上からツルで編んだロープが降ってくる。レオンハルトはそれをぐいぐいと引っ張って強度を確認し、ディーを見る。

「行けそうか?」

「……ああ」

下に降ろされ、石の足場に降り立つと、レオンハルトが手を握ってくる。

その瞬間、手の痺れと痛みが取れた。——回復魔法だ。

(こいつ……)

涼しい顔をしてなんでもあっさりやってのける。

「サンキュー」

短く礼を言ってロープを握る。手の痛みがなくなりロープがあれば、あとはもう簡単だ。

上まで登り切れば、崖縁から離れたところで不安そうな顔で立っているリゼットの姿が見えた。

目が合うと、リゼットは泣きそうな顔で笑う。

「よかった……」

「……これくらい、大したことじゃねーよ」

ディーが登りきると、レオンハルトも登ってくる。ようやく合流し、崖から離れた場所でやっと落ち着いた。

「あの高さを一人で登ってきたのか……よく頑張ったな」

「さすがディーです」

「――ま、お前らのおかげだよ」

レオンハルトから借りたキリングベアーの毛皮にくるまりながら火にあたる。

火の上には鍋が吊るされていてぐつぐつ煮えていた。

少し離れた場所には捌かれ終わった金毛パイアの山もあった。

「――で、オレが落ちてた間、お前らはここで飯食ってたのか？」

別に文句はないがなんとなく聞いておきたい。

「はい。あの後――道なりに下りてディーを捜しに行くか、崖から飛び降りて捜しに行くかでレオンと話し合いまして――」

ぞっとする。

「なんで飛び降りる選択肢が出てくるんだよ」

「道なりですと迷う可能性が高いですし、落ちると死ぬでしょうが一度は復活できますし」

「やめてくれ。マジでやめてくれ」

いくら復活できるとしても死ぬのは愉快な経験ではない。この二人がそうなったところを想像するだけで気分が悪くなる。

レオンハルトの疲弊した表情を見たら、リゼットを説得するのに苦労したことがよくわかった。

「そこで発見したんです。土魔法で崖に足場をつくれることに！」

「あ？」

「階段をつくりながら安全に下りていこうという話に決まったので、魔力を回復させるためにパイアを料理していたところなんです」

黄土色のスープが煮えている鍋からは、ウォールミミックの匂いがした。

「そうしたら急にレオンが走り出して、追いかけていったらおふたりが崖から落ちかけていて」

リゼットは慣れた手つきで鍋をかき混ぜて、器によそう。

「間に合ってよかったです。はい、どうぞ」

スープを受け取る。脂が浮いている土色のスープは、黄金のように輝いていた。

温かいスープを飲むと、香ばしい匂いが鼻から抜けて、ふっと気が緩む。

「うめえな……」

しみじみと呟き、パイア肉を食べる。肉は柔らかく、特に脂身が甘くとろけて絶品だった。こんなにうまい肉は初めて食べたかもしれない。冷えた身体に染み入っていく。

「はい。こんなにおいしい脂身、初めて食べたかもしれません。ウォールミミックとの相性もいいのでしょうね」

ディーは食べながら二人を見る。奇妙な縁だと思った。モンスターを食べていることも、たいした能力のない自分がこんな二人と共に冒険していることも。

ダンジョン内で追放されて、偶然この二人に出会ったことを、幸運だったと思う。怪しいものを食べるのはまだ慣れないが、同じものを食べながら、ああだこうだと本音で言い合うのは、楽しい。

実力が釣り合わない自覚はある。だが、二人が自分をいらないと言うまでは、行けるところまで付き合ってやろうと思った。

「そうだ。ここを出たら、ランドールに向かいませんか」

リゼットの提案に、ディーはぱっと顔を上げる。

「いいいいいいのかよ」

声が震える。ランドールは享楽都市や黄金都市とも呼ばれる娯楽の都だ。ギャンブルが盛んで、一夜で富むものと貧するものが入れ替わるゴールドが飛び交う場所だ。

このダンジョンに入る前に冗談で言っていた場所だ。

「なんの目的で？」

レオンハルトに言われ、リゼットは微笑む。

「もちろんバカンスです。リフレッシュ休暇です。そういうのもたまにはいいかなと」

「……そうだな。いいんじゃないか。楽しそうだ」

リゼットには甘いレオンハルトだ。リゼットに笑顔でそう言われれば断るわけがなかった。

「は、はは……任せとけ。お前らにギャンブルとイカサマを教えてやるよ」

「それは遠慮しておく」

「少しは空気読め」


階段を下りる前の最後の休憩は、魔法でつくった洞窟で過ごす。浅い穴に寝袋を並べてアーヴァンクの毛皮三枚とキリングベアーの毛皮二枚を上からかけて、三人で身を寄せ合って眠る。

「暑い……」

ディーはあまりの暑さに耐えきれず毛皮の隙間から這い出す。隣にはリゼットがいて、気持ちよさそうにすやすやと眠っていた。反対側を見るとレオンハルトが起きていて、書き物をしていた。

「どうしたんだ」

「暑いんだよ。なんだこの待遇。過保護すぎだろ」

「風邪を引きかけているんだ。これぐらいあたたかくしておいた方がいい」

「過保護すぎだろ……」

汲んでおいた水を飲み、喉の渇きを潤す。

「何書いてんだ？」

「いつもと同じ。ダンジョンとモンスターの記録だ」

「マメだよなぁ。ちょっと見せてくれよ」

言ってみるとあっさりと渡される。

もっと渋ると思っていたのだが、見られて恥ずかしいものはないとばかりの堂々としたものだ。

「なんだこりゃ」

描かれているのはモンスターの絵。これはわかる。描き慣れていて味もある。

「絵うまいな」

「ありがとう」

「けどなんだよこれ。読めねえ」

字を読むのはあまり得意ではないディーだが、これは物が違う。上手い下手でもない。まったく読めない。文字は似ている。だが微妙に並び方が違う気がする。

「俺の国の言葉だ」

してやったりと言いたげな顔で笑う。

何か落書きでもしていないかとページをめくっていくが、やはり読めそうなところはない。

「リゼットも書いてるよな。なんか、モンスター料理の記録？」

「ああ。時々見せてもらってる」

どうしてそこで幸せそうな顔をするのか。

「なあ、場所代わってやろうか」

隣のリゼットを親指で差すと、レオンハルトは視線を逸らした。

「馬鹿言うな」

「あんまり優等生だと損するぜ」

「安心してくれ。俺は別に優等生じゃない」

「へーえ？」

これ以上からかうと怒らせそうなのでこの辺りでやめておく。

それにしても、王族とこんな風に軽口を飛ばし合えているのは不思議な感じだ。

レオンハルトはディーが知らない国の王族だ。どうやら海を渡っていくような場所らしい。

本人はもう国に帰るつもりはなく、王位を継ぐ気もないようだが。

「オレはさー、案外悪くないと思うんだよな」

「何が」

「お前が王様になるの。割と本気で」

レオンハルトは黙る。

本人は兄が王になるものと言い続けているが、レオンハルトにも充分可能性はあるはずだ。

王の適性や資質なんてスラムで生まれ育ったディーにはわからないが、レオンハルトが王になった国は、なんとなく面白い国になるのではないかという予感がある。

レオンハルトは黙ったまま、しばらく考え込んでいた。そして。

「じゃあもし俺が王になって、道を踏み外しそうになったら、ディーが殴って止めてくれ」

「はあっ？」

「それなら少し考えてもいい」

緑の目を輝かせて、面白がるように言ってくる。

（こいつ……）

考えなくてもわかる。王を殴って諫める役目なんてヤバすぎる。

だがこのまま引き下がるのも腹立たしい。

「――ハッ、もしお前が王様になったらな」

言って肩を竦めたとき、持っていた手帳が後ろに落ちる。

「おっと――」

手を伸ばしたが間に合わず、リゼットの頭の上にポコンと落ちた。

「むぅ……？」

「悪い悪い」

「ディー……」

レオンハルトの非難めいた声を聞きながら手帳を回収しようとすると、起きたリゼットが先にそれに手を伸ばした。

「……私の、名前……？」

リゼットは落ちた拍子に開いたページをぼんやりと眺めながら、寝言のように呟く。

その瞬間、レオンハルトの全身が一瞬固まった。後ろを見なくてもそれくらいはわかる。

「お前、読めんの？」

「いえ……綴りが微妙に似て……る、気が……」

言いながら、また目を閉じる。呼吸はすぐに寝息に変わった。

ディーはリゼットを起こさないように慎重に手帳を回収し、レオンハルトに返す。顔を見上げ、声を潜めて。

「なあレオン。今度、お前の国の言葉で好きとかかわいいとかどう書くか教えてくれよ」

「断る‼」

顔を真っ赤にして、声を殺して叫ぶ。

「……恋文を書くのですか？」

リゼットが寝転んだまま、半分以上眠っている顔で聞いてくる。また起こしてしまったらしい。

「いやオレはそんな面倒（めんどう）くせーことしねーけど、なんつーか教養？　高めたくて？」

「……もったいないです。恋文を貰（もら）ったら、きっと喜ぶと思いますよ……？」

ふにゃりと笑う。いつもよりもずっと幼い笑い方だった。寝ぼけているようだ。

「ふふ……私もアドリアンに手紙、書かないと……」

笑顔のままそう言って、再び眠りにつく。今度は熟睡（じゅくすい）だった。

（アドリアン？　誰（だれ）だ？）

リゼットの口からは初めて聞く名前だ。男の名前。それも寝ぼけながら、あんな緩んだ顔で、親しげに。それも恋文の話のときに。

リゼットはすやすやと幸せそうに眠っている。自分がどんな超級爆弾（ちょうきゅうばくだん）を落としていったのか、想像もしていないだろう。

（故郷の恋人とかか？　そんなもんいる雰囲気（ふんいき）なかったけど）

リゼットは恋愛（れんあい）に疎（うと）いタイプだ。元からなのか、あえて距離を置いているのかはわからないが。

「まあ、その、がんばれ」

暗い顔をして手帳を握りしめているレオンハルトの肩を、ぽんぽんと叩（たた）いた。

（ダメだったら骨は拾ってやるからさ）

無責任な呟きは、さすがに声にはしなかった。

# 第四章　ラミア

長い階段を一歩一歩下りて、第四層へ到着する。そこは第一層に似た雰囲気の洞窟だった。大きく違うのは、枯れて砕けた白い葉が、何処からかはらはらと舞い落ち続けていることだ。それは魔法の灯火の中で、雪のように、灰のように降り続ける。

洞窟の天井は高く、ごつごつとした石に覆われている。この雪のようなものが、どのような理屈でどこから降ってきているのかすらわからない。ここには木も空もないのに。まるで世界が壊れていっているかのような異様な風景だった。

空気はひんやりとしていたが、風がないため寒くはない。それだけが救いだった。

「ケヴィンさんとユドミラさんはどうされているのでしょうね」

「上の階層で凍死しててもおかしくないぜ」

ディーが素っ気なく言う。レオンハルトは無言だ。

二人は既にケヴィンとユドミラを敵と認識しているようだった。

「お前まさか、モンスター料理食ってくれたからって、ちょっとほだされてるんじゃねーだろーな」

「そ、そんなことは、ほんの少ししか」

「あるのかよ。本当にお人好しだな」

そうは言ってもリゼットたちは二人の目的を知らない。危害を加えてくるのは許せないが、誤解があるのなら解いておきたい。そしてダンジョンを無事に脱出するためにも、可能ならば協力していきたい。

「リゼットの好きにすればいい」

レオンハルトが前を向いたまま言う。

「レオン――」

「ただ、もし危害を加えようとしてきたり必要以上に近づいてくれば――」

探索の歩みを止め、振り返る。

「俺は、二人を守るために行動する」

「ありがとうございます」

「チッ、甘いやつ……」

レオンハルトはわずかに苦笑し、すぐにまた真剣な表情に戻った。

「いまはそれよりも、ここにまったくモンスターがいないことの方が気になる。上の階層もモンスターが少なかったが、ここはそれ以上に何もいない」

存在するのは原初的な洞窟と、降り続く白い破片ばかり。生命の欠片すら感じない。

「そんな……このままでは餓死……？」

パイア肉とヤマイモ、ウォールミミックはあるが。ここまでモンスターどころか命ひとつ存在しないとなると、新しい食料は手に入りそうにない。リゼットはいままでで一番の危機感を覚える。

「いや、餓死はまだ早えだろ。三日ぐらいなら水だけで全然平気――じゃ、なさそうだな……」

リゼットの顔を見てディーが引いていく。

「三日も水だけなんて……死んでしまいます……」

「さすがに階層ボスがいるはずだ。ボスがいれば、食べるか、次の階層に行くか、もしかしたら外に出られるかもしれない」

「外に、ですか？」

「新しいダンジョンならそう深さもないはずだ。雰囲気的にも、ここが最下層の可能性も充分ある。諦めずに行こう」

「そ、そうですね。がんばりましょう！」

「……最下層ならエグいモンスターがいるんじゃねーの？」

ノルンダンジョンの最下層にはツインヘッドドラゴンがいた。普通に考えれば、このダンジョンにも同等の強敵はいるだろう。

「やはりドラゴンでしょうか」

「いや、どのダンジョンにもドラゴンがいるわけじゃない」

「いずれにしても立派なモンスターでしょうね。楽しみです」

「楽しみにするもんじゃねーよ……」

まるで蛇の巣穴のような場所を、深く深く潜っていく。モンスターどころか虫一匹、草の一本にすら出会うことなく。

迷宮は複雑だったが、モンスターが出現しないため探索は順調に進む。

道中何度か休憩して焦らずに進むが、それでも最奥と思しき部屋に辿り着くのにさほど時間はかからなかった。スムーズすぎるぐらいスムーズだ。

部屋の前で足を止めて、暗闇の中を覗く。何も見えないが、異様な雰囲気と静けさ――そしてにおいが漂ってくる。リゼットたちは目配せしあい、黙ったままゆっくりと奥に進んだ。

広い――とても広い部屋の中に、ぼんやりと蛇の姿が浮かぶ。巨大な蛇が、部屋の中央で背中を向けて何かを食べていた。長い身体の反対側には人影がある。それは呑み込まれかけている人間ではなく、その蛇の上半身だった。

【鑑定】ラミア。半人半蛇の人食いモンスター。食欲は旺盛で同族も食べる。その身は呪いに蝕まれ眠ることができない。

薄紫色の髪が揺れ、ラミアが振り返る。雪のような肌は血で汚れ、金の瞳は涙を流していた。

ラミアは泣いていた。瞳を涙に濡らしながら、泣き続けながら、肉を食べていた。

「おい……自分を食ってるぞあいつ……」

ディーの呻き声が小さく響く。

ラミアは恍惚とした表情で自分の尾先を食べていた。自分の下半身に噛みつき、引きちぎり、咀嚼する。食べればすぐに再生していき、食べても食べてもなくならない。

その周囲には骨だけが散乱していて、部屋の端には骨が山積みにされている。

「もしかして、こいつがこのエリアのモンスター全部食っちまった……とか？」

ディーが乾いた声で呟く。その推測を否定する材料はひとつもない。

金の双眸がこちらを見る。新たな獲物を――待ち望んでいたものを見つけた目だった。

ラミアは歓喜の笑みを浮かべ、自分の尾から手を離して襲い掛かってくる。長い髪を振り乱し、獲物を呑み込むために大きく口を開き、長い爪の生えた両手を伸ばして。

リゼットが魔法を使おうとした瞬間――

ラミアの腹部に矢が突き刺さる。何処からか飛んできた細い矢は、ラミアの腹に深々と食い込み、ラミアは苦しそうにその場に丸くなった。

「ふん、化け物め」

冷酷な声が上から降ってくる。壁の高い場所に開いた穴に、弓を構えたユドミラが立っていた。

(ユドミラさん――)

ユドミラは矢にモンスターをも殺す毒を塗っていると言っていた。

彼女は眉一つ動かさず、次の矢を射ろうとする。

――そのとき、苦しむラミアを庇うようにして、小さなキリングベアーが部屋の奥から現れる。

リゼットは自分の目を疑った。よく見ればそれは、キリングベアーの毛皮を着た幼いラミアだった。小さな身体にその毛皮はあまりにも大きすぎて、ずるずると裾を引きずっている。

幼いラミアは両手をめいっぱい広げて、強い眼差しでユドミラを見上げる。

(あの子は――)

勝手に動きかけた身体を、レオンハルトに制される。

ユドミラは淡々と仕事をこなすように矢を射た。正確無比の矢は幼いラミアの胸部に刺さる。小さい身体がぐらりと揺れ、傷口から弾けるように水が噴き出す。血ではなく、透明な水が。

幼いラミアの身体が小さくなり、だらりと倒れる。水が詰まっていた人形から水が抜かれたかのように、ぺしゃっと潰れて動かなくなった。

引き裂くような慟哭が洞窟に響く。巨大なラミアが悲痛な涙を流しながら、ユドミラへ首を折らんばかりの勢いで迫る。それを阻んだのは、岩陰に身を隠していたケヴィンだった。

「《シルフィード》‼」

風魔法によりラミアの身体が宙に浮く。風に巻き取られ、浮かび上がり、頭が下を向く。

「化け物。それはお前には過ぎたものだ」

矢が三本。額、首、胸——運命で定められていたかのように、矢はラミアの身体に吸い込まれる。ラミアが落ちて頭を打ち、激しい地響きが起こる。仰向けに倒れたラミアは既に死んでいた。落下の衝撃で左の眼球が外れて、ころころとケヴィンの足元にまで転がる。

そして部屋の奥に青い光——帰還ゲートが現れた。

「ラミアの眼……これが聖遺物か？　——ユドミラ！」

ケヴィンはラミアの眼球を拾い上げ、上へ投げた。

ユドミラはそれを空中で軽々と受け止め、リゼットを見下ろした。

「どうしてそんな顔をするの？　もしかしてモンスターに同情でもしてた？」

「………………」

あの幼いラミアのことを気にかけていたのは事実だが、ユドミラも当然のことをしたまでだ。モンスターは倒すべき存在だ。リゼットもいままで多くのモンスターを倒してきた。生きるために。食べるために。相手に敵意があろうとなかろうと。

「それとも、食べてみたいとでも？　呆れた暴食ね……」

ユドミラは呆れたように言いながら、ふっと口元に笑みを浮かべた。

「ああ、なるほど……そういうこと」

笑みを深め、フードを外す。銀髪が揺れ、エルフのものよりわずかに短い、ハーフエルフの耳が露わになる。

「お前にできて私にできないはずが……ない！」

ユドミラは決死の表情で言い切ると、手にしていたラミアの眼球をごくりと呑み込んだ。

「ええーっ！」

「なんでお前が驚いてんだよ。もっといろいろ食ってんだろ」

「だって、生で食べるなんて！」

「そこにこだわりがあるんだ……」

レオンハルトが乾いた声で呟く。

「うっ……」

リゼットたちが騒いでいる間に、ユドミラの顔色が変わった。喉を押さえて苦しそうに膝をつく。

「ユドミラッ⁉」

「まさか食中毒？　いえ、喉に詰まらせたのでしょうか……早く吐き出させないと」

ユドミラのいる場所は高く、すぐには駆けつけられない。

壁を登るか階段をつくるか、考えるより早く事態は変わる。ユドミラの下半身の肉が大きく盛り上がり、長く伸びる。足場に対して身体が大きくなりすぎて、ずるずると下に落ちてくる。

銀髪は薄紫色に染まり、左の瞳が金色に、そして下半身は完全に蛇の姿に変わっていた。その姿は先ほどのラミアとよく似ていた。

人間が、モンスターに、変化していた。

「ユドミラッ！　なんだよこれ⁉　あのクソ野郎、騙しやがったな‼」

ラミア化したユドミラが身体を仰け反らせ、大きく口を開く。

甲高い咆哮が洞窟を揺らす。鼓膜が破れそうなほどの声量と震動で。

その声に応えるかのように、洞窟内の温度が一気に下がり、氷が壊れる澄んだ音がした。

「おい、上――！」

ディーが叫ぶ。いつの間にか天井が氷の刃で覆われていて、それが一斉に落ちてくる。

レオンハルトが【聖盾】で氷の刃を弾く。

だがそれは一度では終わらない。氷が豪雨のようにもう一度、降り注ぐ――

「うおおおお！　おれは！　伝説を！　作る男だあああ！」

ケヴィンの風魔法が氷の刃を纏めて吹き飛ばす。澄んだ音が重なり、光が散り、冷たい風が吹く。

その間にユドミラは洞窟の奥へと消えていった。落ちた氷の刃を砕きながら、逃げるように。

大量の氷の刃は、ユドミラがいなくなるとすぐに溶けて消え去った。

「……モンスターを食べてモンスターになるだなんて、そんな馬鹿な……」

レオンハルトが巨大なラミアの死体を眺めながら、ショックを受けたように言う。

「いや、それならオレたち全員とっくにモンスターだろ。聖遺物とやらが混ざってたからか？」

「それならとっくに私がモンスターです。やっぱり生で丸呑みしたのがいけなかったのでしょうか」

「そうだな……まだ生きている状態だと危ないのかもしれない。ちゃんと消化できずにいると、モンスターに乗っ取られる可能性があるのか……？」

「恐ろしいですね……とりあえず、これからもちゃんと料理して、よく噛んで食べましょう」

固く誓うリゼットの前に、ケヴィンが焦った顔でやってくる。

「いまはモンスター食談義は置いとけ！　早くユドミラを助けに行こう！」

「は？　どんだけ面の皮厚いの？」

ディーが呆れ顔で言う。

「なんで仲間ヅラしてんだよ。お前らみたいな信用ならねーやつと同行できるかよ。ハーフエルフを助ける義理もねえし。やっと帰還ゲートも出たんだ。お前らとはここでおさらばだよ」

いつも以上に辛辣で、取りつく島もない。ディーは怒っている。大声で怒りを撒き散らすことはないが、深く怒っている。

ディーは何も言わないが、幼いラミアが着ていたキリングベアーの毛皮を見れば、ディーがあのラミアに情けをかけていたのはわかる。

そしてレオンハルトも、ケヴィンを強く警戒していた。いつでも剣を抜けるようにしている。帰還ゲートへ向かおうとするディーの前に、ケヴィンが回り込む。手にしていた槍を投げ捨てて。

「――おれとユドミラは、教会本山所属の審問官だ」

「やめろそれ以上言うな聞きたくない」

ディーは顔を引きつらせ、面倒ごとに巻き込まれたくないとばかりに耳を塞ぐ。

「まあ。女神教会の方々だったのですね」

リゼットは驚きつつも、納得がいった。二人の雰囲気は教会関係者らしくないが、カモフラージュのためだろう。教会関係者であることが一目でわかる方がいい役もあれば、そうでない役もある。陰で動く役割なら、そう悟られない人物の方がいい。

「ノルンへは聖遺物回収と黒魔術師の拘束のために赴いた。到着したときにはあんたたちのおかげですべてが終わっていたけどな」

ノルンダンジョン領域でリゼットたちは深層のドラゴンを倒し、その中に眠っていた火の女神ルドゥの聖遺物を地上に戻した。それはいまリゼットの中にある。ノルンダンジョン領域に現れたダークエルフの黒魔術師は、最後はダンジョンと共に滅びた。

黒魔術に関わったものは教会に拘束されるという話を聞いたことがあるが、どうやら本当のことらしい。とはいえ黒魔術師の存在が表沙汰になったのは、ノルンダンジョンからリゼットたちが地上へ聖遺物を持ち帰った直後のはずだ。いつ教会は黒魔術師の存在を知り、審問官を派遣したのか。

「ケヴィンさんたちが派遣されたのは何時頃なのでしょう?」

「さぁて……三か月前ほどだったかな」

——それは、リゼットから妹メルディアナに聖痕が黒魔術によって移殖された時期と合致する。

(もしかして女神教会は、黒魔術が使われたことを知っていた……?)

その割にはリゼットをあっさりダンジョン送りにしてくれたが。末端までは情報が行っていなかったのだろうか。

女神教会の本山は遠い。リゼットのいた王都からは本山に行くまで一か月ほどかかる。どういった方法で黒魔術の情報を察知したのだろう。興味深い。

「ノルンに黒魔術師がいたことを、教会はご存じだったのですね。本山には随分情報通の方がいらっしゃるようです」

ダンジョンに聖遺物があるという話も、少なくともノルンで会った教会騎士ダグラスは知らなかった。ダンジョン探索は教会騎士の聖務のひとつだと言っていた。ダンジョンの謎は女神教会でも解き明かせていないと。

だが審問官は——女神教会の本山は、知っている。知っていて公表していない。

「……まあ、な。おれたちはあんたらのことが気になって、ノルンからずっと後を追っていた」

「そしてこのダンジョンの中までついてきたのですか」

「元々このダンジョンも調査対象だったしな。聖遺物——水の女神の眼球があるって話だった」

「まあ。それでしたら一石二鳥でしたね」

リゼットは両手をぱんっと合わせて笑う。

「ラッキーじゃねえだろ、超アンラッキーだろ……」

ディーが呆れたように呻いている。

「それで、ケヴィンさんたちは私たちをどうするつもりだったんですか」

「──おれはあくまで様子見だ。ユドミラは、お嬢様が聖遺物を宿したことがどうしても信じられなかったみたいで、暴走気味だったのは確かだ」

「お酒に薬を盛ったのは？」

「……寝ている隙に詳しく調べようと思ったんだよ。悪かった」

「悪かった、で済ませられることではありませんが──これからはどうなさるおつもりです？」

「……相棒を助けたい」

その表情は真剣で、言葉は心からのものだと伝わってくる。

いまのケヴィンは何を犠牲にしてもユドミラを助けたいと思っている。

「──あなた方は、このダンジョンに水の女神の眼球があると思って行動しているのですよね？　それはどなたから聞いたのですか？　……く、クソ野郎？　とは、どなたのことでしょうか」

スラングを口にするのは慣れない。

「情報提供者のことだけは死んでも言えない」

そこは職務に忠実らしい。

ダンジョンは女神の聖遺物が地中に沈み、始祖の巨人がそれをモンスターに与えることでダンジョンの王が生まれ、ダンジョンができるという話だが――

（どの聖遺物がどのダンジョンにあるのかなんて、知りようがない気がするのですが……）

深い地面の下のことだ。始祖の巨人の体内のことだ。

（それこそ巨人の力を行使する、黒魔術でもないと――……）

憶測が変な域まで到達しようとして、リゼットは首を横に振った。

――黒魔術を禁忌扱いして取り締まる側が、黒魔術を使っているなど。疑いを持つだけで危険だ。

女神教会は何らかの手段でどこのダンジョンに聖遺物があるか知ることができ、聖遺物を回収する手段もある――それだけわかれば充分だ。

「こんなこと頼める筋合いじゃないのはわかっている……だが、頼む！　おれには対価として払えるものは何もないが……腕でも足でも目でも持っていってくれればいい」

「貰っても困ります。それよりも、ケヴィンさんの持つ『情報』の方に興味があります」

リゼットはにこやかに微笑む。純粋な好奇心が胸を熱くする。

「いっ、これ以上？　いやその、おれの持つのは大したものじゃないぜ？」

「価値を判断するのはケヴィンさんではありません。ケヴィンさんにとってはほとんど意味のないものでも、私にとっては楽しめるものかもしれませんよ？　安心してください。情報提供者のことは聞きませんから」

微笑むと、ケヴィンは口元を引きつらせる。

「そうですね。まずは二度と私たちの邪魔はしないでください」

「……約束する」

「ダンジョンの中でも、ここを出てからも」

「はい……」

聞き分けの良い返事を聞いて、リゼットは頷いた。

「さあ、前に進みましょう！」

「本気で言ってんのか？　こいつらに付き合う必要なんて微塵もねーじゃねえか！　あのハーフエルフだって自業自得だろ！」

「私は知りたいんです」

リゼットはディーの顔を見る。

「人がどうしてモンスターになるのか。このダンジョンの底に何があるのか……女神教会の審問官は、どんなことを知っているのか……知りたくて、知りたくて、たまらないのです！」

「ダンジョンジャンキーだと思ったら知識ジャンキーかよ……」

「ごめんなさい。もう少し付き合っていただけませんか」

「………」

ディーは苦々しい表情をして、ざりざりと靴裏で地面を擦る。

「……虫食いのある地図は気持ち悪ぃからな」

長い沈黙のあと、ぽつりと。

「はい？」

「マッピングするからには全部埋めてぇんだよ、オレは！」

初めて聞くこだわりだった。

「それにこの帰還ゲートで外に出られるかも怪しいしな……」

「そうなんですよね……」

他のダンジョンの帰還ゲートではダンジョンの出口付近には出られたが、それは外ではない。あくまで出口付近だ。まだあの結界が作用していたら、外に出ることはできない。そうしたらまたダンジョンを潜る必要がある。

リゼットはレオンハルトを見上げる。

「リゼットの思うとおりにすればいい。俺は君と共に行く」

「レオン……ありがとうございます」

「それに、『情報』には俺も興味がある」

リゼットとレオンハルトは目を合わせ、笑い合う。

「おれ、生きて帰れるのか……？」

「無理だろ。覚悟しとけ」

絶望的な顔で呟くケヴィンに、ディーが冷たく言い放っている。

「ではまずは食事にしましょう。腹ごしらえは大切です」

「ああ。何を食べる？」

リゼットはラミアを指差した。正確にはラミアの背後、部屋の隅にある細長い繭のようなものを。

「ラミアの卵です」

——沈黙。

レオンハルトもディーもケヴィンも顔が引きつっている。真っ先に口を開いたのはディーだった。

「ここまでの流れでよくアレを食おうと思えるな！」

「大丈夫です。無精卵ですし。ちゃんと鑑定しました」

「そういう問題じゃねーよッ！」

「相棒……すまん。おれはここまでかもしれん……」

ケヴィンが遠い目をして祈りのポーズを取っている。

「大丈夫です。ちゃんと火を通しますから。それにしても大きいですね。それになんだか、ぷにぷにしています」

ラミアの卵の殻は鳥のものとはまったく違っていてやわらかい。まるで革の水袋だ。

「——そうだ。料理の前に、この子を葬ってあげてもいいですか」

リゼットは中身がなくなって皮だけになった幼いラミアを見る。心の整理をつけるためにも、きちんと葬ってあげたかった。

部屋の隅に土魔法で穴を開けて、水魔法で水を満たして池をつくる。

「きれいな水を欲しがっていましたから」

ユニコーンの角杖の先を水に浸し、石で軽く削り取った。ユニコーンの角には水質浄化作用がある。これでずっと水はきれいなままだろう。

幼いラミアの身体をキリングベアーの毛皮ごと持ち上げる。軽かった。中身が抜けて、ほとんど抜け殻だった。

それをゆっくりと水辺に運び、水に浸す。抜けていた水分が戻ったかのように、身体がふっくらとした――その時だった。水に触れていた手から、何かがリゼットの中に入ってきたのは。

【聖遺物の使い手】【水女神の涙】

スキルが発動し、涙が一筋頬を伝う。それと同時に水魔法のスキルが強化される。

(聖遺物……？　どうして――？)

驚くリゼットだが、一連の変化はとても穏やかだったため、他の誰にも気づかれていない。

「……なんつーか、ホント皮だけだな。子どものラミアってこんななのか？」

透明な水にたゆたう幼いラミアを見ながら、ディーが不思議そうに言う。

「いや……これは、ラミアの脱皮した皮だろう」

静かな水面を見つめレオンハルトが言う。

「脱皮ぃ？」

「成長途中で脱皮した抜け殻に、何か別のものが入って動かしていたんだ。憑依型のレイス系……いや、あの感じだとおそらく――」

レオンハルトはしばし考えて。

「スライムだ」

確信を得た顔で言う。

「なるほどスライムですか」

「なーんだぁスライムかぁ。喋るスライムなんてすげーなおい」

スライムは粘菌の塊だ。形は不定形で、柔軟に動く。

リゼットは何となくほっとした。ディーも安堵していた。

『――誰がスライムですのおおおお！』

幼い怒声と共に水が爆発する。激しい水柱が上がり、辺り一面に水が撒き散らされる。

跳ね上がった水がすべて地面に広がった後も、水柱だけは消えずに残っていた。――否、それは水柱ではない。少女だった。向こう側が薄く透ける半透明の少女が、空中をふわふわ漂いながら、流れる水を身体の周囲に纏い、水飛沫を躍らせていた。

『ダンジョン内を移動するのに、皮を借りていただけなのです！　それを……スライムだなんて！』

やや幼い顔立ちを怒りでいっぱいにして叫ぶ。

その時、リゼットの髪が一房赤く燃え上がる。

『あーっはははは！　スライム！　なるほどスライム！　貴様にぴったりだなフレーノ！』

「――ルルドゥ？」

取り込んでからいままで一切気配を感じさせなかった火の女神が、リゼットの頭上で腹を抱えて大笑いしている。

『ルルドゥお姉様……』

『ふん、ようやく姿を見せたか。貴様どういうつもりだ。モンスターの皮に入ってこそこそ動き回って。そんなに我に会いたかったのか？　かわいい妹よ』

フレーノと呼ばれた半透明の少女は頬を大きく膨(ふく)らませて、そのまま水となって池に溶けた。

池に残るのはラミアの皮のみだった。

『逃げたか……。だが、逃がさん。使い手よ。聖遺物を回収しろ』

「どうしてですか？」

素朴(そぼく)な疑問が口から出る。そもそも【水女神の涙】という聖遺物はリゼットの中にもう入ってしまっているが、それとはまた別の聖遺物なのだろうか。

『それが貴様の使命だからだ』

「命令しないでください。私のするべきことは、私が決めます」

リゼットはルルドゥを強く見上げる。

必要なことなら言われずともするが、命令されても恭順(きょうじゅん)する気はない。事態にはついていけないが、状況(じょうきょう)に流されるつもりはない。

『貴様……我にだけやけに冷たくないか』

ルルドゥが寂(さび)しげに呟く。心なしか身に纏っている炎(ほのお)にも勢いがない。

「まあ……そんな顔をしないでください。私は命令されるのが嫌(いや)なだけで、ルルドゥのことは嫌(きら)いではありません」

『……なんという傲慢(ごうまん)』

「あら？　そういうところを気に入っていただけたのでは？」

『ふん。まったく貴様といいフレーノといい』

ルルドゥはぷいっと顔を背(そむ)け、炎と共に消えた。

リゼットは小さく笑う。女神というものは、案外気難しくて可愛(かわい)らしい。

「……なんなんだよ、いまの……あのラミアに入っていたのは女神様ってことか？」

「そのようだ……」

「スライムじゃねーじゃねーか」

「女神だなんてわかるわけないだろう」

リゼットはずぶ濡れになって言い合う二人を見ながら微笑んだ。自分もずぶ濡れだ。

ケヴィンもきっとずぶ濡れだろうと後ろを振り返ってみると、彼(かれ)は地面にはいつくばるようにリゼットに頭を下げていた。

「度重(たびかさ)なる無礼、お許しください」

堂々とした頭の下げ方だった。リゼットの中の女神に——そして女神と会話していたリゼットへの畏敬(いけい)がこもっている。その態度から、熱心な女神教徒であることが伝わってくる。

「ケヴィンさん。いきなり態度を変えられると困ります」

何があったとしても、身体の中に何かがいるとしても、リゼットはリゼットだ。

「さあ、服を乾かして、ご飯を食べましょう」

魔法で焚き火をつくって服を乾かす。幸い、ほとんど水が染み込んでいないため、脱がずに乾かせそうだった。

「そういえば、いつの間にか止んでいますね。あの白い葉っぱ」

「階層ボスのラミアが倒れたからかもしれないな」

レオンハルトがそう言いながらナイフを手にし、上質な枕のようなラミアの卵に刃を立てる。すっとナイフを引くと、中から黄色い塊が現れた。

「黄身……ですね。すごい。ラミアの卵は白身がないのですね」

匂いは普通の卵と変わらない。卵黄を覆っている薄い膜を破り、中身を両手鍋の中に注いでいく。

リゼットはそれに塩と香辛料を混ぜて軽くほぐし、空気を含ませていこうとしたが、卵白がないからかうまくいかない。

料理用の火をおこし、フライパンを温めて、残っていたバターをたっぷり引く。

充分に熱されたところに卵黄液を入れるとじゅわっといい音がする。すぐに固まり始めるそれをヘラで混ぜ、焼きながら空気を含ませていく。

「ラミアの、卵が……おれの中の常識が音を立てて崩れていく……！」

悲愴な面持ちでケヴィンが声を振り絞るが、気にせず続ける。

半熟状の卵を包んでいき、形を整え、念のためよく火を通す。食感が失われないくらいに。

「できました！　ラミアの黄金オムレツです！」

バターの芳醇な香りが漂う、黄色の濃いオムレツが出来上がる。

全員で火を囲んで座り、早速食べていく。

「……うん、すごく濃厚なオムレツだ……」

「割とうまいなこれ」

「はい。口あたりがなめらかですし、コクがあっておいしいです」

ケヴィンだけはオムレツに手をつけず、それをじっと見つめていた。

「強いな……」

感心したように呟く。

「こんなものまで食べてるなんて、おれたちとは覚悟が違う」

「お前も食うんだよ」

「うぐ……」

ディーに促され、渋々と食べる。スプーンが震えていた。

決死の表情で黄金のオムレツを口に入れ、飲み込む。

「……うまい。ああ、これこそが空腹は最大のスパイスってやつか……」

ケヴィンはどこかほっとしたように呟いた。

食事をすると身体の内側から温かくなる。温まると元気が出てくる。食べることは生きることだ。

ピンチのときこそ食を疎かにしてはいけない。困難を乗り越えるためには、エネルギーが必要だ。

「ケヴィンさんたちは、上の階層では何を食べていたんですか？」

リゼットが問うと、ケヴィンは遠い目をして口を閉ざす。

「正直に言えよ」

「食料が尽きたから……おたくらが倒したキリングベアーの肉を……」

「お前らもモンスター食ってんじゃねーか！　自分は違うみたいな顔しやがって！　この同類‼」

「待て待て！　キリングベアーはモンスターじゃないからな？」

慌てて否定するケヴィンに、レオンハルトが冷静に言う。

「キリングベアー類はモンスターと地上の熊が交雑したものだ。モンスターとも言えるし、違うとも言える」

「おれは純粋なモンスター以外モンスターと認めない！」

「詭弁だ詭弁」

地上モンスターをどこまでモンスターと認めるべきかはリゼットも多少は気にかかったが、もっと気になることがあった。

「おいしかったですか？」

「……ああ、うまかった……」

「それはよかったです。ヒュドラ毒は大丈夫だったのでしょうか？」

リゼットたちはヒュドラ毒に侵されていたからキリングベアー肉を諦めた。

「おたくら知らないんだな。ヒュドラ毒は熱すれば無毒化するんだよ」

「な、なるほど……！　やっぱり生はダメなんですね……」

モンスター料理は必ず加熱するべし。リゼットは固く心に誓う。

「普通知らねえだろそんなこと。レオンだって知らなかっただろ」

「ああ……」

「ユドミラは毒に長けてるからな」

ケヴィンは少し誇らしげに言う。

「ヒュドラ毒も加熱すれば食べられるなんて、いったいどんな方が試してみたのでしょう。エルフの知識とは素晴らしいですね」

ユドミラはハーフエルフだ。エルフの長い歴史で蓄えられた知識の中に、ヒュドラ毒の取り扱い方も残されていたのだろう。

「一つ忠告しておく。あいつの前ではエルフだのハーフエルフだのは禁句だ」

「どうしてですか？」

「……どストレートに聞いてくるな。混血には色々と生きにくい場所もあるんだよ。苦労してんだ」

——それは、リゼットの知らない世界だ。

リゼットの国はヒューマンがほとんどで、他種族はあまりいなかった。混血種も。

各種族に対する知識はあるが、現実は知らないことばかりだ。自分の世界の狭さを思い知る。

「わかりました。口にはしません。それでは今度はケヴィンさんのことを教えてください。審問官というのは普段どんなお仕事をしているのですか？」

「……やっぱ言わなきゃだめだよな」

リゼットが頷くと、ケヴィンは渋々話し始めた。

「黒魔術の気配を感じたら東へ西へ。聖遺物の話が出たら北へ南へ。成果があることは滅多にない。報われない仕事だよ」

「見つかったときは？」

「……聞かない方がいいんじゃないかな」

じっとケヴィンを見つめると、ケヴィンは困ったように頭を掻く。

「まあ、場合によりけりだが。黒魔術を使うやつは基本的に本山に連行だ」

「わざわざ本山にまで？」

「そういうルールだ。その後のことはおれの管轄じゃない」

――黒魔術師を集めてどんなことをしているのだろうか。深くは考えないようにする。

「では、見つけた聖遺物はどうなさるのですか？　やはり本山に持ち帰るのですか？」

「まさか。おれたちにできるのは地上に戻すだけだ。地上に戻れば、聖遺物はすぐに地に溶ける」

ケヴィンは当然のように言う。嘘を言っている様子はない。

「よくあんなもん地上に持ち出せるな。オレも触ろうとしたことあるけど、熱くて触れたもんじゃなかったぜ」

「レアな経験してるな。審問官は聖遺物を運ぶ『鳥籠』ってアイテムを持っているのさ。これも使えるのはダンジョン内だけだ。ダンジョン領域から出れば、鳥籠をすり抜けて地に溶ける」

「なるほど……そんな道具まであるのですね」

「なら聖遺物を呑み込んだことは独断か？」

レオンハルトが険しい声で問う。

ケヴィンは口元を引きつらせ、ため息混じりに笑う。

「そうだな。聖遺物って思い込んで呑み込んじまったのはあいつの独断。だからって切り捨てられるほど、血も涙もないわけじゃない。あいつとはそれなりに付き合いも長いしな」

ユドミラは、女神の聖遺物をそこまでして手に入れたかったのだろうか。呑み込むときのあの表情――決死の覚悟を決めていた。

(本物だとしても、面倒ごとに巻き込まれるだけだと思うのですが……)

人の価値基準はそれぞれとはいえ。

「――ではもうひとつ。女神教会はダンジョンのことをどこまで知っているのですか」

「ダンジョンの中心には聖遺物があって、ダンジョンの王がそれを守っていること。王に選ばれたダンジョンマスターが、ダンジョンを管理していること。おれが知っているのはそれくらいだ」

ディーはつまらなそうな顔をする。

「ダンジョンマスターってのは冒険者の噂でも流れてるぜ。ダンジョンの底には宝があって、ダンジョンマスターがそれを守ってるってな。審問官の持ってるネタって酒場のヨタ話と同じかよ」

「噂と事実じゃ、価値は違うだろ?」

「――わかりました。ケヴィンさん、ありがとうございます」

リゼットは食べ終わった食器を片づけ、力強く立ち上がった。

「さあ、ユドミラさんを捜しに行きましょう。きっと、お腹を空かせて私たちを待っています!」

リゼットは残ったラミアの卵をケヴィンに渡す。

「……え？　これをあいつに食わせる気？」

◆　◆　◆

ユドミラを追って洞窟の奥に続く道を進む。道は一本道で、緩やかに下へ傾斜していた。

灯火に照らされる岩肌はわずかに濡れて光っている。湧水が溢れ出しているのだろうか。

「ケヴィン」

先頭を歩いているケヴィンに、その後ろを歩くレオンハルトが声をかける。

「ラミアは常に飢えている。俺たちを見れば食べようとしてくるかもしれない」

「ああ、だろうな」

「それに、モンスターとなった人間を元に戻す方法は、この場にいる誰も知らない」

厳しい現実をありのままに伝える。手を剣の柄に置いて。

「俺は、仲間を守るためならなんだってする」

レオンハルトはケヴィンの覚悟を問うている。

「覚悟はしてるさ。こんなダンジョンの奥底で、あんな姿にさせておくわけにはいかないからな」

ケヴィンは背を向けたまま答える。表情は見えず、喋り方は淡々としているが、真剣さは伝わってくる。彼はとっくに覚悟を決めている。

「なぁ、なんか嫌な音が聞こえてこねぇか……」

ディーの声に応えるかのように、地鳴りが背後から響いてくる。

振り返って灯火の魔法を通ってきた道に投げてみる。何もない。しかし音は少しずつ大きくなり、近づいてくる。

ゴゴゴゴ……

全員息を呑んで迫りくるものを待つ。

坂の上から、玉のような丸い岩が勢いをつけて転がってきた。

「————ッ!!」

どうしてだとか、どこからだとか、そんなことを考える余裕もない。

走る。ひたすら前に走る。


【土魔法（初級）】

「ストーンピラー！」

背後に石の柱をつくって岩を止めようとする。だが柱は大岩に当たると呆気なく砕け、大岩は速度を落とすことなく転がってくる。

「横に穴開けろ穴！　壁!!」


【土魔法（初級）】

「あなぁー‼」

訳が分からなくなりながらディーに言われるままに斜め前の壁に穴を開ける。

ぐいっと引っ張られて穴に飛び込むと、暴れ馬車のような勢いで大岩が前を横切っていく。

リゼットは壁に背をつき、レオンハルトに庇われながらそれを見送った。

隣にはディーとケヴィンがなんとか穴の中に入り込んでいた。

「はあ……はあ……ありがとうございます……なんですかこの罠……」

「そりゃ、間抜けな冒険者を轢き潰す仕掛けだろ……」

ディーが言った直後、下の方で大きな地響きがする。大岩が壁にぶつかり、砕けたような音だった。そして、上の方から先ほどと同じような地鳴りが聞こえてくる。

「第二弾かよ……もうちょっとここで待とうぜ」

リゼットはディーの提案に頷きかけて、ふと気づいた。

レオンハルトとの距離が近すぎることに。レオンハルトは両手をリゼットの耳の横についている。

いまも、わずかにでも動けば触れそうなくらい、近くにいる。無意識に顔を横に逸らす。

そうやって、先ほどの大岩からも守ってくれた。

【無詠唱魔法（視線発動）】【土魔法（初級）】

穴をわずかに後ろに広げ、スペースを確保して少しだけ後ろに下がって距離を取る。

「い、いまのうちに方針を決めておきましょう。ユドミラさんとどう戦うか——まずは、あの眼を吐き出させるべきだと思います。あの眼を呑んだのが変化のきっかけですから」

「とっくに消化されてるんじゃね？」

ディーが言う。

「実は私もそう思います」

「夢も希望もありゃしねえ……」

ケヴィンが呻く。

「――彼女は、眼の色が片方だけ変わっていた。その眼の方にラミアの力が寄生して、置き換わっているのかもしれない」

レオンハルトの声がすぐ上から響く。

「……つ、つまりそちらの眼を取り出せば、力の源がなくなるかもしれない……ということですね」

「でもどうやって取るんだよ？」

地響きが大きくなってくる。大岩が近づいてきている。

「ラミアの眼は簡単に取り外せるようになっている。後頭部に重い衝撃を与えれば……」

「飛び出すってわけか……解決方法が力尽くすぎるが、それしかねえよな……」

ケヴィンが物憂げなため息をつく。その前を大岩が物凄い速さで転がっていった。

少し時間を置いて、大きな地響きと共に洞窟が揺れる。その後少し待ってみたが、追加の岩はなさそうだった。

「では行きましょう！」

前も後ろも警戒しながら、大岩が通っていった通路を進む。

終着点である坂の終わり——闇に覆われた広い部屋で待っていたのは、ラミアの姿となったユドミラだった。しかし、彼女はぴくりとも動かずに伏せている。完全に意識を失っているようだ。周囲には半分砕けた大岩がふたつ分転がっている。二回とも大当たりしてしまったらしい。

ユドミラの下半身には噛み跡が——おそらく自分で自分を食べたのだろう痕跡があった。

——ラミアは常に飢えている。満たされない飢餓に苦しんだ末の傷が、深く刻まれている。

「ユドミラ！」

ケヴィンが警戒したままユドミラに近づこうとする。

ユドミラはぴくりと身体を震わせ、両手を地面につき、伏せていた身体を持ち上げた。

薄紫の髪の間から、赤い隻眼が輝く。金色の瞳を宿す左目は、岩とぶつかった衝撃でなのか、眼窩から外れて下に落ちていた。半分に割れた目の中から、琥珀色の輝きが零れていた。

眼は外れているが、姿はラミアのままだ。元に戻りかけている気配もない。だが——あの眼が外れているのならば、正気に戻っているかもしれない。淡い希望は、顎を外して大きく開かれた口によって打ち砕かれる。

「これでも食ってろ！」

ケヴィンは背負っていたラミアの卵を手に取り、迫ってくるユドミラの口に突っ込んだ。喉の奥まで強く押し、卵を丸呑みさせる。

ユドミラはそれをごくりと呑み込み、だが嚥下しきれず喉を膨らませた。苦しそうに悶えるが、窒息には至っていない。ラミアは首のエラで呼吸ができる。ユドミラは赤い瞳を強く輝かせ、両手を天に向けて大きく開いた。魔法の気配と共に、急激に空気が冷えていく。

息が詰まり、身体が凍てつく。砕けるのではないかと思うほどに、冷たく――

【火魔法（神級）】【敵味方識別】

「――ブレイズランス！」

煌々と爆ぜる白炎が、ユドミラの身体を貫く。

ラミアと化した身体を燃やし、白い灰へと化す。敵を燃やし尽くして炎が消えたとき、そこに残っていたのは、人だった。ハーフエルフの姿に戻ったユドミラが、静かに倒れていた。

「ユドミラ……！」

ケヴィンが急いでユドミラを抱き起こす。悲愴感に沈んだ表情で、その白い顔を見つめる。

ユドミラは死んでいた。顔や身体に傷はないが、息は完全に止まっている。ぐったりと投げ出された手足はまったく動かない。

（そんな……せっかく元の姿に戻れたのに、これでは……）

声が出ない。どんな言葉をかければいいのかわからず立ち尽くす。

「……すまん。礼を言うよ。こいつを人の姿に戻してやれた」

ケヴィンはユドミラの頬にそっと触れ、顔を上げずに言う。声は悲しみと苦しみ、そして己に対する怒りで掠(かす)れていた。

息を詰まらせるリゼットの横に、レオンハルトが立つ。

「――もしかしたら蘇生(そせい)できるかもしれない」

「レオン――」

レオンハルトはリゼットに向けて小さく頷くと、ユドミラの前にしゃがみ、つぶさに様子を見る。

手をかざし、蘇生魔法を発動する。ユドミラの顔にみるみると血色が戻っていき、少し経(た)つと胸が上下し、呼吸が再開する。

何度見ても奇跡(きせき)的な光景だった。

「う……」

弱々しい声が零れ、閉ざされていた目が開いていく。ただしそれは右目だけだ。失われていた左目までは戻らない。だが、赤い瞳の中には確かな命の輝きがあった。

「ユドミラ……！」

彷徨(さまよ)っていた視線が、ケヴィンに向けられる。

「……ケヴィン……？　ふっ、ふふ、私……暗闇の中で、光が見えた……」

ユドミラはとても穏やかな表情で微笑み、再び瞼(まぶた)を下ろす。

「不思議……あんなに飢えていたのに……いまは満たされている……」

「あ、それはきっとラミ――むぐ」

リゼットがラミアの卵のおかげだろうと言おうとしたら、レオンハルトに口を塞がれる。

「聖女、さま……」

ユドミラは目を閉じたまま、夢を見ているかのように小さな声でそう言って、深い眠りにつく。記憶が錯乱しているようだが、呼吸は安定していて顔色もいい。命の心配はないだろう。蘇生魔法の奇跡にリゼットの心が震えた。

「は、ははっ……魔力も何もかも空っぽじゃねえか……相棒」

ケヴィンは手袋を脱ぎ、同じく手袋を脱がせたユドミラの手を握る。じわりと、ゆっくりと、体温を分け合うように魔力がケヴィンからユドミラに移っていくのが、リゼットにもわかった。

「――俺にできるのはここまでだ。地上に戻ったら、腕のいい回復術士を探すことだな」

ケヴィンはユドミラを抱えて、肩を震わせて何度も頷いていた。

「すまん、どう礼をすればいいのか……」

「礼には及ばない。君たちのためにやったんじゃない」

レオンハルトが落ち着いた声で言うと、ケヴィンはまるで泣いているように喉の奥で笑う。

「……色々と、すまなかったな。ははっ、おれたちにはダンジョン探索は向いてなかったわ」

「なんなら向いてんだよ。審問官とやらも向いてなさそうだぜ」

「痛いとこ突くよなあ」

ディーに言われ、ケヴィンは困ったように笑う。

「おい、あれ――」

ディーが警戒心の強い声を上げる。指差した先――部屋の片隅には、階段があった。

闇の中に開いた魔物の口のように、ひっそりと。ぽっかりと。

「ここが底じゃねえってことか？」

「…………」

リゼットは階段を見つめ、そして決めた。

「──進みましょう。このまま引き下がれません」

ダンジョンがあるのならば最奥を目指す。それが冒険者の本能だ。

「まあこうなりゃ、深層のお宝でも手に入れないと割に合わねえけどよ……脱出できずにまた最初っからとか絶対ゴメンだしな」

「──俺は、進みたい」

レオンハルトが剣の柄に手を置いたまま言う。

真剣な瞳は、奥の階段を真っ直ぐ（ます）に見据（みす）えている。冒険者の眼差しで。

「決まりですね」

「──意見はまとまったみてえだな。んじゃ、おれたちは戻るわ。このままだと足手まといだしな」

ケヴィンはそう言いながら、片手で器用にユドミラを背負った。

「帰還ゲートで出口付近までは戻れるだろ。そこであんたらのクリアを待つさ」

「他人任（ひとまか）せかよ」

「悪いね」

人懐（ひとなつ）っこく笑う。憎（にく）めない、すっきりとした笑顔だった。

「う……」

ケヴィンの背中で、ユドミラが再び細い声を上げて重そうに瞼を開く。

「相棒、無理するな。しばらく寝とけ」

ケヴィンが肩越しに声をかける。だがユドミラはまるで聞こえていないかのように、ぼんやりとした目で、滑り落ちるようにケヴィンの背中から降りる。

そしてそのまま崩れるように地面に両手をつき、リゼットに頭を垂れた。

「聖女様……いえ、真の聖女様……」

「えっ？　……えぇっ？」

「数々の無礼、申し訳ありませんでした……この命をもって贖います――」

リゼットは慌てた。さすがにいままでと態度が違いすぎる。

「ま、待って！　待ってください‼　せっかくレオンが蘇生してくれたのですから、命を大切にしてください！」

「なんて慈悲深い……」

リゼットを見上げる瞳は信奉者のそれで、刺すような敵意はもうどこにもない。

「慈悲深くないですし、聖女でもありません！　そう、私はただのモンスター料理愛好家です‼」

「それで名乗るのかよ……」

「リゼットらしいじゃないか」

ディーが呆れたように呟き、レオンハルトは笑っていた。

「モンスター料理……」

ユドミラは顔を青くして、呆然とリゼットの言葉を繰り返す。

「――そうだ！　ぜひユドミラさんも食べてみてください。そう、その方がいいです。体力をつけておかないといけませんし、食べられるときに食べておかないと！」

「おお、そりゃいい。ユドミラ、あれはいいもんだぜ。食うとすげー力が湧いてくるからな」

ケヴィンの賛成もあり、リゼットはすぐに食事を用意することにする。ユドミラの顔がますます青くなってきていたので、急いで料理を始める。

最後のラミアの卵と、すり下ろしたアイスウゴキヤマイモの根でスープをつくる。さらに薄切りにしたパイア肉に塩と香辛料を振り、料理用の酒とウォールミミックの土と一緒に焼いた。食欲を刺激する香ばしい匂いが洞窟の中に満ちる。

「パイア肉のウォールミミック土焼きと、卵スープです。どうぞ」

出来上がった料理を、全員で火を囲みながら食べる。

「うまいなこれ」

パイア肉を口に入れたケヴィンがほっと顔を緩め、頭と左目に包帯を巻いたユドミラを見る。

「肉とソースがよく合っている。やっぱり普通のイノシシ肉より柔らかくてうまい」

レオンハルトが満足そうに言う。

ユドミラも普通にスープを飲み、普通に肉を食べている。材料も調理工程も見ているのに動揺している様子はない。

（ユドミラさんもモンスターを食べ慣れているのかしら）

キリングベアー肉も食べたという話なので、むしろ愛好家かもしれない。

しかし、よく見れば手がわずかに震えていた。我慢しているのかもしれない。

リゼットはスープを飲む。ふわふわの卵とヤマイモが優しく喉から胃へ流れ込み、じんわりと身体を温めていく。その熱と風味で少し心が落ち着いた。

「ユドミラさん……モンスターになっているとき、どんな感じでしたか？」

「それを聞くのかよ」

ディーがスープを飲みながら呆れ顔で言う。

「……分厚い膜に包まれているようでした」

ユドミラにそう感じさせたのは、モンスターの肉体だろうか。ユドミラはモンスターに変質したのではなく、身体はそのままでモンスターの皮を纏っているような状態だったのかもしれない。

「意識は、ほとんどなかったと思います……ただ、満たされない飢えと渇きがありました」

パイア肉を見つめながら悲しそうな顔をする。ラミアとなったユドミラに大岩が二つも直撃していたのは、もしかしたら自分からそこに身を投げ出したからかもしれない。飢えから逃れるために。

もしくは、モンスターとなった自分を消すために。

「ですが、光が見えたのです。女神の光――……そう、あなたです。リゼット様」

ユドミラは熱い視線をリゼットに向ける。

（確かにあの魔法は、女神ルルドゥの力を使った魔法でしたが――）

リゼットの力ではない、と言っても無駄だろう。いまのユドミラはリゼットの中にいる女神と、女神の力を使えるリゼットを同一視してしまっている。

なんとか正気に戻ってくれないだろうか。崇拝の目を向けられるより、敵愾心を持たれていた方がずっと安心できる。人ではないもののように見られるのは、落ち着かない。

「ユドミラさん、私はそんな立派なものではありません。ただの人間です。わがままですし、自分勝手ですし、後先考えないで行動しますし」

ディーが「自覚あったのか」と小さく呟き、レオンハルトがそれを諫めている気がするが、リゼットは聞こえてなかったことにする。

ユドミラは黙り、下を向く。膝の上に置かれた手は強く握りしめられ、震えていた。

「……私はずっとあの方に認められたかった。そして愚かにも、リゼット様より私の方が器にふさわしいと思い上がってしまった……」

「器？」

「もちろん、女神の器です」

――女神の器。

その言葉は聖女にも用いられる。聖女は女神の力を受け取り、大地に降ろすための器だと。

しかしリゼットはその言葉は好きではない。そこに注がれる力の方が大事で、本人の中身なんてなくてもいいと言っているようなものだからだ。

「私は、ただの人間です。そしてユドミラさん、あなたも」

「気分を害されたのなら申し訳ありません」

ユドミラはますます頭を下げる。

「ユドミラさんは、どうして認められたかったのですか？」

問うと、ユドミラは一瞬息を詰まらせる。

「……ハーフエルフはどこにも居場所がありません。エルフの国にもヒューマンの国にも。私は、拾ってくださったあの方に、認められたかった。私ごときが……」

「――ユドミラさん。私は聖女でも、もちろん真の聖女でも、女神の器でもありません」

リゼットはゆっくりと言葉を紡ぎ、ユドミラの瞳を見る。赤い隻眼を。

「私は私。そして、あなたはあなたです。自分を認められるのは自分だけです。人に認められるために行動しようとすると、ただの都合のいい人になってしまいます」

ユドミラの表情に、わずかに焦りと、そして怒りが滲み出る。

人間らしい感情が見えて、リゼットは微笑んだ。

「どうかあなたはあなたのままで。ユドミラさんにはもう、大切に想ってくださっている人がいるじゃないですか」

ケヴィンに手を向けると、ユドミラはそちらを一瞥し、すぐにリゼットに視線を戻した。

ケヴィンが少し傷ついたような顔をしているのを、リゼットは見てしまった。

「リゼット様――どうか、これからの旅路のお供をさせてください。片目は失いましたが、利き目ではありません。足手まといにはなりません」

「いいえ。いまのユドミラさんは傷ついたばかりです。ケヴィンさんと戻ってください」

「……わかりました」

ユドミラは素直に頷くが、少しだけ不満そうだった。

それはリゼットに心酔しきっている時よりも、ずっとずっと人間らしい表情だった。


食事を終え、ケヴィンとユドミラは帰還ゲートに向かうため通路に向かう。

ユドミラはかなり回復してきたようで、ケヴィンの肩を借りながらも自分の足で立って歩けるようになっていた。

「リゼット様、お気をつけください。このダンジョンはまるで蠱毒のようなもの」

「蠱毒？」

「呪術の一種です。壺に毒虫を詰め込んで、共食いさせあって、最後に生き残ったものを呪いに使うため殺すのです」

想像してしまって背筋に冷たいものが走る。ユドミラは淡々と続けた。

「このようなダンジョンをつくるものは、とっくにまともではないのでしょう。この先に待つのは邪悪な心を持つものです。どうかお気をつけて」

「ありがとうございます。お二人も、お気をつけて」

帰還ゲートに向かう二人を見送ると、ディーが肩を竦めた。

「なんかあの女、ちょっと怖かったな。最後は割とマシだったけどよ」

「元々信心が深いんだろう。女神への信心が、リゼットへそのまま向いてしまったんだ」

「だからって、こいつは……こいつだぜ？　ラミアになったやつにラミアの卵食わせようとするやつだぜ？」

「栄養たっぷりですよ？」

「ほら、こういうやつだ！」

「……それはまあ、見方次第（しだい）というか」

歯切れが悪い。

「どの角度から見ても私は私です」

少し怒って言うと、ディーが慌てて視線を宙に浮かす。

「そ、そういや、この階層の魔石はどうなったんだ？　あれ、結構高値で売れるからな」

「ラミアになったユドミラさんの目の中にあったような気がしましたが……なくなっていますね。ケヴィンさんたちが持って帰ったのでしょうか。まあ、もともとあの二人のものですし」

落ちていた眼の中に、琥珀色の輝きを見たような気がしたのだが、それはもうどこにもない。

レオンハルトは難しい顔をして、ケヴィンとユドミラが歩いていった通路を見つめる。

「……彼女がモンスターになった理由――魔石を呑み込んだからかもしれないな」

「琥珀（こはく）の魔石をですか？　……確かに、ユドミラさんが呑み込んだラミアの目の中に、魔石があった可能性はありますね」

第四層のボスと思しきラミアを倒したとき、琥珀色の魔石は現れなかった。

　ユドミラが呑み込んだ眼の中にそれがあったとしたら、つじつまは合う。

「おいおい、魔石呑んだらモンスターになるってか？」

「そんな伝承は聞いたことがないが、状況的にはそうかもしれない」

「そもそも魔石って何なのでしょう？」

「ダンジョンの魔力の結晶体という話だが……はっきりとはわかっていない」

「ううーん、モンスターになってしまうのは困りますね」

　身体が多少変わるだけでも、ダンジョン内ではともかく外での生活は厳しくなりそうだ。

「困るってレベルの話？　話なのか？」

　ディーが頭を抱えて唸る。

「そういえば、ボスらしきパイアを魔石ごと食べていたジャイアントキリングベアーも、とってもパワーアップしていましたよね。魔石を食べるとパワーアップするのでしょうか」

「……強くなれるのはともかく、モンスターになるのは困るな」

「お前らもう充分に強いだろ！　キナ臭い話はやめだやめ。次に行こうぜ、次！」

　ディーが辛抱できないとばかりに吠えて、階段の方へ向かっていく。

「そうですね、次に行きましょう」

　そしてリゼットたちは階段を下りる。第五層へ向かって。

遥か遠くに見える光を目指して、長い長い階段を下りていく。夜空に浮かぶ唯一の星のようだった光は、近づくほどにどこか禍々しさを帯びていく。

第五層でリゼットたちを待っていたのは、黄金色に輝く工房だった。

壁と天井に取り付けられているランプが、ざらざらした金属を鈍く光らせている。ランプの燃料は油でも蝋でもない。そもそも何も燃えていない。オレンジ色の光だけがそこに存在している。

大小さまざまな金属の筒が、辺り一面を木の根のように這い回っている。地面や壁、天井にまで。ごうんごうんと、モンスターの唸り声のような不気味な音が、どこかで規則的に繰り返されて金属筒を伝って響いてくる。そんな光景がどこまでも続いていた。

「いままでとは随分趣が違うな……かなり高度な文明の施設のようだ」

「金属をこんなに緻密に加工できるなんて……いったいどのような技術を使っているのでしょう」

リゼットは壁の細い金属筒を興味深く眺め、ふと気づく。

「このにおい……もしかしたらどこかに油があるのかもしれません」

「油？」

レオンハルトがきょとんとした顔で繰り返す。

「金属道具の手入れには大量の油が必要と聞いたことがあります。ぜひとも手に入れたいですね」

「そんなもん何に使うんだよ」

ディーに問われ、リゼットは当然とばかりに答えた。

「フライとか、フリッターとか」

「そうかよ……」

「パイア肉をたくさんの油で揚げればカツレツができます！　絶対においしいですよ！」

「それは食べてみたいけれど、あまり期待はしない方が良さそうだ。金属の手入れに使われるのは、植物油よりも食用に不向きな鉱物油の方が多い」

「ぜひ植物油でお願いします」

リクエストを出すリゼットをよそに、レオンハルトが剣と盾を構える。金属筒の根の奥で、何かが動いた。

「これはキマイラ、か——!?」

這い出てきたモンスターを見て、レオンハルトが困惑する。

それはリゼットの知るキマイラではなかった。通常のキマイラは、獅子をベースにして山羊の頭と竜の尾と翼がついたモンスターだ。だがこれは三種類どころではない。獅子の頭とゴブリンの頭、そして牡羊の頭が、巨大な蜘蛛の身体の上に乗っている。尾の部分で揺れているのは蛇。

ゴブリンの口がパカッと開く。

『愚かろかろか愚かな人間。愚ろぅろろろかな人間んんん』

「気色悪いぃ‼」

キマイラらしきモンスターは、変な言葉を垂れ流してわさわさと近づいてくる。

【鑑定】？？？？

（鑑定できない――？）

リゼットが戸惑っている間に、更に一匹、もう一匹と、同じモンスターのようでいて微妙に違うものたちが、奇妙な言葉を吐きながら集まってくる。壁の隙間から。あるいは天井からカサカサと。

【火魔法（神級）】【敵味方識別】

「ファイアストーム‼」

リゼットは炎の嵐を起こす。激しい炎が周囲にいたモンスターをすべて燃やす。

しかしその余韻が収まる前に、同種類のモンスターがもぞもぞと這い出てきた。

「クソッ、何匹いるんだよ……！」

ディーが悪態をつきながら手近にあったレバーに手をかける。

――ガコン、とレバーが下がると、壁にあった金属筒の一部から大量の蒸気が噴き出した。

高熱の蒸気にまともに当たったキマイラらしきものは、全身を硬直させてその場にひっくり返る。

少しの間ビクビクと身体を震わせ、すぐに動かなくなった。

「ディー、すごいです！　もうここの仕掛けがわかったのですか？」

「いや、てきとー……」

乾いた声を漏らす。予想外の結果に自分自身が驚いているようだった。

「マジで気色悪ぃなここ。金目の物見つけて早いとこ退散しようぜ」

「そうだな。普通じゃない」

いままで以上に警戒し、物陰や物音に細心の注意を払って進んでいく。通路は広くなく、死角も多い。精神をすり減らしながらしばらく進むと、小さな扉を見つけた。このダンジョンで初めて見つけた扉だ。かなり小さく、屈んで身を縮めなければ通り抜けられそうにない。

「こいつは……三つの鍵が連動してるな。ここまで厳重ってことは、中に見られたくねえものがあるってことだ。任せとけ」

ディーが得意げにピッキングツールセットを取り出す。

解錠を行なう間、リゼットはレオンハルトと共に周囲を警戒した。

「本当に不思議な場所ですね」

「ああ。色々と見てきたけれど、ここは飛び抜けている……見たことのないタイプだ。さっきのキマイラも……おぞましいというか、生々しい悪意を感じる」

「なんとなくわかります。なんだかねっとりとしていますね」

しつこく纏わりつくような悪意を感じる。独りだったら震えていたかもしれない。

——カチリ、と鍵が開く音が響いた。

「ほら、開いたぞ」

「さすがです。ディーの前では鍵は敵ではありませんね」

鍵開けが成功した小さな扉を、レオンハルトが押し開く。

そこは部屋だった。広くもなく狭くもない普通の部屋。床は物だらけで、ガラクタにしか見えないものが所狭しと転がっている。部屋の隅にはそれらが押し込められるように積まれていた。

扉をくぐって中に入る。

「ここは、物置か？　それとも誰かに荒らされたか……」

「いやー、散らかってるけどなんとなく整理されてるようだぜ。片付けられないやつの部屋って感じだな。本人は片付いているつもりのやつ」

レオンハルトは信じられなそうに眉を顰める。

唯一、壁際にある机の周りだけは綺麗に整っていた。机の下にはブリキのバケツが置かれている。

「お、これ油じゃね？　なんか黒いけど」

「見せてください！」


【鑑定】鉱物油。鉱石オイルからできた潤滑油。毒性を持つ。


「……これは、食べられそうにありません」

リゼットは悔しさに拳を握る。解毒したとしても、きっと味は良くない。食べるなら、おいしいものを食べたいし食べてほしい。

油のことはひとまず諦めて立ち上がる。机の上には、本が開いて置かれていた。その隣には鉱石インクのガラス瓶。本は書きかけのようで、片側の途中までだけに文字が綴られている。

「古代文字ですね……」

リゼットは古代文字が読めない。ページをめくって読める場所がないかと探していると、いつの間にか背後に女神二人が現れていた。

『ほうほう。これはこれは』

『なるほどなるほどー』

ルルドゥとフレーノが仲良く並んで本を覗き込んでいる。

『これはダンジョンマスターの日記だな。ダンジョンづくりの記録が記されておる』

ルルドゥが興味深そうに言い。

『愛の詩もありますよ。――ああ我が愛しのジョセフィーヌ、もはや君のことしか考えられない。他の存在はすべて遠い世界。君だけが真実であり、この愛がなければ僕もここに存在できない……』

フレーノがややたどたどしいながらも情感たっぷりに読み上げる。

「まあ……情熱的ですのね」

その様子を見ていたレオンハルトが顔を青ざめさせていた。

「……なんて恐ろしいんだ……プライバシーも何もあったものじゃない……」

「おい、そのへんにしといてやれよ」

ディーが憐れんだように言う。女神たちはレオンハルトとディーの方を見て、お互いに顔を見合わせて、険悪な雰囲気を漂わせ、現れたときと同じように唐突に消える。

「女神は神出鬼没ですね。二人はともかく、ダンジョンをつくった方の直筆の記録なら、すごい財宝になる予感がします。この古代文字もノームやエルフの方々ならきっと読めるでしょう！」

「確かに重要な資料になるだろうけれど、それを世に出すのは……正直、同情を禁じえない」

レオンハルトは青い顔のまま斜め下を見つつ、口元を押さえて言う。やけに感情移入していた。

「そ、そうですね……大切な私物かもしれませんし」

もし自分の日記が白日の下に晒されたらと思うと、流石に気が咎める。リゼットが日記を元の場所に置こうとすると、ディーがそれを手に取った。

「お上品だな、お前ら。いいじゃねーか。ダンジョン探索中に見つかったものは冒険者に権利があるんだ。ってことでいただいて行こうぜ」

そのとき、部屋の片隅でガコン、ガコンと重い金属音がした。

音のした方向には高く積まれたガラクタがあり、その奥に――ガラクタの土台になるように、一体のゴーレムがあった。黒く汚れたゴーレムは、壊れているのか物に埋もれたまま動かない。上にのっていた金属の塊が、ガラガラと崩れ落ちて床を転がっていった。

ディーは本を机に置いて、大きく息を吐いた。

「ガラクタがバランス崩しただけかよ。脅かしやがって」

レオンハルトはゴーレムをじっと見つめる。

「すごいな……これはミスリルだ」

「――ミスリル？　魔導具によく使われる、あの希少金属ですか？」

【鑑定】ミスリルゴーレム。ミスリル銀でできた魔法生命体。主の命令に忠実に従う。

ミスリル銀は魔力伝導率が高く、魔法使いの武器や装飾品としてもよく使われる。ダンジョン内でしか取れないため、非常に貴重でリゼットもほとんど見たことがない。それがいま目の前にある。

「へ？　これ全部ミスリル？　ってことはつまり……大儲け？」

「そうだな。これだけの量があれば、どれくらいの財産になるか……」

「よっしゃ！　ようやくまともなお宝だ!!　解体しようぜ！」

意気揚々とミスリルゴーレムに手を伸ばしたディーの腕を、ガラクタの中から生えた手がぐっとつかむ。そして部屋の反対側へ軽々と投げ飛ばす。

リゼットがディーに気を取られた瞬間、ミスリルゴーレムがリゼットの腕をつかみ、立ち上がる。

（え――）

がくりと足の力が抜ける。身体が一瞬に芯まで冷えて、抵抗すらできない。

「リゼット!!」

レオンハルトが剣を抜き、ゴーレムの腕を斬ろうとする。

その一瞬前に、ミスリルゴーレムは床に落ちた金属の塊をレオンハルトに向けて蹴り上げる。防御姿勢を取ったレオンハルトを、リゼットを捕らえている腕とは別の腕で薙ぎ払う。

（力、が……）

リゼットは困惑した。身体にまったく力が入らない。常に身体に満ちていた魔力が一気に奪われ、思考すらままならなくなる。

――魔力枯渇状態。

身体がふわりと浮き、ミスリルゴーレムの肩に乗せられる。抗いきれない眠気に押し潰されて、リゼットは意識を失った。

◆　◆　◆

「――まったく。ヒューマンというのはなんと貪欲か。それでこそあれだけ増えたのか」

聞き覚えのある呆れ声が、痛む頭に響く。リゼットが重い瞼を開くと、そこは薄暗い部屋の中だった。暗さでよく見えないが、音の響きから天井が高くて広い空間だとわかる。

リゼットは両腕を一纏めにされて吊るされていた。足が地面に着いておらず、体重が手首だけにかかってひどく痛む。

「どうだ？　ミスリルゴーレムのドレインの味は。くくく……」

「フォンキンさん……」

リゼットの前にいたのは、フォンキンだった。最初に会ったときと何も変わらない姿で、大きな机に腰を掛けていた。フォンキンは手にしたランプでリゼットの顔を照らす。

眩しさに目を細めつつ、上を見る。リゼットを吊るしているのはミスリルゴーレムの太い腕だった。近くにレオンハルトとディーの気配はない。どうやらリゼットだけ連れ去られたらしい。

「逃げないので降ろしていただけませんか」

「降ろすわけがなかろうが。まったく、落ち着き払ったものだな。つまらん」

リゼットは、取り乱すのはみっともないことだと教育されている。その成果が出ていたようだ。

フォンキンはランプを机の上に置くと、コーヒーを淹れ始めた。特有の香りがリゼットの気持ちも落ち着かせる。

（これは、かなりの上物。それにすごく丁寧に焙煎されている。なんていい香り）

コーヒーに拘るタイプらしい。ダンジョンの中でも趣味と嗜好を大切にしているようだ。

「ここが、フォンキンさんの拠点ですか」

雑然とした部屋を見ながら問う。物の量は少ないが、あの日記があった部屋に雰囲気が似ている。

「拠点ではない。ここがホームだ」

背を向けたまま言う。

「まあ。ここを起点にダンジョンで生活されているのですか？　すごいですね」

「わからんやつだな。小生がこのダンジョンのマスターだ」

振り返り、ブラックコーヒーを飲みながら眉間のシワを深くした。

――ダンジョンマスター。つまり、ノルンのダークエルフの黒魔術師と同じ存在。

「小生がこのダンジョンをつくった。貴様らは我が家に入り込んできた害獣だ」

「まあ。ひどいおっしゃりようですね」

「しかも我が書斎まで荒らしおって……」

「それは申し訳ありません。知らなかったものでして」

「知らない相手の書斎なら荒らしていいと？　まこと、冒険者というのは意地汚い」

返す言葉もない。

話している間に頭痛は徐々に治まってきているが、魔力が回復している気配はない。回復する端からミスリルゴーレムに吸われているようだ。

こうなればリゼットには何もできない。できるのは時間稼ぎと会話ぐらいだ。

「フォンキンさんは、このダンジョンを自由に操れるのですよね？　外からの干渉をよく思っていないのなら、どうして入れないようにしないのですか？」

「無知なやつめ。ダンジョンは、外と繋がっている必要があるのだ。もし入口を塞いでしまっても、自然と穴が開くようになっておる」

「なるほど、勉強になります。では、どうして出られないような結界を張っているのですか？」

異物を嫌っているのに、ダンジョンに閉じ込めようとする矛盾を問う。

「それこそ害獣を増やさぬためよ。ダンジョンがあるとなれば冒険者が群がる。女神教会がやってくる。小生のダンジョンを荒らされたくはない。ゆえに、足を踏み入れたものは帰さぬ。絶対にな」

強い言葉で、念を押すように言う。

段々とわかってきた。このダンジョンはフォンキンの理想郷なのだ。この原初的な美しいダンジョンが、フォンキンの再現したかった世界であり、この階層は、フォンキンの個人的な研究や生活の場だ。手塩にかけて育てた箱庭であり、絶対に干渉されたくない個人的な城。

それがフォンキンにとってのダンジョン。

——ダンジョンマスターとはなんて自分本位なのか。挑もうとする冒険者だけを閉じ込めるのならともかく、無関係な人も巻き込んでしまっている。そしてそれを気にも留めていない。

「特にヒューマンは本当に野蛮で度し難い。それゆえに単純で操りやすいが」

フォンキンの愚痴を聞いているうちに、もうひとつ疑問が浮かぶ。

「幼いラミアの死体を持ってきてほしいと言ったのは、どうしてですか？」

「ダンジョンマスターとて、ダンジョン内で万能ではない。だからこそ面白いのだが……さすがに少々参っておったのだ。我が妻の大切にしているものを持って逃げ出したあやつには」

幼いラミアの中には、水の女神フレーノの魂と、聖遺物『水女神の涙』が入っていた。大切なものとは、聖遺物のことなのだろうか。

それに——……

（我が妻……？）

聖遺物を大切に持っていたというフォンキンの妻——おそらく日記に書かれていたジョセフィーヌという女性だろうが、彼女はいったいどのような存在なのだろう。

困惑するリゼットの前で、フォンキンは笑みを深める。カップを机に置き、リゼットを見上げる。

「だが、戻ってきた。いやはや、期待通りだ。依頼を反故にして、宝を掠め取る。まったく期待通りの働きよ」

「…………」

「……うむ、それにしてもなんと膨大な魔力量か。吸っても吸っても湧き出てくるではないか。研究材料に使ってやろうかと思っていたが、しばらくは動力源として生かしてやってもよいか……」

考え込むようにぶつぶつと呟く。

燃料扱いされるのは本意ではないが、それで時間が稼げるのなら歓迎すべきところである。

「助けがくるとは思うなよ？　やつらにはわずかばかりの財宝と、帰還ゲートをくれてやった。外には繋がらぬゲートだがな。お主を捨てて逃げようとして、出られぬことに絶望するであろう」

自信たっぷりに高笑いする。

リゼットはフォンキンを見つめ、微笑んだ。

「おふたりは必ず来てくれます」

「信じるというのがいかに馬鹿げたことか、そろそろ知るが良い。ヒューマンとはいえもう子どもではないだろうに」

呆れ顔で机に腰をかけ、眼鏡を外す。胸ポケットに入れていた布で分厚いレンズを拭き。

「小生もかつては冒険者だった」

「まあ」

意外な共通点に、リゼットは親近感を覚えた。

「だが仲間と信じていたものたちは、小生をモンスターの囮にして逃げた」

「まあ……」

「くく……この力を手に入れてから会いに行ってやったら、やつらは小生を化け物と呼んで命乞いをしてきおったわ」

その光景を思い出しているのか、にやりと笑う。

「小生は、慈悲深い。野蛮なドワーフやヒューマンとは、違う」

語尾を強調させ、フォンキンは眼鏡をかけ直す。

「命は助けてやった。研究材料として使ってやったのだ。やつらは大変、役立たずだった！　無力なうえ、研究の役にも立たない愚か者ども――害獣だ！」

己のしてきたことを誇るように、フォンキンは高笑いをする。

リゼットは考える。フォンキンは何故こんな話を聞かせてくるのか。リゼットの未来の姿を想像させて、怯えさせるためだろうか。

青緑の瞳がリゼットをギラリと見つめる。リゼットはその視線を受け止めて、微笑んだ。

「私は、おふたりを信じています」

実際に来てくれるかどうかはさほど問題ではない。だが自分がその立場だったら必ず助けにいく。そして、リゼットはふたりを心の底から信じている。信じている限り、心は折れない。

「無邪気なものよ。ではお主を異形のものに変えて、そやつらの前に投げ込んでみるのも一興か」

フォンキンは声を弾ませ、楽しそうに目を輝かせる。

「殺される直前にはさすがにわかるはずだ。仲間を信じるなどくだらんことだと」

「趣味が悪いです」

「怯える様子もないか、生意気な。まあそれは後の楽しみだ。まずは、妻のものを返してもらうか」

机上の杖を手に取ったフォンキンの身体がふわりと浮く。

吊り上げられたままのリゼットに近づき、左目に向けて手を伸ばす。やはりこの『水の女神の涙』こそが、彼の妻であるジョセフィーヌという女性が大切にしていたもののようだ。

「…………」

──水女神の涙はきっと、この左目に宿っている。火女神ルルドゥの髪が、リゼットの髪に宿っているように。聖遺物は同じ部位に宿るのだろう。

目を抉られるのはとても痛そうだ。腕のいい回復術士ならば復元できるそうだが、都合よく見つかるだろうか。

それでもリゼットは瞼を閉じることなく、静かにフォンキンの指を見つめる。

恐怖し、抵抗すれば、フォンキンを喜ばせるだけだ。彼は人を傷つけることに愉悦を覚えている──そういう人間であることを彼自身が望み、敢えてそう振る舞っている。だから屈しない。

フォンキンの指先がぴくりと震える。

「……やめろ。そのような目で見るな」

苛立たし気に、そしてどこか怯えるように、フォンキンはリゼットを睨む。

その表情を見てリゼットにはわかった。彼の中には深い悪意と同時に、まだ人の心が残っている。

「フォンキンさん。あなたは普通の人間です」

「……黙れ」

「繊細で、強がっているだけの、ひとりのノームです。これは本当にあなたの意志なのですか？　私にはそうは見えません」

「黙れと言っておろう‼」

フォンキンの杖が勢いよく振り上げられる。一瞬身が竦むが、目は閉じない。

――その瞬間、部屋の壁が外から破られた。爆発したかのような勢いで穴ができ、光が差し込む。

「――リゼット‼」

レオンハルトの声に、リゼットの心臓が震えた。

「な……ダンジョンの壁をぶち破るなど――」

フォンキンは息を止め、目を見開いて杖を握る。

壁の穴の前に立つレオンハルトの金髪が、オレンジの光を受けて輝く。

エメラルドグリーンの瞳は金色に揺らめいていた。その手には剣。そして盾。

「ぐっ……その剣は、アダマント合金……それに、その血……竜殺しの末裔か――」

レオンハルトは答えない。だがその威圧感は、彼を何倍にも大きく見せた。

「ち、近寄るな。この女がどうなっても――」

声を戦慄かせながらランプをリゼットへ向ける。その光を暗がりから飛んできたナイフが弾く。

「――――ッ⁉」

ランプが落ち、割れる。

一瞬の隙を突いてレオンハルトが一気に距離を詰める。フォンキンは魔法を使おうとしたが――

【聖盾】

発動途中の魔法ごと、魔力防壁がフォンキンを突き飛ばす。

倒れて呻くフォンキンに、レオンハルトの剣が振り下ろされる。

「ぐ……これだから脳筋は好かん」

フォンキンは顔を引きつらせ、姿を消した。転移魔法だ。

剣の刃先が床を抉る。レオンハルトはすぐに剣を抜いて体勢を変え、流れるようにミスリルゴーレムに肉薄し、リゼットを捕らえていた腕を斬り落とす。

解放されたリゼットの身体が宙を浮く。床に落ちそうになったところを、物陰から出てきたディーに受け止められ、一緒に転ぶ。

「セーフ……」

「ディー……あ、ありがとうございます」

――レオンハルトがフォンキンの気を引いている間に、ディーが投げナイフでフォローする。そういう作戦だったのだろう。

ミスリルゴーレムが動く。リゼットを捕らえておくという命令から解放されたミスリルゴーレムは、純粋な敵――己の片腕を奪ったレオンハルトにその巨体で襲いかかる。

レオンハルトはそれをあっさりと躱し、背後に回る。ドワーフ謹製のアダマント合金の剣は、ミスリルゴーレムの首を斬った。温めたナイフでバターを切るように鮮やかに。

ミスリルゴーレムはそのまま倒れ、今度こそ起き上がらなくなった。

「リゼット！」

レオンハルトがリゼットの元へ駆け寄ってくる。息が上がっていて、額には汗が浮かんでいる。強張った表情からも、心配させてしまったことが伝わってくる。

「怪我は？　痛いところは？」

「ありません……でも、魔力を根こそぎ吸い取られてしまったみたいで。すぐ回復すると思います」

「早くこれを」

レオンハルトは自分のアイテム鞄の中から、食料を出す。主にモンスター料理の残りを。

リゼットはそれを受け取り、ひたすら食べた。魔力の回復には、モンスター料理が一番だ。

（おいしい……）

車輪蛇の串焼きを食べながら涙を零した。やはりモンスター料理からしか得られない魔力はある。

「ほら、これも食え。なんでもいいからどんどん食え」

リゼットの荷物を回収してきたディーも、保存していたモンスター料理を次々に渡してくる。

「おふたりとも、ありがとうございます……」

焼きムカゴを食べる合間に、リゼットはふたりに礼を言う。

「大変だったんだぜ？　床に穴が開いて、ゴーレムごとお前が消えて、穴は閉じちまうし。お前を捜して右往左往して、壁壊して進んだ方が早いって滅茶苦茶な結論になって――」

この階層は迷路のようになっている。確かに壁を破壊して進めば早いだろうが。

「そんなに簡単に壊せたのですか？」

「ああ。意外と脆かった」

「ンなわけあるか！　この馬鹿力！　……ったく、オレはミスリルを回収してくるからな」

ディーが斬り落とされたミスリルゴーレムの腕を見て、顰め面をする。

「なんだこのゴーレム。中は鉄だし空洞じゃねぇか、安く上げやがって……」

がっかりしたように呟く。どうやら鉄のゴーレムにミスリル銀でコーティングしていたようだ。

「それはがっかりです……」

「君が無事だっただけで充分だ」

「そりゃそうだけど、それとこれとは話が別だろ……クソ、削って集めるか」

刹那、足元に奇妙な感覚が纏わりついた。

「なんだこりゃ……水？　どっかから漏れ出してんのか？」

ディーが怪訝な声を上げる。そのときには既に床が水に覆われていて、その量がみるみる増えていく。床に置かれていたものたちが次々と浮かび始める。

「これは、海水か……？」

レオンハルトの表情が険しくなる。

鼻をつくのは塩気のあるにおい。ランプに照らされた水面は、揺らぎながら嵩を増していく。

【鑑定】海水。塩分と微量の金属とエーテルを含む。

レオンハルトが座ったままのリゼットを抱え上げる。

「急いで階段まで戻ろう」

「っておい、ゲートは？」

「あんなもの、信用できない。どこに繋がっているかわかったものじゃない！」

レオンハルトとディーが言い合いながら走り出す。

リゼットはレオンハルトに抱えられたまま、食べることに専念した。少しでも早く魔力を回復させないと、魔法も使えない。

水位は更に上昇していき、足首までだった水は既に脛まで来ている。

（この階層を水に沈めるつもり……？　もしかして、ダンジョンごと？）

海水が満ちてくる中を走るうちに、階段が見えてくる。ディーの的確なルート選択の賜物だ。

水は既に腰まで来ていた。もう少しで階段に飛び込める――その直前で、床が抜けた。

――落ちる。足元が消え、周囲の壁が消え、階段が遠ざかる。下では深い深い穴と暗闇がリゼットたちを待ち構えている。

（ダンジョンを、作り変えた――？）

リゼットは強くレオンハルトにしがみつく。

落ちながら見えたのは、ドラゴンだった。巨大な青いドラゴンが、太陽のような眼で暗闇からこちらを見ている。その全身は銀の鱗で覆われ、背には巨大な鱗が盾のように連なっていた。

――なんて。なんて美しいモンスターなのだろう。

【鑑定】リヴァイアサン。海の竜王。鱗はいかなる武器も弾き返す。海を自在に操る。

漆黒の大波が何もかもを呑み込んで、リゼットたちは海に沈んでいった。

◆◆◆

闇の世界に光が迸る。夏空の青に薔薇の赤、南国の緑にレモンの黄色。極彩色の光が飛び交う世界で、リゼットは言い争う声を聞く。

『フレーノ。このままでは使い手が死んでしまう。お前の力を貸せ』

『いやです。ルルドゥお姉様は本当に偉そうで真面目でいやです』

『我がどうとかは、いまは関係なかろう！』

『関係あります』

火の女神ルルドゥと水の女神フレーノの姿が見える。二人は向き合い、お互いに怒っていた。ルルドゥはフレーノに掴みかからんばかりで、フレーノは腕組みをしてそっぽを向いている。

『ルルドゥお姉様は本当に卑怯。使い手の知らない間に一体化しようだなんて』

『こやつにいま死なれると困るのだ！　しかもこんな、ダンジョンの奥で！』

先ほどは仲良く並んで日記を読んでいたのに、いまは喧嘩している。

（普通の姉妹とはこんな感じなのかしら）

リゼットにも腹違いの妹がいるが、こんな関係性ではなかった。少し羨ましく思った。

それにしても二人はよく似ている。火と水という正反対の属性だが、雰囲気が似ている。これが神族というものなのだろうか。何を言い争っているのかは、いまいち頭に入ってこない。

『世界の均衡が崩れてもいいのか！』

『ルルドゥお姉様は焦りすぎです。これはそこまで急を要する事案ではないのです』

ルルドゥの剣幕にもフレーノは一歩も引く気配はない。冷静に言い返す。

ふっと、ルルドゥの纏う炎が落ち着く。静かに燃える熾火のように。

『だが……だがお前も、地上に戻りたいのだろう？　母神に会いたいのではないのか。そのためにダンジョンを出ようとしていたのであろう？』

フレーノはルルドゥの問いに答えない。無言のまま、傷の痛みを我慢しているような表情で、すっとリゼットの前にくる。

『――人の子よ。母の子よ。あなたの意志はどうなのです』

水の瞳がまっすぐにリゼットを見つめる。

それはリゼットの心の中を映す鏡のようだった。

『人が神の力を得る。これはとても恐ろしいことですよ。あなたが支配できなければ、力があなたを支配する。それに抵抗し続けるのは生半可なことではありません』

フレーノはリゼットの未来を案じ、覚悟(かくご)を聞いている。

『この先あなたを待っているのは、ここで死んでいた方が良かったと思える苦難ばかりでしょう。ここで終わっていた方が、あなたにとっても幸せです』

「そうは思いません」

リゼットははっきりと自分の意志を口にした。ここで諦めてしまえば、レオンハルトとディーも道連れにしてしまうかもしれない。それだけは受け入れられない。

「どんな困難な道だとしても、私は前に進みます。だって、進んでみないとわかりませんから」

そこに何が待っているのか。どんな出会いがあるのか。どんなモンスターがいるのか。

もっと見たい。もっと知りたい。この世界をもっと。

そして――あのドラゴンの――……

「とにかくいまは――リヴァイアサンを食べるまで死ねません‼」

落ちるときに見た、巨大で美しい海のドラゴン――リヴァイアサン。海の竜。そう、海の。リゼットは海産物が大好きだ。いったいどんな味がするだろう。どんな調理法がいいだろう。海産物なのだから、煮(に)ても焼いても揚げてもおいしいはず。

『こ、これが、ヒューマン……なんて強いのでしょう……さすが母神がつくられた人……』

フレーノは雷(かみなり)が落ちたかのような衝撃(しょうげき)を受けていた。

『この者が特別、特別だがな』

ルルドゥが呆れたように肩を竦めていた。

◆　◆　◆

コポコポと弾ける空気が全身を包む。生ぬるい水が肌を撫でていく。何も見えない暗闇で、上も下もわからない。それが何故かひどく安心できた。このままどこまでも落ちていってしまいたくなる心地よさだった。

微睡むリゼットを誰かが引っ張っている。あまりの強引さに苦しさすら覚えるほど強く――上へ。

「――ぷはぁっ」

――海面。水中から引き揚げられ、水の圧迫感から解放されたリゼットは、塩水を吐き出して新鮮な空気を胸いっぱいに吸い込む。

水の中から引き揚げてくれたのはレオンハルトだった。レオンハルトはリゼットを後ろから抱きかかえながら、水の中を泳いで移動していた。

「ほら、こっちだ！」

ディーが近くを浮いていた金属の筒につかまりながら、レオンハルトに手を伸ばす。レオンハルトがその手を取り、先にリゼットを筒につかまらせた。

中が空洞の金属筒は浮力が強く、つかまっても沈むことはなかった。

「あ、ありがとうございます……お、おふたりとも、泳ぎもできるんですね」

「そーいうのは後。クッソなんだよあれ。ダンジョン全部水没させる気かよ」

ディーは周囲に漂う金属筒を寄せてきてはロープでくくり、イカダを作っていた。レオンハルトに押し上げられて、リゼットもその上に乗る。

「あれはリヴァイアサン。海のドラゴンだ」

言いながら、レオンハルトも水から上がってくる。

「またドラゴンかよ！　どんだけドラゴンづいてんだよ」

その間にも水量はどんどん増していき、荒れた水面は波を打つ。上からも滝のように水が落ちてくる。しかもあちこちから物が流れてきてぶつかりそうになる。

そして海のドラゴン——リヴァイアサンが海面に首と背中を出して、太陽のように輝く眼でリゼットたちを見ていた。その頭部の隣には、フォンキンが浮かんでいる。

「まったく。小生のかわいいかわいいかわいいダンジョンを荒らしおって……ここまで来た冒険者は初めてだぞ。まったく、度し難い」

高みから海面のリゼットたちを見下ろし、憎々し気に言う。

「めちゃくちゃに荒らしてるのはお前だろーが！」

ディーが力の限り叫ぶがフォンキンの耳には届いていない。

フォンキンはにやにやと笑いながらリゼットを見ている。リゼットだけを。

「ほれほれ、見せてみなさい。聖遺物の使い手よ。火の女神ルルドゥの髪を持つ者よ。水の女神フレーノの涙を持つ者よ。それだけあっても無力な者よ。——髪、所詮は髪。涙、ただの涙。聖遺物といえども切れ端よ。我が妻の敵ではない」

興奮した早口で楽しげに語り、誇らしげに胸を張る。

「妻って……まさかあのドラゴンかよ」

ディーが乾いた声で呟く。リヴァイアサンは嬉しそうにフォンキンに頭を撫でられていた。

「純愛っぽいですね」

「マジかよ……世界は広いな」

水面がうねり、イカダが揺れる。

リヴァイアサンの周囲の水が盛り上がり、高い白波となってリゼットたちに押し寄せた。


【聖盾】

魔力防壁が圧し掛かってくる大波を防ぐ。イカダは守られたが、波が落ちてきた影響で周囲の水面が大きく揺れた。その余韻が消えないうちに、また大波が押し寄せてくる。

圧倒的な暴力の連続に、リゼットは歯噛みする。火魔法で水を蒸発させるにしても、すべてを凍らせるにしても、壁に大穴を開けるにしても、魔力が足りない——対抗できない。

「《シルフィード》‼」

上方から精悍な声が響く。その声に応えるように竜巻のような風が起こり、大波をリヴァイアサンの頭上にまで跳ね返した。

「ケヴィンさん——？」

水の影響のない高所で、金属筒の根を足場にして立つケヴィンが誇らしげに笑う。

「言っただろ？　おれは伝説をつくる男だって。リヴァイアサン退治、結構じゃねえか！」

リヴァイアサンは鼻から白い煙を吹き出しながら、輝く目をケヴィンに向ける。

そして大きな口を開くと、炎のブレスを吐き出した。

「うわっとぉ⁉」

ケヴィンは風魔法で空を飛ぶように移動する。それまでいた場所がブレスの高熱で溶ける。

リヴァイアサンはブレスを吐き続けながら、逃げるケヴィンを追って頭を横へ向けていく。その時、一本の矢がリヴァイアサンの太陽のように輝く左目を射た。

ダンジョンを揺るがすような悲痛な叫びと共に、ブレスが止まる。

「――ふん。魔眼を失ったくらいで、モンスターに後れは取らない」

上にいた、左目を包帯で覆ったユドミラが、冷静に次の矢を番える。

「害獣どもめ……やはり害獣は見つけたときに駆除すべきだった……！」

フォンキンは怒りに震えながら、リヴァイアサンの目に刺さった矢を引き抜く。しかし目に宿っていた太陽のような輝きは戻らない。

リヴァイアサンの声が止み、訪れたのは静寂だった。――波が、静かに引いていく。海水がリヴァイアサンに向かって吸い寄せられて、渦を巻いていく。

イカダは壁の金属根にツル製のロープでしっかりと括り付けられているが、引き波で大きく揺れて振り落とされそうになる。

【水魔法（超級）】

「凍れ！」

リゼットはイカダの周囲をがっちりと凍らせて、壁の金属根と一体化させる。

「リゼット、もう大丈夫なのか」

「はい。海水には微量のエーテルが含まれていますから。海水でむしろ助かりました」

肌に触れる海水から少しずつ入ってくるエーテルと、食べたモンスター料理のおかげで。

「吸い取ってたのかよ。ますます人間離れしてきてるなお前」

その間にも渦は勢いを増し、水と浮遊物を吸い寄せてすり潰していく。唸るような水音と、潰されていく金属筒の音が何重にも重なって響く。このままではリゼットたちも遠からず巻き込まれる。

【水魔法（超級）】

「凍れ！」

氷が削られる前に補強しながら、リゼットは気づいた。

「水の増加が止まってきています。目に受けた矢で、リヴァイアサンの力が弱まっているのかも」

水嵩が増す速度が衰え、上から流れ落ちてくる滝も細くなっている。

「ンなこと言ったって……あんな暴れ川みてえなドラゴン、どうやって倒すんだよ」

「リヴァイアサンの鱗はあらゆる武器と魔法を弾く」

「もう少し希望が持てること言え」

「鱗のない場所を狙うしかない」

レオンハルトの視線が遥か上──リヴァイアサンの頭部に向く。

ユドミラの矢はリヴァイアサンの目に刺さった。もうフォンキンによって手当てされていたが、攻撃が通じることは証明されている。

「わかりました。道をつくります。援護も任せてください」

リゼットが言うと、レオンハルトが自信ありげに頷く。リゼットは微笑み、杖を握った。

「では参りましょう」

再び大波が来る。リゼットたちを呑み込んで沈めるための、いままでで一番大きな波が。


【水魔法（超級）】

「凍れ‼」

リゼットは海水をすべて凍らせた。海面も、海中も、波も。

渦は渦の、波は波の姿のまま、何もかもが白く凍てつき、一つの氷塊となる。

リヴァイアサンも水中に存在する部分──身体の半分以上を氷で固められて動きが止まった。

「馬鹿な……なんという魔力だ……」

フォンキンの声には、驚きと畏怖が滲んでいた。


【土魔法（中級）】【魔法座標補正】

「ストーンピラー！」

リゼットは近くの壁から石柱を生やす。ひとつではなく、少しずつ上と横にずらして何段にも。

それは階段となり、レオンハルトがそれを駆け上がっていく。恐ろしいほどの速さで。

リゼットは最後の一段をリヴァイアサンの頭上に向かって長く伸ばす。レオンハルトは最後の一段を駆け抜け、跳んだ。

氷漬けにされたリヴァイアサンは動きが鈍っていた。レオンハルトは勢いのままに、両手に握った剣を、大きな右目――その奥深くにまで突き立てる。

リヴァイアサンが、大きく口を開けて絶叫する。

レオンハルトが剣を引き抜くと、煮えたように湯気立つ血潮が噴き出した。

「アルティメットブレイズ‼」

【火魔法（神級）】【敵味方識別】【魔法座標補正】

閃光がリゼットの周囲にいくつも生まれ、指し示した先――リヴァイアサンの頭部に殺到する。

神炎の槍はリヴァイアサンの頭蓋と口腔で破裂する。爆ぜる炎と共に頭が吹き飛び、巨大な頭が氷の上にぼとりと落ちた。

頭を失ったリヴァイアサンの長い首が、ゆっくりと前に倒れる。同時に、部屋を満たしていた氷――海だったものが消えていく。まるで海自体がリヴァイアサンの身体の一部、命の一部であったかのように、命の終わりと共に霧のように消えていく。

水の支えを失ったイカダが大きく傾斜し、乗っていたリゼットたちは為すすべなく滑り落ちる。

――このままでは下に叩きつけられる。

（水が――）

あの美しいドラゴンが生み出したような、水が。海水が。海があれば――


【水魔法（超級）】

「――リヴァイアサン！」

リゼットは本物の海を知らないが、理想の大海原はいつも胸の奥にある。その姿を思い描き、大量の水を生み出す。消えた海水の代わりに広大な空間を埋めるために。

しかし、この空間を満たすには魔力が足りなかった。これでは落下の衝撃も受け止め切れない。

「《シルフィード》‼」

ケヴィンの風魔法が落ちるリゼットを包み込む。レオンハルトもディーも魔法の風に包まれて、落下スピードががくんと落ちる。

落ちながら自らの生み出した水面を眺め、リゼットの身体がぶるりと震える。――寒い。

海水で濡れたところに氷の冷気を受け、身体が芯まで冷え切っていた。――とても、寒い。


【火魔法（神級）】

「お湯になってくださーい‼」

ゆっくりと、着水する。身体を包み込む水は適温で、冷えた身体を優しく温めてくれる。リゼットは心地いい温度に包まれながら水面に浮かび、ほっと目を閉じた。

「やっぱり、お風呂ってすてきです……」

「この状況で風呂作るの、お前くらいだよマジで」

しばらく温まりたかったが、湯はダンジョンの岩の間に染み込んでみるみる嵩が減っていく。すぐに足がつくほどの水位となり、リゼットは残念に思いながら立ち上がる。

見渡すと、全貌を現したリヴァイアサンの巨体と、それを見上げるレオンハルトの背中が見えた。

「レオン――」

名前を呼ぶと、レオンハルトは我に返ったように振り返る。その全身は血まみれで、顔や口元にも血の跡があった。

「レオン、血が……」

「――ああ、これは返り血だ」

「まーた男前になってんじゃねーか。にしても何ボケっとしてんだよ。二匹目でも感慨深いのか？」

――ノルンのツインヘッドドラゴンに続いての、二回目の竜殺し。

「そうだな。この感覚はきっと、何度経験しても慣れないと思う」

笑っているが、血に濡れた手は微かに震えていた。寒さでも、恐怖でもなく、きっと高揚で。

リゼットはレオンハルトの顔や身体に着いた血を浄化魔法で綺麗にしていく。彼がここまで返り血を浴びるのも珍しい。それだけ接近したのだろう。

「あまり無茶をしないでください」

「大丈夫。怪我と折れた骨はもう治した」

「それは大丈夫ではありません。お願いですから、あまり無茶をしないでください」

道を作ったのも、無茶をさせたのもリゼットだ。本当は自分が言えることではないのだが。

レオンハルトは誰かを守るためになら、敵に打ち勝つためになら、躊躇いなく困難に飛び込んでいく。その姿は勇ましいが、危うさもある。いつか取り返しのつかない怪我をしそうで怖い。

「無理なら無理ってちゃんと言ってください」

「君が信じてくれるなら、俺はなんだってできる」

優しい声と眼差しが、リゼットの奥に響く。

「心配させてごめん。次からは気をつける」

「……約束ですよ」

「ああ、約束する」

顔が熱くなって、胸が熱くなって、リゼットは思わず俯いた。

「――なあ、フォンキンはどこ行ったんだ？」

ディーの言葉に、リゼットは目を瞬かせて辺りを見回す。

「えっ？　あ、そういえば。いつの間にかいませんね」

「……気づかなかった。リヴァイアサンに夢中で」

「逃げたか。妻だのなんだの言って、一番かわいいのは我が身ってわけだ……ヘックシッ」

「おーい、そのままだと風邪（かぜ）ひくぞっと――」

上から柔（やわ）らかい風が吹き、リゼットたちを包み込む。繊細な風が優しくリゼットたちの周囲を踊（おど）り、濡れていた服や髪を乾かした。

上にいたケヴィンとユドミラが風に乗って降りてくる。

「ケヴィンさん、ユドミラさん。助けていただいてありがとうございます」

「お役に立てたなら幸いです」

ユドミラが頭を下げる。

「元々帰還ゲートに行くつもりはなかったんだな」

レオンハルトが言うと、ケヴィンは笑って頭を掻（か）いた。

「足引っ張りたくはなかったからな。少しでも手助けできたのなら光栄だ」

「律儀（りちぎ）なやつらだな」

ディーが呆れたように言う。

「では、皆（みな）でリヴァイアサンを食べましょう！」

全員無事に揃（そろ）ったところで、リゼットはリヴァイアサンを見上げる。大きい。とにかく大きい。頭も身体も。何百人分もの食料を賄（まかな）えそうなほどの量がある。

「……マジで食うのかよ」

「ここで食べずしてどうします！　リヴァイアサンを食べる機会なんて、きっとここだけです！」

「他にあってたまるか！」

「――俺は、すごく興味がある。ドラゴンステーキはうまかった。きっとこのリヴァイアサンも」

レオンハルトは興味津々といった様子でリヴァイアサンをじっと見上げる。

「……毒されてやがる。もう手遅れか」

「心配しなくてもリヴァイアサンは食べられるモンスターだ。伝説にも、リヴァイアサンの肉を食べたという記述がある」

「まあ、それは楽しみです。伝説と同じものが食べられるなんて」

なんてロマンのある話だろう。うっとりとするリゼットの前で、ケヴィンが颯爽と踵を返す。

「んじゃおれたちはこれで――」

立ち去ろうとするケヴィンを、ディーが後ろから捕まえる。

「遠慮すんなって。こいつの鱗とかそういうの、きっといい値がつくだろ？　オレたちじゃ回収しきれねえし、無駄にするのももったいねえ。な？　分かち合おうぜ。もちろん肉も」

「……こんな伝説つくりたくねえぇ……」

「往生際が悪ぃぞ。とはいえどうやって解体するんだこれ。どんな武器も通さねえんだろ？」

「簡単です。鱗を剥がせばいいんです」

リゼットは包丁を取り出し、手近な鱗の端に包丁を引っかける。隙間に包丁を潜り込ませ、ゆっくりと中に入れていく。ペキッと氷が割れるような音がして、透明な鱗が一枚剥がれた。

「こうやって――ほら。魚の鱗を取る要領で」

「おおー！」

ケヴィンが歓声(かんせい)を上げ、槍を手にリヴァイアサンに近づく。

「ってことはこうすれば――」

槍の背を当て、旗でも振るかのように大きく左右に振る。鱗がすごい勢いで飛び散った。

「うっへー！　すっげえ取れる！　すっげえ気持ちいい！」

「やめろ飛んでくる！　ゆっくりやれ！　それでも大人か！」

「いいこと教えてやる。大人ってのはな、ガキなんだよ！」

ケヴィンは満面の笑みで取れた鱗をまじまじと見つめる。

「こりゃすげえな。軽くて丈夫で、柔軟性(じゅうなんせい)も強度もある。防具の材料として理想的だ」

レオンハルトはリヴァイアサンの背びれを真剣な眼差しで見つめていた。

「この背びれも、取り外せれば盾の素材として使えそうだ」

ユドミラはリヴァイアサンの頭部――その口元をじっと見ている。

「私は――もしよければ髭(ひげ)をいただきたい。弓の弦(つる)に使ってみたいのです」

「ええ、お好きなだけどうぞ」

ユドミラの表情が子どものように輝いた。

「よしよし。こんだけ受けがよけりゃ、かなりの値段で売れそうだな」

ディーが金勘定(かんじょう)をし始め、リゼットも頷く。

「はい。持って帰れるだけ持って帰りましょう」

リヴァイアサンは海のドラゴン。ドラゴン素材は高く売れる。山分けしても一財産が築けそうだ。

解体はスムーズに進み、肉が順調に切り出されていく。体表近くの肉は、透明感のある白い肉だった。外観や感触(かんしょく)は白身魚とよく似ている。

リゼットはさっそく料理を進める。生で食べたいところだが、生食は怖い。まずはシンプルに塩と香辛料(こうしんりょう)を振り、切り身の一部を串にさして火の周囲に挿す。

それとはまた別の切り身に、ヤマイモでつくった粉を纏わせ、フライパンでバターを使って焼く。

「できました！　リヴァイアサンのムニエルです！」

全員の分を用意してから、火を囲んで座る。

「それでは、いただきます」

ダンジョンの恵(めぐ)みに感謝しながら一口食べる。その瞬間、強い旨味(うまみ)が口の中に溢(あふ)れ出した。

「これがリヴァイアサン……あっさりしているのに旨味があって、ぷりぷりしていて……おいしい」

やっぱり海産物に間違いはない。リゼットは夢中でリヴァイアサンを味わう。

「これが海のドラゴンの味か……リヴァイアサンを食べられる日が来るなんて思ってなかったな」

レオンハルトは感慨深そうに言う。

「意外と魚と変わんねえのな。あー、この皮、特にうめえな」

ディーは皮が気に入ったようだった。皮は意外と薄く、脂(あぶら)が乗っていて、焼くとカリカリとしていて確かにおいしかった。

「なんでこんなにうまいんだ？　ドラゴンだからか？　深層だからか？　おかわり！」

ケヴィンは不思議そうに、しかしすごい勢いで食べていく。ムニエルのおかわりを食べながら、焼

けたばかりの串焼きも食べ始める。

「魚……」

ユドミラはしばらく険しい表情でリヴァイアサンを見つめていた。魚が苦手なのかもしれない。しばらく逡巡したあと、意を決したように小さく切った身を食べる。

「あっ……ああ……これが、この味が、リヴァイアサン……あの竜を食べているなんて……」

ユドミラは信じられなそうに身体を震わせながらも、食べる手は止まらない。

「とってもおいしいですが、だからこそ惜しいです……油があればフライができたのに」

リゼットが悔やんでいると、レオンハルトが苦笑する。

「地上に戻ったら油を買おう。小麦粉も」

「はい、もちろん。リヴァイアサンフライに、パイアカツレツ……とても楽しみです」

パンに挟んで食べたらどれだけおいしいだろう。想像が止まらない。

「兜焼きの方もそろそろできそうですね」

リヴァイアサンの頭を見る。頭の方は解体前から、火で囲んでじっくりと焼いていた。

元々火魔法で吹き飛ばしていたためかなり火が入っていたが、念のためにじっくりと焼いてある。

ユドミラの矢に塗ってあった毒は加熱で無毒化するというのも確認済みだ。

「お前のセンスにはホント脱帽するよ」

ディーがムニエルを食べながら呆れたように言う。

リゼットは意気揚々とナイフとフォークを兜焼きに向ける。

「それでは、いただきます！」

『……わたしを食べないでください』

か細い声が、新境地に向かおうとしていたリゼットを押しとどめた。

次の瞬間、リヴァイアサンの兜焼きの上に、少女が現れる。

繊細なガラス細工のように美しく、透き通るように肌の白い少女——水の女神フレーノが。

以前に見たときは半透明だったが、今度は実体があるかのように存在感があった。フレーノは空中をふわふわと漂い、身体に流水を纏って、やや幼い表情でリゼットを見つめていた。

『…………』

女神は何も語らない。一言も発さずに消えたかと思うと、兜焼きの後ろからまた現れる。現れては消えて、何か言いたげにリゼットを見ている。まるでこちらの様子を窺っているかのようだ。

リゼットはナイフとフォークを置き、フレーノと向き合った。

「私はリゼットと申します。あなたは？」

相手の名前は知っていても、自分たちはまだ名乗りも挨拶もしていない。リゼットは最初から仕切り直すことにした。

『……フレーノですの……』

小さな声で名乗る。その瞳はじっとリヴァイアサンの兜焼きを見ていた。

リゼットは考える。彼女の望みはなんだろうか。どうして姿を現したのか。

リヴァイアサンを食べたいのだろうか——いや、フレーノは先ほど「わたしを食べないで」と言った。もしかすると、ラミアの中にフレーノが入っていたのと同じように、このリヴァイアサンもフレーノなのだろうか。

その時、焼けて白くなったリヴァイアサンの左目の中から、青い宝石がころころと転がり落ちる。

『わたしの眼です』

淡い青の輝きがリゼットを見つめていた。

「これが、あなたの一部なのですね」

『はい……とても悩みました。悩みましたが……わたしはやっぱり外へ出たいのです』

──外に出たい。その気持ちはリゼットにもとてもよくわかった。

『もう一度母の光を、母の姿を見たい……この子と共に、地上へ行きたい……』

フレーノは自分の胸に手を当てる。そこには微かな光がある。いまにも消え入りそうな儚さで。

リゼットの左目──『水女神の涙』が宿る場所から自然と涙が零れ落ちる。

そして、理解した。フレーノの中にある光は、あの幼いラミアの魂の一部なのだと。

「ひとつだけ教えてくださいますか？　あの小さなラミアは、あなた自身だったのでしょうか？」

ずっと抱いていた疑問を問いかける。

フレーノに平伏しているユドミラの全身から、どっと冷や汗が噴き出す。

『わたしでありわたしではないのです。元々のあの身体の持ち主と、わたしの目的が同じだったから、引かれあって、混ざってしまいました。念のため言いますが、断じてスライムではありません』

「レオンお前、恨まれてるぞ」

「いや、その……悪気はなかったんだが……すまなかった」

『ふふふ。とても楽しかったから、許します』

フレーノは無邪気な少女のように笑う。

「わかりました。フレーノ、一緒に地上へ行きましょう」

『ありがとう、リゼット』

フレーノの姿が消える。水の女神の眼球だけを残して。

リゼットはそれに手を伸ばした。気を強く持って触れれば、涙のように勝手に入ってくることはなかった。手のひらに乗せたそれは、どこかあたたかい。そして――美しい。

リゼットはユドミラとケヴィンに、フレーノの眼球を乗せた手を差し出す。

「おふたりは聖遺物の回収に来られているんですよね」

「いやいやいやいや‼」

ケヴィンは首をぶんぶん横に振る。

「女神の望みは外に出ることのようです。私じゃなくても大丈夫でしょう」

「いやいやいやいや」

激しく首を振り続ける。断固拒否の構えだった。

リゼットはユドミラの方を見たが、ユドミラは真っ青な顔でゆっくりと首を横に振る。

「受け取れません。私やケヴィンが手にしても、この大地に還るだけでしょう。それに……」

儚げな表情で、青の輝きを見つめる。

「いまの私には、それは……眩しすぎます」

◆　◆　◆

結局その後、フォンキンが姿を現すことはなく、下へ続く階段が現れることもなかった。

帰還ゲートは無事に現れたので、リゼットたちはリヴァイアサンを食べられるだけ食べて、素材を限界までアイテム鞄に詰め込んで、帰還ゲートに入って一階のホールに戻る。ダンジョンの内と外を繋ぐ階段は、差し込んでくる眩い光で照らされていた。

祈るような気持ちで一段ずつ階段を上る。そして、何にも阻まれることなく外に出る――

「うおー‼　外だーー‼　空気がうめえええええ！」

ディーの歓喜の声が青空に響く。

澄み切った青い空に、のんびりと浮かぶ白い雲。ゴブリンの巣があった大穴に、広がる緑の森。あたたかい金色の日差しに、少し冷たくも爽やかな風。

懐かしい感覚に胸がいっぱいになり、身体の奥から震えがくる。空を仰ぐと自然と目から涙が零れ落ちた。それがリゼットの涙なのか、フレーノの涙なのかは判断できなかった。

解放感と心地よさに酔いながら、深く深く息を吸い込む。土の香り、森の香り、花と太陽の香り。

全身が生き返ったような感覚だ。

「――リゼット様、もう一度聖遺物を見せていただいてもよろしいでしょうか」

「あ、はい」

ユドミラの頼みに応じて水女神の眼球をアイテム鞄から取り出し、リゼットの手のひらに乗せて見せる。ユドミラはそれに触れようとはせず、淡い青の輝きと、リゼットの顔を交互に見つめた。

「やっぱり持っていきますか？」

「いいえ……いままで聖遺物をダンジョンから回収できても、地上に着いた途端に我らの手を離れ、大地に戻ってしまいました。あなた様だけが地上に留めることができている……それこそが、あの方の望まれている力です」

ユドミラがリゼットの前に跪く。

「どうかその力を世界のためにお役立てください。どうか、本山へ」

「ユ、ユドミラさん……私でなくても、聖女なら聖遺物を受け入れられます。私はこの通り、聖女の役目を放棄してしまった人間ですので――」

「いいえ。聖女であるだけでは聖遺物を受け入れることはできません」

「……えっ？」

リゼットはケヴィンを見る。嘘をつかないことを約束してくれているケヴィンは、無言で頷く。

「女神に認められし真の聖女だけが、聖遺物とひとつになるという奇跡を可能にできるのでしょう」

「ちょ、ちょっと待ってください！　ルルドゥは、聖女は聖遺物を受け入れられると――」

「その声こそがあなたが特別な証。女神に聖遺物の持ち主として認められた証です」

慌てるリゼットとユドミラの間に、レオンハルトが割って入ってくる。

「女神ルルドゥは、聖遺物は巨人を封印するための杭だと言った。聖遺物が地表に戻り、その力が発揮されるなら何も問題ないはずだ。君たちの事情はリゼットには関係ない」

レオンハルトに強く言われても、ユドミラは立ち上がろうとしない。リゼットが助けを求めてケヴィンを見るが、ケヴィンは目を閉じて首を横に振る。自分には説得できないとばかりに。

「ユドミラさん、立ってください。私は一介の冒険者ですし、本山なんて恐れ多いです」

「ご謙遜を。ではどうして聖遺物を回収なされているのですか？」

「え、ええと、流れで？　ダンジョンに入ったら自然と集まってきたというか……とにかく、私は自由に冒険をしたいだけなんです！」

知らなかったものに触れ、見たことのない景色を見て、多くの物語を聞き、おいしいものを食べたい――世界を知りたい。冒険をしたい。

リゼットが望むのは自由だけだ。これだけは譲れない。

「……そう、ですか……それが、リゼット様のお望みなら仕方ありません。ではいつか、女神フレーノ様の聖遺物を本山にまで運んでいただけませんでしょうか」

リゼットは少し考え、手のひらのフレーノを見た。

「はい。彼女が本山に行くことを良しとすれば。それまでは一緒に世界を見て回ろうと思います」

「わかりました」

ユドミラが承諾してくれたことにほっとして、リゼットはアイテム鞄に聖遺物を戻す。

「リゼット様は、これからどちらに向かわれるのですか？」

「ここから西にあるランドールに行きます。黄金都市ランドールに、バカンスに」

楽しみで自然と笑顔が浮かび、声が躍（おど）る。

「はっ？　ランドール？　人工ダンジョンに行くつもりなのか？」

ケヴィンが驚きの声を上げる。

「人工ダンジョン？　なんだそりゃ？」

ディーがリゼットの抱いた疑問を口にする。

「錬金術師（れんきんじゅつし）のつくった客寄せのアトラクションだ。とはいえ中身はかなりの本格派らしいが」

「まあ。そんなものが……世界は本当に広いですね」

アトラクション扱いされているからには危険度は低いだろう。慣れていない冒険者や一般人（いっぱんじん）もダンジョンというものを経験できるのなら、それはとても有意義な施設に思えた。

「あそこには聖遺物がないからスルーでいいと思うがね」

「ますますいいじゃねえか。あれがあるダンジョンとか、厄介（やっかい）ごとに巻き込まれる予感しかねえよ」

ディーが肩を竦める。

「人工ダンジョンですか……ふふ、楽しみです」

「潜るつもりかよ……」

ディーが口元を引きつらせる。

「よく食べてよく休み、ダンジョンも探索する。すべてやってこそ冒険者というものです」

「お前の冒険者像って自由だよなぁ」

リゼットは頷く。リゼットにとっての冒険者像は祖母だ。自由な人だった祖母を、リゼットは心から尊敬している。

「ま、行くなら気をつけてくれ。——相棒、そろそろ行こうぜ」

ケヴィンがユドミラの腕を引いて立たせると、ユドミラは渋々（しぶしぶ）ながらも歩き出した。平和な陽光の中、ゴブリンの巣があった大穴の縁（ふち）をぐるっと回ってダンジョンから離れていく。

「んじゃおれたちは、この辺で。元気でやってくれよ」

大穴を通過して森に入り、街道（かいどう）が遠くに見えてきたところでケヴィンが言う。リゼットたちは西に向かうが、ケヴィンたちが目指す方角は違うようだ。

少し寂（さび）しいが別れを言おうとしたとき、ユドミラがレオンハルトを見上げる。

「少しいいでしょうか」

「……俺に？」

「はい。あなたにお話ししたいことがあります。手短に済ませますので」

レオンハルトは少し考えてから。

「わかった。ふたりとも、少し待っていてくれ」

「ありがとうございます。では、こちらへ——」

ユドミラは森の奥にレオンハルトを連れていく。誰にも聞かれたくない話なのだろう。リゼットはモヤモヤしながら二人の背中を見送った。なんだろう、この感情は。

「気になるなら追いかけろよ」

「いえ、そんなわけには……」

「おいリゼット。冒険者は行動あるのみだぜ」

「それはそうですが、大事な話でしたら邪魔（じゃま）をするわけには……」

「よし、ここはまだダンジョン領域みたいだし、お兄さんが気配を断（た）つ術をかけてあげよう。これでユドミラにだって見つからないぜ」

「さっすが審問官（しんもんかん）」

「——いいえ。お気持ちだけで」

気配を断つ魔法をかけてもらったとしても、見つからずに接近するのは無理だろう。

ユドミラは狩人（かりゅうど）だ。いまは怪我を負っているが、獲物（えもの）を発見する嗅覚（きゅうかく）は研（と）ぎ澄まされているだろう。レオンハルトは勘（かん）が鋭（するど）く気配に敏感（びんかん）だ。そしてリゼットは二人より少しばかり——かなり——鈍い。魔法で気配を隠（かく）したのに見つかるのは、普通に見つかるよりも恥（は）ずかしい。

「——行くなら堂々と行きます」

リゼットは覚悟を決めて二人を追う。できるだけ不自然にならないように気をつけて、森を歩く。

だが、少しも進まないうちに足が止まってしまった。

リゼットの中で逃げたい心と近づきたい心がせめぎ合い、一歩も動けなくなる。

——やはり、やめた方がいい。秘密の話を部外者が聞くべきではない。踵を返したそのとき——

「リゼット、何かあったのか？」

「ひゃあっ！」

変な悲鳴が上がり、心臓が口から飛び出しかける。激しく脈打つ心臓を押さえながらゆっくり振り返ると、奥から出てきたレオンハルトと目が合う。リゼットに気づいて戻ってきたようだ。

「い、いいえ、何も。ごめんなさい、すぐ戻ります。お邪魔しました……」

逃げようとしたところを、腕を握られて引き留められる。

「――よかったらいてほしい。君も構わないだろう？」

奥の木陰にいるユドミラに声をかける。ユドミラは頷く。わずかに笑っていたように見えた。

「では改めて。――レオンハルト様。あなたが私を蘇生（そせい）してくださったと聞きました。お礼をさせてください」

腕を握られたまま話が進行し、リゼットは戸惑いながらも黙って聞く。

「ダンジョンの中ではお互い様だ。完全に治せたわけでもない。話がそれだけなら――」

レオンハルトが不快そうに眉を顰めると、ユドミラは包帯に覆われた左目を押さえる。

「この目に宿っていた魔眼で見えました。魔眼は、過去を見て、未来を予知する一種のスキルです」

「あなたの【竜の血】――」

「……どうして俺のスキルを知っている」

「未来予知……？」

リゼットが首を傾（かし）げると、ユドミラが顔を赤らめる。

「お、おっしゃりたいことはわかります。これはまったく万能（ばんのう）ではなく、自分の未来は予知できませんし、先のことになるほど精度も高くありません。それに……女神に関することは、ほとんど見えないのです。そのせいで、リゼット様には大変な失礼を……」

「……それで？」

レオンハルトが続きを促す。

「失礼を承知で言います。もうドラゴンを倒すのはやめておいた方がいいでしょう」

ユドミラは真剣な声で、眼差しで、言う。

「ヴィルフリート……邪竜を倒し、その上に国を建てた竜殺しの英雄。ヴィルフリートは邪竜を倒すために聖竜の血を受け、その血は子孫に脈々と受け継がれている……」

「…………」

「聖竜の血は強大な力をもたらしますが、人の身には毒でもある。解毒の方法は、他のドラゴンの血を浴びることのみ。そして血を浴びた【竜の血】の持ち主は、王に相応しい強大な力を得ます。その力は、ドラゴンの血を浴びれば浴びるほど強まる――」

「随分と詳しいんだな」

魔眼で見たのか。女神教会が得ている情報なのか。それともエルフの知識なのか。

レオンハルトは否定しない。ドラゴンを討伐することがレオンハルトの一族の成人の儀ということはリゼットも聞いている。

（ドラゴンを倒せば倒すほど強くなれるなんて）

もしかするとレオンハルトは、リヴァイアサンの返り血をわざと避けなかったのだろうか。ドラゴンの肉も好んで食べていた。肉好きというだけでなく、身体が求めるのかもしれない。

リゼットは得心がいったが、何故か雰囲気が不穏になっている。

「強すぎる力は歪みを生みます。力を求め過ぎた過去の王の所業で、ヴィル国にはドラゴンがいなくなってしまった。ゆえに王族は短命を受け入れるか、何らかの手段でドラゴンの血を手に入れざるを得なくなった」

レオンハルトは何も言わない。その表情が、ユドミラの言葉が間違っていないと言っていた。

「あなたの【竜の血】も、これ以上強まれば継承戦争が起きかねません」

「国に帰るつもりはない。俺は王には向いていないし、兄と争う気もない」

「ですがリゼット様と共にダンジョンに挑み続ける限り、これからもドラゴンを相手にすることがあるでしょう。リゼット様の御名と奇跡が広まれば、同時にあなたの名と英雄譚も広まります。ヴィル国の民は、より強く、英雄的な王を求めるのでは？」

レオンハルトが望まずとも、いずれ争いが起きかねないと、ユドミラは言っている。そうなる前にリゼットから離れた方がいいと。

――リゼットには何も言えなかった。

リゼットは仲間と契約を交わしているわけでもなく、同じ目的を掲げているわけでもない。

――一緒にいたい。同じものを食べて、同じものを見て、笑っていたい。

ただそれだけの理由で共にいる。ただそれだけの理由で、引き止めることはできない。

リゼットはレオンハルトに向けて微笑むべきだった。どんな決断も受け入れる、応援すると。だが、うまく笑えない。胸が詰まり、顔が上げられない。息が、うまくできない。

「どうぞ、これを。蘇生のお礼です」

ユドミラが取り出したのは、美しいガラス瓶に入ったルビーのような液体だった。

「ドラゴンの血です。ほとんどのモンスターにとって大変効果的な毒になりますので重用されます。もちろんあなたの力にしてもいいですし、どなたかに献上されても大変喜ばれるでしょう」

瓶が木漏れ日を受けて光る。リゼットは思わず鑑定してしまったが、中身は本物だった。

「それは受け取れない」

レオンハルトはあっさりとそれを断る。微塵の未練も迷いもなく。

ユドミラは驚いた顔をしていた。断られるのはまったくの想定外のようだった。

「蘇生料としては高すぎる。それに、俺が欲しいのはドラゴンの血でも、力でもない」

リゼットの腕を握るレオンハルトの手に、ほんのわずかに力がこもる。

「――俺は、守りたいだけだ」

――そのとき、少し離れた場所から恐ろしいほどの轟音が響く。大地が爆ぜ、空を引き裂かんばかりの音が。大地が揺れ、森にいた鳥たちが一斉に飛び立つ。

「な、なんでしょう?」

「ダンジョンの方角だ。急ごう、嫌な予感がする」

すぐに来た道を戻り、ディーとケヴィンと合流する。

「今度はなんだよ!? またダンジョンが地上に出てきたんじゃねーだろーな? 逃げるか?」

「戻りましょう。何が起こっていたとしても、見過ごせません」

ダンジョンからの異音や異変は、ダンジョン自体が大きな変化を迎えていることを示唆している。この付近には村がある。ダンジョンからモンスターが溢れ出せば、影響は甚大だ。急いでダンジョンの方に向かい、道を駆け戻る。

そして見えたのは、ダンジョンの入口があった岩壁に開いた、大きな穴だった。その中央に、小柄な人影が浮かんでいる。下半身は穴の影に隠れて見えない。上半身だけがぽっかりと浮かんで、白い日差しを浴びていた。

「フォンキンさん……」

戦いの最中に姿を消したフォンキンが、ダンジョンの外に出てきていた。憤怒の表情で。

「よくも小生のダンジョンを……我が妻ジョセフィーヌを！」

しわがれた声が、遠く離れたリゼットたちの耳をつんざく。

「……ジョセフィーヌは良き伴侶であった。穏やかで芯が強く、いつも小生を支えてくれた。花が好きで、編み物が得意な、普通の女だった……」

かつての日々を思い出しながら零れる声に、ディーが首を捻る。

「どう考えてもあのモンスターが普通の女には思えねーんだけど……？」

「同感だ。リヴァイアサンを妻だと思い込んでいるのか、思い込まされていたのか……」

「どちらにしても、ジョセフィーヌさんへの愛は本物です……」

いまのフォンキンは、愛する伴侶を失った悲しみと怒りに満ちている。

「病に伏して精霊に還った後も、小生の元へ戻ってきてくれたジョセフィーヌを……貴様らは――」

慟哭するフォンキンの目が昏く輝く。

「小生は……ダンジョンの、マスターである！　ダンジョンを――ジョセフィーヌを汚した貴様らは、皆殺しだ……！」

フォンキンの中にわずかに残っていた人間らしさと共に、岩壁が完全に崩れ落ちる。

壊れていく岩石の奥から現れたのは、灰色の巨大な獣だった。筋肉が異常に発達したずんぐりとした身体に、牛に似た――だが牛よりも顎が発達したハンマーのような頭。その額からフォンキンの上半身が生えていた。

【鑑定】ベヘモス。リヴァイアサンの対となる獣。骨と牙は鋼鉄のように硬く、超高熱の炎を噴く。

ベヘモスが顎を上げ、空に向けて炎を吐き出す。それは火山の噴火のように無数の火球となって、地上に降り注ぐ。

【聖盾】

真上から落ちてきた火球をレオンハルトが防ぐ。

火球は魔力防壁に弾かれると、更に細かく割れて周囲に灼熱の炎を広げる。

炎は強烈な異臭と共に激しく燃え上がり、木々を、森を、焼いていく。このままではすぐに一帯が焼き尽くされてしまうだろう。森で生きる生物も、付近で生きる人々の生活も。そして何もかも燃え尽きた後は、更なる破壊を求めて進んでいくのだろう。

ベヘモスの――フォンキンの怒りの炎は、すべてを滅(ほろ)ぼさんばかりの凄(すさ)まじさだった。

「ぐっ……」

続けて降ってきた火球を【聖盾】で受け止めたレオンハルトが、苦痛の滲んだ声を零す。

盾を掲げている左腕から煙が上がっているのを見た瞬間、リゼットの頭の奥が灼(や)き切れた。理性や恐怖、思考――自分の行動を縛(しば)るすべてが消える。

ユニコーンの角杖をしっかりと握り、守護の盾の中から出る。広がる炎の中を突っ切って、走る。

大穴の縁――対岸のベヘモスと向き合う位置まで。

【火魔法（神級）】【魔法座標補正】

「フレイムバースト！」

ベヘモスの立つ足場を破壊する。

巨体は滑り落ちるように釜(かま)の底――ゴブリンたちが生息していた大穴に滑り落ちていく。

【水魔法（超級）】

「フリーズランス！」

氷の槍でベヘモスを貫(つらぬ)こうとするが、厚い皮膚(ひふ)を貫くことはできず、崩れ落ちる。

「そのような子どもだましが効くものか‼　死ね‼」

火焔が空に打ち上がるのを見ながら、リゼットは冷静に考えた。いまの自分ではこの炎を受け止めきれない。べヘモスを貫けない。すべてを破壊しようとするフォンキンを止められない。

（これ以上、何も傷つけさせたりしない）

――貫けないのなら、貫く力を得るまで。

リゼットは水女神の眼球をアイテム鞄から取り出し、握りしめた。

――空で火焔が弾ける。無数の炎が落ちてくる。

「フレーノ、あなたの力を貸してください」

『もちろんです、聖遺物の使い手よ。あなたがそう決めたのなら、それが正しいのです』

スキル【聖遺物の使い手】により、聖遺物はリゼットの手から消えて、身体に取り込まれる。

――左目が熱い。涙がとめどなく溢れる。だが、ちゃんと見えている。

リゼットはあの美しいドラゴンを思い浮かべる。己の血肉となったリヴァイアサンを。

【水魔法（神級）】

「リヴァイアサン‼」

リゼットの前に大量の海水が生まれ、落ちてくる火球を包み込みながらべヘモスへ押し寄せる。白い泡と轟音を生み出しながら大穴を削り、炎もべヘモスも呑み込んでいく。

だがその巨体は簡単に沈められるものではなかった。

波に押し流されながらもべヘモスがリゼットに向けて口を開く。奥に炎の気配をまとって。

【水魔法（神級）】

「メイルストローム‼」

大規模な渦が穴の中で起こり、べヘモスの口内に大量の水が流れ込む。巨体も渦の勢いに流されるが、べヘモスは急流の中を器用に泳いで身体を浮かせている。波に呑まれながらも鋼鉄のような巨体はゆっくりと這い上がってこようとする。

べヘモスの額の位置にいるフォンキンは笑っていた。

リゼットは静かにその姿を見下ろし、杖を向けた。

フォンキンの顔が引きつる。伸ばされていた指が震えている。――まるで、悪魔に怯えるように。

「何故――何故、貴様は小生から何もかもを奪おうとする……復讐さえも……」


【水魔法（神級）】

「――凍れ」

周囲の温度が急激に下がり、白い雪の結晶が舞う。穴に溜まった海水も、空気中の水分も、すべて凍っていく。べヘモスの身体も、その怒りも、欲望も、復讐も。すべてが。

「が、が、が……」

フォンキンの身体が凍っていく。何かに縋ろうと伸ばされた指先にまで氷が到達し。

――砕ける。

高い音を立てて割れ散った氷の欠片が、氷面に降り積もる。ベヘモスの残滓も、フォンキンの執念も、すべて砕けて、やがて水となる。

リゼットは黒煙に覆われている空を見上げる。琥珀色の魔石だけが、氷面に転がっていた。森を焼く火は、ベヘモスが消えても燃えている。

【水魔法（神級）】

「ヘビーレイン」

リゼットの声に応え、空からぽつぽつと雨が降ってくる。雨は徐々に激しさを増し、滝のように重く激しく降り注ぐ。冷たい雨は、森を焼く炎を瞬く間に鎮めていった。

◆　◆　◆

雨が止み、リゼットは深く息を吐く。ひたすら眠い。身体のあちこちが痛い。何より、疲れた。

全身から力が抜けて、倒れそうになったところを後ろから支えられる。

目を開けると、レオンハルトの顔が見えた。ずぶ濡れだった。そして自分も。

空を覆っていた厚い雲が晴れていき、眩い光が差してくる。レオンハルトの金色の髪が光を受けて輝いていた。

「レオン、火傷は――」

「もう治してる」

「よかった……回復魔法ってすごいですね」

そう言っているうちにレオンハルトの手がリゼットの手に触れ、優しいぬくもりが流れ込んでくる。——回復魔法だ。

「私は、怪我はしていませんが……」

そうしてリゼットは気づいた。自分の身体のあちこちに火傷や傷ができていることに。おそらく炎の中を突っ切ったときだろう。

「君は、本当に——」

胸が詰まりそうな声を聞いて、申し訳なく思った。その間にも身体の痛みは消えていき、楽になっていく。このまま眠ってしまいそうなほど安らかな気分だった——……

「さすがリゼット様！」

ユドミラの興奮しきった声に現実に引き戻される。

「あ……ユドミラさん、すみません……聖遺物は取り込んでしまって——」

「やはりあなた様は本物です！　どうか、一刻も早く本山へ！」

「あんたも大概しつこいな。本山とやらで何させる気だよ」

ディーが引いたように聞く。

「それはもう！　聖遺物の使い手様として歓待いたします。教皇様もとても喜ばれるでしょう」

「それなんかこいつにメリットあんの？」

「メリットだと？　これ以上の誉れはな——」

前のめりになっているユドミラが突然気絶する。後ろにはケヴィンが立っていて、倒れそうになったユドミラを支え、肩に担(かつ)ぐ。

「悪いな。こいつ割と周りのこと見えなくなる性格でな——《シルフィード》」

優しい風が吹き、雨で濡れていた服と髪が乾く。

「本山には来てほしいが、まあ、いつか物見遊山(ものみゆさん)がてらでいいさ。一見の価値はあるぜ」

人懐(ひとなつ)っこい顔で笑う。

「んじゃ、また会おうぜ」

去っていく二人を、リゼットはぼんやりと見送った。ちゃんと挨拶をしたかったのに、いまだに身体が重くてうまく動かない。

「すっげー。湖になってるじゃねーか。やっぱ魔法ってとんでもねーな」

大穴を眺めながらディーが言う。氷はいつの間にか完全に溶けて、流れ込んできた雨水と混ざって湖となっていた。フォンキンの魔石もおそらく湖の底に沈んでしまっただろう。

「そういやレオン、ユドミラと何話してたんだ？　告られた？」

「そういうのじゃない……」

ディーとレオンハルトの会話も、一枚布を挟んでいるかのように遠くに聞こえる。その間も回復魔法はリゼットを癒(い)やし続けている。

「色々と言われたけれど、彼女の目的はパーティを解散させることだろう。リゼットを本山に連れて行くためには、俺たちは邪魔だろうからな」

「本山ねぇ……こいつには向いてないだろ――って何暗い顔してんだよ」

リゼットは眩しい光を遮るように、額へ手を置いて目許を隠す。

「レオン、ディー……私には、おふたりが必要です」

「なっ、なんだよいきなり。恥ずかしいやつだな」

「でも……別の道を歩まれるなら……」

リゼットはノルンから新しい冒険に出るとき、ふたりを半ば強引に引っ張ってきた。一緒に冒険がしたかったから。だがそれが、ふたりの自由を邪魔してしまっているのなら。

「応援、します……」

固く目を閉じ、何とか言葉を絞り出す。

「応援してる顔じゃねーだろそれ」

目許は隠しているのに、よほどひどい顔をしているらしい。わずかに腕を下げ、目を開けると、ディーがくしゃくしゃと自分の髪を掻き乱しているのが見えた。

「抜けるつもりはねぇよ。お前らといるとすげー儲かるし……キリングベアーの毛皮も、ミスリルも、リヴァイアサン素材も高く売れるだろーし。……でもな。別にそれだけじゃねーから」

――ぽつりと。

「もうとっくに、儲かるからとかそれだけじゃねぇから安心しろよ」

「……はい」

強張っていた顔と身体から力が抜ける。

「レオンも、その……」

「――リゼット。俺は君と共にいる。何があっても、この気持ちが変わることはない」

重なっていた手がぎゅっと握られる。

大きな手から体温とともに熱いものが伝わってきて、リゼットは思わず顔を伏せた。

（……回復魔法ってこんなに時間がかかるものだったでしょうか……）

ダンジョン内ではあっという間に治していた気がする。

（――そうだ。ダンジョン領域が消えたから、力が弱まって）

ダンジョンが崩壊し、聖遺物が外界に戻ったのだ。ダンジョン領域外では魔法やスキルの威力は格段に落ちる。先ほどまで残っていた余韻も、いまは急速に弱まっているはずだ。

（でも、もう痛くないんですけれど……）

もう手を離しても大丈夫なはずなのだが、リゼットは言えなかった。できればずっと離したくないと思っていた。

――そして、気づく。いつの間にか現れていたフレーノが、横から覗き込んできていることに。

『続けてください。わたしのことは気にせず。さあ、さあさあ』

「も、もう大丈夫です。ありがとうございます」

手を離し、立ち上がる。フレーノはつまらなそうに頬を膨らませ、ふわりと空中を漂う。流れる水を揺らし、輝かせて。

『――リゼット。あなたは、誰かのためならどんなリスクにも飛び込んでいくのですね。実に好ま

しいです』

水の瞳が、リゼットを見下ろす。

『ですが、とても危ういです』

その声と眼差しは、すべてを超越した女神の深みを持っていた。

「こいつは別に間違ったことはしちゃいねーだろ。無茶ばっかするだけで」

ディーが間に入るようにリゼットの前に立つ。フレーノは柔らかく微笑み、ディーの鼻先を指で軽くつついた。

「なっ――?」

焦るディーの前でからかうように水を翻す。そして、リゼットの前に降りる。

『わたしが言いたいのは、あなたはとても強い人。失ってはならない人。その自覚を持ってほしいということです。自分を大切にしてください』

「――はい。気をつけます」

「……なんかあんた、女神様にしては人間ぽいな」

『わたしたちもあなたたちと同じ。それぞれ性格が違います。それに、あなたたちには特別ですの。リンゴがおいしかったので』

「リンゴ、ですか？」

心当たりがない。

「なんでもねーよ！」

ディーが照れくさそうに頭を掻く。フレーノはくすくす笑いながら、ふわりと浮かび上がって風と戯れる。この世界にいることを喜ぶようにきらきらと輝いて。

『――フォンキンは、元々はごく普通の冒険者であり、ひとりの学者でした』

フレーノは湖をじっと見つめる。

『このダンジョンでマスターを失ったばかりのリヴァイアサンに魅入られて、マスターを継いだ。リヴァイアサンを、病で亡くした妻――ジョセフィーヌと思い込まされて。そして今日、囚われていた彼の魂もようやく解放されたのです』

両手で胸を押さえ、慈愛のこもった表情で語る。

『リゼット、もっと湖の近くに』

リゼットはレオンハルトに支えられて湖に近づく。

一緒についてきたフレーノが、胸に抱いていた魂をそっと両手に移す。

そしてリゼットは気づいた。その魂がひとつではないことに。女神の手の中で、いくつもの魂の欠片が光りながら漂っている。きっと、ダンジョンに囚われていた人々の魂だ。

その中の一つがフレーノの手を離れ、ふわふわとリゼットの手に触れる。あたたかかった。光はその後ディーの周囲をくるくると回り、小さくキスをするようにそっと頬に触れた。

そして再び、フレーノの手の中に戻っていく。

フレーノは微笑み、光たちを湖に放った。光は眩く煌めきながら、水に溶けていく。

空を映した水面は、まるでフレーノの瞳のように青く澄んでいた。

## エピローグ　手紙と名前

朝の光が差し込む宿の一室で、リゼットは窓から外を見る。目覚めたばかりの街はまだ静かだが、人々はもう動き始めている。活気のある眩しい光景に、自然と笑みが浮かんだ。

——ダンジョンを出た後、街道の途中で出会った商隊に護衛として雇ってもらい、一番近いこの街まで馬車で移動した。

この街で二日間、英気を養うと共に食材やアイテムの補給をすることになっている。商隊にキリングベアーの毛皮を高く買ってもらったため、資金は潤沢だ。

(今日は買い出しに行かないと。油とバター、小麦粉と塩と香辛料と、砂糖と蜂蜜も)

理想を言えばダンジョン内で獲れたものだけで食事をしたいが、調味料は外の方が潤沢だ。組み合わせていくのがベストである。

(パンを焼いて、パイアカツレツとリヴァイアサンフライをサンドイッチにして……ああ、お腹が空いてきました)

先に朝食を食べておこうか。ここの宿はサービスが良くて、朝食が無料でついてくる。その後に街を散策して、手紙を出してこよう。リゼットは身支度を整え、ベルトに取り付けてあるポーチに、昨夜書き終わった手紙と貴重品を入れて部屋を出る。

ちょうど同じタイミングで隣の部屋からレオンハルトが出てきて、顔を合わせる。

「リゼット、おはよう」

「レオン、おはようございます。ディーはどうですか？」

「よく寝てる。昨日は随分飲んでたからな」

レオンハルトは部屋の中を見ながら言って、ドアを閉めて鍵をする。

昨夜は近くの酒場の《黄金の牡鹿亭》でダンジョン踏破記念の宴会をした。ディーは随分楽しそうに飲んでいたので、まだその余韻に浸っているようだ。

「じゃあ、先に朝食をいただきましょう」

「うん。ところで……その手紙は？」

レオンハルトの視線は、リゼットのポーチからわずかに見える手紙に向けられていた。

「あ、これは従兄のアドリアンに転移郵便で出そうと思って」

離れた場を繋ぐ転移魔法を使った郵便は、利用料金は高価だが瞬時に転送されるという大きな利点を持つ。この街に転移郵便の中継所があるのは確認済みだ。

「……アドリアンって誰？」

聞き返されるとは思っていなかったので、驚く。

顔を上げると、少しふてくされたような子どもっぽい表情が見えた。怒っているような、不安がっているような、それを必死に隠しているような表情が。視線は逸らされているが、意識はしっかりとこちらに向いている。

（従兄ですけれど……）

その説明では足りないのだろう。どうしてアドリアンのことを気にしているかはわからないが。

「その手紙、もしかして、恋文とか……」

「まさか！」

思わず叫んだ。朝の宿で大声を出してしまったことに気づき、慌てて自分の口を押さえる。

どうしてそんな誤解をしているのだろう。しかもどうしてそんな深刻そうな顔をしているのか。

「アドリアンは大切な従兄です。兄妹みたいな、友人のような関係だと私は思っていますが……ここで立ち話は他の方に迷惑なので、部屋にどうぞ」

「い、いや、それはいい」

「では、朝食を食べながら話しますね」

どこかぎこちない空気の中、ふたりで食堂に移動する。そのときふと、部屋に男性とふたりっきりになってはいけないと、教育係に強く言われていたことを思い出す。もう貴族令嬢でもないのに。

(レオンも、同じようなことを気をつけているのかしら)

王族として育ったのだから当然かもしれない。そういえば、宿を取るときもリゼットは三人同室でよかったのに別室になった。きちんと線引きされていることに、少しだけ複雑な気持ちになる。

性別とか、立場とか、そんなこと気にせずに対等に扱ってほしいのに――と。

食堂につくと、既に宿泊客で賑わっていた。

宿が用意してくれている朝食は、焼きたてのパンと、木苺のジャムとバター。ゆで卵と野菜たっぷりのスープ、そしてコーヒーまでついていた。

リゼットたちは食堂の隅、窓際の席に向かい合わせに座る。

せっかくの食事を前にして、レオンハルトはどこか落ち着きがなかった。エッグスタンドからゆで卵を取り、手で殻をむいていくが、それにも失敗していた。卵が潰れてしまっているし、殻が少し残っていた。それを気にせず食べている。

そしてリゼットは衝撃を受けていた。——ゆで卵の殻を手でむいて直接食べるなんて。普通は卵の上部をカトラリーでヒビを入れて取り、殻の中にスプーンを入れて食べるものだ。

これも文化の違いだろうか。リゼットは動揺を静めるためにまずスープを飲む。周囲の客の様子を見ながら。皆それぞれで話していて、リゼットたちを気にしている様子はない。

リゼットは少し身を乗り出し、隣の席には聞こえない程度の声量で話し始める。

「——アドリアンは歳の近い従兄で、昔からよく一緒に遊んでいたんです」

まさかアドリアンのことを話す日が来るとは思っていなかったので、どこから話すべきか迷ったが、結局子どもの頃のことから始まってしまった。

「元々、家は私が継ぐことになっていて、アドリアンが入り婿になる予定だったのですが……」

リゼットはクラウディス侯爵家の長子であり、跡取りだった。他に兄弟はなく、クラウディス家の家督は女が継ぐことも多かったのでリゼットはごく自然に跡取りとして育てられた。

「当時の当主だった母が、私が継ぐことを嫌がって……私自身は幼い頃から当主になるものと思って勉強していたのですが……」

当主の決定は絶対である。その直後にはリゼットは公爵家の嫡男と婚約が決まった。

リゼットはエッグスタンドからゆで卵を手に取り、勇気を出してテーブルで軽く叩く。うまくヒビが入らなかったのでもう一度、強めに。ぐしゃっとした感覚が手に伝わってくる。

丁寧に殻をむいていきながら、話を続ける。レオンハルトは何も言わずにリゼットを見ていた。

「私は公爵家に嫁ぐことになって、アドリアンが本家に養子として入って当主を継ぐことになっていたのですが……それからは母が亡くなったり、家のことで色々とあって……ダンジョン送りになって……」

当主代行だったリゼットの父も、いまは教会で修道士として修行しているはずだ。

「アドリアンが今頃侯爵家を継いでくれていると思いますが、ほとんど丸投げしてしまったようなもので……本当、アドリアンにはとっても迷惑をかけてしまっているんです」

家の都合で彼の人生をどれだけ振り回してしまったことか。

「私はもう家に戻れませんが、元気に生きていることだけでも伝えようと思って」

物理的に戻れないわけではない。だが帰ったとしても、余計ややこしいことになる。アドリアンと後継者争いをするつもりはないし、今更彼と結婚するつもりもない。

殻をむいたゆで卵は、どうやっても殻を戻すことはできない。一度壊れたものは元に戻すことはできない。

少し歪ながらも割ときれいにむけた卵の、白く丸い表面をじっと見つめる。ゆで卵にかぶりつくなんて初めての経験だ。亡き母や教育係が見たら卒倒するだろうと思いながら、リゼットはゆで卵を食べた。半熟より少し硬くて、ちょうどいいゆで加減だった。

ゆで卵を食べ終わり、リゼットは手をナプキンで拭いてスープを飲み直す。少し冷めていた。

「ふふっ。私いま、すごく幸せです」

リゼットは顔を上げた。ずっと黙って話を聞いていたレオンハルトと目が合う。

窓から差し込む光で、レオンハルトの金髪がきらきらと輝いていた。綺麗だなと思いながら、エメラルドグリーンの瞳を、まっすぐに見つめる。

「これまでのことがなければ、レオンと出会うことも、こうやって一緒に冒険することもなかったでしょうから」

こうして一緒に朝食を食べることも、いままであったことの一つ一つが積み重なっての奇跡だ。

だからこそ、この瞬間はこんなに儚くて、こんなにも輝いているのだろう。

「リゼット……俺も、いまこうして君といられることが、本当に嬉しい」

リゼットは微笑み、静かに頷いた。

いつかこの冒険にも終わりはくる。終わらない物語はない。

だからこそ、奇跡のような時間を大切にしようと思う。

「はい、これからもよろしくお願いします。では次は、レオンのことを教えてくださいね」

「うん。何が聞きたい？」

冗談めかして言ったのに目を見ながら返される。

「で、では、好きな食べ物とか、苦手なものとか」

知りたいことはいっぱいあるはずなのに、すぐに思いつかない。なんとか見つけた質問を言いながら、リゼットは少し失敗してしまったと思った。

――知っている。レオンハルトに好き嫌いがないことは。獣系では少し苦手なモンスターがいるが、ほとんどの肉は喜んで食べていること。甘い味より辛い味が好きなこと。たくさん食べること。

知っている。近くで見てきた。

「そうだな……君と一緒に食べるとなんでもおいしいからな」

「私もです。皆で食べると、ずっとずっとおいしく感じます。同じですね」

ひとりで食べるより、大勢の人たちと一緒につくって食べる方がずっとおいしくて、楽しい。同じ気持ちだったことを嬉しく思う。

「――あ、そうだ。レオンの国の言葉で、私の名前はどう書くのか教えてください」

言語は女神から与えられたものだという。だから生まれた場所が違っても、同じ言葉で意思疎通ができる。そして言葉は同じでも、文字は地域によって違う。共通の女神文字はあるが、レオンハルトが私的に書く文字は、女神文字とはほんの少し――だが明確に違う。

「そ……それは、いずれまた」

何故か少し焦りながら目を逸らす。

残念だったが、未来の約束がひとつ増えたことは嬉しかった。

「約束ですよ。それじゃあせめて、レオンの名前の書き方を教えてください」

リゼットはポーチの中から紙とペンを用意する。筆記用具はいつも欠かさず持ち歩いている。

レオンハルトがペンを手にして、小さな紙に青い鉱石インクで名前を書き綴る。

「これが俺の名前」

――レオンハルト・ヴィルフリート。

「なんだか格好（かっこう）いいですね」

字が上手（うま）いのか、文字が独特なのか、そのどちらもか。

レオンハルトは少し間を置いて、名前の下にもうひとつ短い言葉を書いた。ゆっくりと、丁寧に。

「……これが、君の名前」

「まあ、これが？」

いずれがすぐに来たことに喜びながら、受け取った紙をまじまじと見つめる。

リゼットの使う文字とよく似ているが、やはり少しずつ違う。どこかで見たことがあるような気もしたが、どこで見たのかは思い出せなかった。

そしてそれらの文字の並びは、リゼットの目には宝石のように輝いて見えた。

「ありがとうございます。宝物にします」

「大げさだな……」

「だって、嬉しくて」

リゼットは紙を大切にポーチの中に入れた。落とさないように。汚（よご）さないように。きっと、一生の宝物になる。

「レオン、この後お買い物に付き合っていただけませんか？　たくさん買いたいものがあって」

「ああ、もちろん」

「よかった」

リゼットは喜びながら、パンにバターと木苺のジャムをたっぷりと塗(ぬ)る。

食べると、爽(さわ)やかな酸味と甘い香(かお)りが広がって、まろやかなバターで覆(おお)われる。バターの塩味がいいアクセントになっている。

甘酸(あまず)っぱさとまろやかさに頬(ほほ)を緩(ゆる)めていると、レオンハルトが優(やさ)しく笑っていた。

「どうかしました？」

「いや、リゼットは本当に甘いものが好きなんだなって」

リゼットは顔から火が出そうになる。そんなに表情に出ていたなんて。しかもそんなところを見られていたなんて。もしかして、ゆで卵にかぶりついていたところも見られていたのだろうか。

あまり見ないでくださいと言おうとして、リゼットは気づいた。

自分もいつもレオンハルトを見ていることに。つい、目で追ってしまっていることに。

考えごとをしている顔も、おいしそうに食べている顔も、笑っている顔も、どんな表情も。

「〜〜〜っ」

何故か無性(むしょう)に恥(は)ずかしくなって、顔が熱くなる。リゼットは顔を隠すようにしてコーヒーを飲んだ。苦い。

甘くて、苦くて。胸がそわそわする。いったいどうしてしまったのか。

「リゼット？　顔が赤いけど、熱があるんじゃ――」

「な、なんでもありませんっ！」

その後はもうまともに顔を見ることができず、窓から外の景色をずっと見ていた。

# あとがき

こんにちは、朝月アサです。再びお会いできて嬉しいです。初めての方は、本作を手に取っていただき、心から感謝しています。

前巻では多くの冒険者が集まる有名なダンジョンが舞台でしたが、今回の舞台は無名の脱出不可ダンジョンです。事前情報がなく、圧倒的に不利な状況下。そんな中でも、リゼットたちは新しいモンスターや料理との出会いに感動しながら、ダンジョンでのスローライフを楽しみつつ、入手したアイテムや食材を駆使して、前へと突き進みます。

リゼットたちがどうしてそんなに前向きなのか。それはやはり、冒険と自由、そして食事が大好きだからでしょう。

そんなリゼットたちの姿を、今回もchibi先生が素晴らしいイラストで描いてくださりました。chibi先生の描くキャラクターや世界観が大好きで、作者として幸せを感じています。本当にありがとうございます。また、本書が発売に至るまでの関係者の皆様、今回も大変お世話になりました。心から感謝申し上げます。

最後に、この物語を読んでくださったあなたに、厚くお礼申し上げます。

それでは、また新しい物語でお会いできることを楽しみにしています。

# 捨てられた聖女はダンジョンで覚醒しました2
## 真の聖女？　いいえモンスター料理愛好家です！

2023年7月5日　初版発行

著　者　朝月（あさずき）アサ

発行者　山下直久

発　行　株式会社 KADOKAWA
〒102-8177　東京都千代田区富士見 2-13-3
電話 0570-002-301（ナビダイヤル）

編　集　ゲーム・企画書籍編集部

装　丁　杉本臣希

D T P　株式会社スタジオ205 プラス

印刷所　大日本印刷株式会社

製本所　大日本印刷株式会社

DRAGON NOVELS ロゴデザイン　久留一郎デザイン室+YAZIRI



●お問い合わせ
https://www.kadokawa.co.jp/（「お問い合わせ」へお進みください）
※内容によっては、お答えできない場合があります。
※サポートは日本国内のみとさせていただきます。
※ Japanese text only

定価（または価格）はカバーに表示してあります。



ISBN978-4-04-075027-9　C0093